Elvira Nüchtern

Schierling und Gin Tonic

AF219614

Schierling und Gin Tonic

Irene Katz´ erster Fall

Elvira Nüchtern

Personen und Handlungen sind frei erfunden.
Ähnlichkeiten mit lebenden und toten Personen
sind rein zufällig und nicht beabsichtigt.

Bibliografische Information der Deutschen
Nationalbibliothek: Die Deutsche
Nationalbibliothek verzeichnet diese Publikation in
der Nationalbibliografie; detaillierte bibliografische
Daten sind im Internet über dnb.dnb.de abrufbar.
1. Auflage
© 2021 Elvira Nüchtern
Herstellung und Verlag
 BoD - Books on Demand, Norderstedt
Autorenfoto: Jasmin Nüchtern
ISBN: 9783753444086

Für Jasmin

und Sebastian

Prolog

*Der Platz, den ich gefunden habe, ist perfekt. Von hier aus kann ich alles haarscharf beobachten. Wenn die Fenster offen sind, höre ich sogar die Stimmen aus dem Haus. Wenn **Er** wüsste, dass sein Schicksal längst besiegelt ist. Aber **Er** ist ahnungslos. **Er** sitzt selbstzufrieden mit seiner Frau beim Abendessen. Sie hat wie immer für **Ihn** gekocht, seine Tochter hat den Tisch gedeckt, während **Er** in aller Seelenruhe seine Zeitung gelesen hat. Erst als seine Frau rief: "Das Essen ist fertig", ist **Er** aufgestanden und hat sich an den gedeckten Tisch gesetzt. Die Zeitung hat **Er** aufgeschlagen liegen lassen, denn **Er** wird - das weiß ich schon, denn ich beobachte **Ihn** nicht zum ersten Mal - nach dem Essen sofort weiterlesen. Seine Frau und seine Tochter werden den Tisch abräumen und die Küche putzen. **Er** fühlt sich so sicher in seiner kleinen, überschaubaren Welt. Aber nicht mehr lange! Dann schlage ich zu! **Er** hätte das nicht tun dürfen! Ich weiß nicht, warum es Menschen gibt, die für sich das Recht gepachtet haben, unfair in das Leben anderer Menschen einzugreifen. Ich weiß nur, solche Menschen muss man stoppen. Verhindern, dass Ähnliches je wieder passiert. Was will **Er** eigentlich später seiner Tochter erzählen? Wie erklären, dass sein Verhalten die Familie auseinandergerissen hat?*

*Heute kann **Er** ihr noch etwas vormachen. Heute glaubt sie noch, dass **Er** sie beschützt. Noch kann sie die wirklichen Motive seiner Handlungen nicht verstehen. Glaubt **Er** wirklich, sie wird so naiv bleiben? Auch wenn sie 15, 16 oder 17 Jahre ist? Eigentlich schade! Ich hätte diese Gespräche gerne beobachtet. Wenn seine Tochter begreift, was da passiert ist. Von diesem Platz aus. **Er** hätte, wie heute, keine Ahnung, dass ich **Ihn** im Visier habe. Aber so viel Zeit kann ich **Ihm** nicht mehr geben. Ich muss schon vorher für Gerechtigkeit sorgen. Sonst gerät die Welt noch aus den Fugen. Das ist eine wichtige Aufgabe, der sich nur wenige widmen: Die Gerechtigkeit einigermaßen im Lot zu halten. Am liebsten würde ich sofort zur Tat schreiten. Aber das wäre unklug. Ich habe einen Plan ausgetüftelt. Der Plan ist perfekt. Bald ist der Zeitpunkt gekommen. Ich kann es kaum erwarten.*

Kapitel 1 Au

Sie wachte schweißgebadet auf. Automatisch griff sie nach rechts. Nichts. Da war keiner. Niemand lag neben ihr. Sie hatte sich am Abend zuvor in den Schlaf geflüchtet, um nicht mehr daran denken zu müssen. Und immer kam dieses morgendliche Entsetzen. Man wacht auf und für einen Moment scheint alles in Ordnung zu sein. Der Tag gönnt einem ein paar Minuten. Und dann jedes Mal wie beim ersten Mal: Der Schreck steht plötzlich im Raum, setzt sich wie ein Alp auf ihre Brust.
Es passierte ihr noch immer jeden einzelnen Morgen. Sie griff nach rechts. Nichts. Auch wenn sie es wiederholte, weiter nach rechts, nach oben oder unten griff. Nichts. Dabei hätte ihr Mann da liegen sollen. So wie er es dreißig Jahre lang getan hatte. Zuverlässig. Morgen für Morgen. Sie wusste nicht, warum sie überhaupt aufstehen sollte. Sie hatte keine Ahnung, was sie da draußen machen sollte. Auch im Wohnzimmer war er nicht. Nicht im Bad, nicht in einem der Kinderzimmer. Sie würde ihn nicht finden. Und erst recht nicht im Garten. Jenes kleine Paradies, das er für sie beide angelegt, gehegt und gepflegt hatte. Jede Pflanze trug seine Handschrift. Nicht die Pflanze selbst, aber wie er alles kombiniert hatte, farblich aufeinander abgestimmt. Die kleine Trauerweide im Eingangsbereich. Lavendel, Rosen und blauer

Storchenschnabel begrenzten den Garten. Eine Hecke schützte sie vor den Blicken der anderen. Er hatte einen Teich angelegt, das Schilf wuchs hoch, Frösche quakten, Seerosen mit großen weißen Blüten schwammen auf dem Wasser. Ein Graureiher kam regelmäßig, trank, stocherte und flog davon. "Wir brauchen nicht verreisen", hatte sie oft gesagt, „mir reicht unser kleines Paradies." Sie hatten sich abends, wenn sie aus dem Geschäft gekommen waren, in den Garten gesetzt und bei einem Gläschen Rotwein bis in die Nacht hinein gesprochen. Oft gingen sie erst um zwei ins Bett, ausgefüllt, glücklich, voll der Sterne, der Nachtbläue, der Worte, die sie gewechselt hatten. Was habt ihr denn so viel zu reden, hatten die Nachbarn wieder und wieder gefragt. Ihr seid wie ein jung verliebtes Paar. Da waren sie schon fünfundzwanzig Jahre verheiratet. Die Kinder bereits dabei, erwachsen zu werden. Sie hatte sich, wie so oft am Morgen, in ihre Erinnerungen geflüchtet. Aber es half nur für Momente. Sie weinte. Still. Ganz für sich. Sie hatte das Gefühl, dass sie nie wieder aus dem Weinen herauskommen könne. Aber auch das war nur eine Illusion, die kam und ging und ihr keine Ruhe schenkte. Nacht für Nacht hoffte sie, dass sie wenigstens von ihm träumen werde. Aber Nacht für Nacht wurde sie enttäuscht. Kein einziges Mal war er in ihren Träumen aufgetaucht. Selbst im Traum war er abwesend. So als wäre er niemals in ihrem

Leben gewesen. Sie griff jeden Morgen nach der anderen Bettseite. Sie weinte jeden Morgen. Sie suchte jeden Morgen lange, lange nach einem Grund aufzustehen. Selten fand sie einen. Aber dann dachte sie, es muss ja weitergehen. Da sind noch die Kinder. Obwohl sie der Gedanke keineswegs überzeugte, raffte sie sich irgendwie auf, stand auf, tat so, als würde sie einem Tagewerk nachgehen. Sie wusch ihr Gesicht. Wozu, dachte sie. Nie wieder würde jemand zu ihr sagen, du warst heute Abend mal wieder die Schönste auf dem ganzen Fest. Sie wusch ihre Brüste. Wozu, dachte sie. Kein Mann würde je wieder ihre Brüste berühren. Kein einziger. Und der Einzige, der sie je und oft berührt hatte, war nicht mehr da. Wieder rannen ihr die Tränen über das Gesicht und sie wusch ihr Gesicht erneut mit kühlem Wasser. Aber heute war alles anders. Als der Moment gekommen war, an dem sie sich sonst aufraffte, um dem Tag mit viel Mühe und großer Anstrengung überhaupt entgegentreten zu können, der Moment, in dem sie sich sagte, es muss ja weitergehen, wenn sie auch keine Ahnung hatte, was in ihrem Leben noch weitergehen könnte, da fiel es ihr ein.

Das Haus. Sie würde auch noch das Haus verlieren. Der Gedanke war unerträglich. Wieder flüchtete sie sich in Erinnerungen. Sie hatte mit ihrem Mann in diesem Haus alt werden wollen. Wenn erst die Kinder ganz aus dem Haus wären, hatten sie gedacht und sich schon so gefreut auf die Zweisamkeit nach so vielen Jahren Sorgen und Mühe um die Kinder. Sie hatte sich mit ihm im Garten gesehen, in einer samtweichen Nacht, der Mond über der Trauerweide, der Duft der Rosen hergeweht von einem leichten Sommerwind, der Rotwein mundwarm, Gespräche wie schimmernde Perlen. Am nächsten Morgen hätte sie ihre Zeitung gelesen und er hätte gewusst, dass er sie jetzt nicht stören dürfe. Nach ausführlicher Lektüre wären sie zusammen losgezogen, in die Berge zum Wandern. Oder nach Edinburgh in eine wilde und zerklüftete Landschaft. Sie liebte Schottland, schon immer, aber mit drei Kindern waren sie nicht oft nach Schottland gekommen. Wie hatten sie sich gefreut auf diese Zeit, die sie von Pflichten befreit hätte und sie wären noch einmal zusammen losgestürmt in diese Welt, von der sie viel zu wenig gesehen hatten. Er und ich, hatte sie gedacht. Da kann nichts schiefgehen.

Das Haus. Wie ein scharfer Pfeil drang der Gedanke in ihr Bewusstsein. Das Haus, die Gegenwart, der drohende Verlust - selbst die Erinnerungen an ihren Mann konnten das Eindringen dieser Realität in ihr Leben nicht mehr abwehren.

Statt aufzustehen zog sie sich die Bettdecke vollständig über den Kopf. So wollte sie liegen bleiben. Christoph, dachte sie und ließ endlich die übermenschliche Aufgabe los, dem Leben irgendeinen Sinn abzugewinnen, Christoph, dachte sie, hilf mir!

Da klingelte es an der Tür. Laut und schrill. Noch etwas benommen flüchtete sich Martha in den Gedanken, sie habe sich geirrt. Da klingelte es ein zweites Mal. Lauter. Fordernder. Martha erschrak. Wer wollte etwas von ihr? Sie warf die Bettdecke zurück. Sie schaute auf die Uhr. Oh Gott, hatte sich nicht für heute eine Maklerin angesagt mit einem Interessenten? Jetzt war es schon zehn Uhr. Sie sprang aus dem Bett. Hastig zog sie sich an.

Kapitel 2 Heidelberg

„Kannst du die Kinder heute von der Krabbelstube abholen? Ich habe eine wichtige Sitzung"
Bente stand an der Theke ihrer großzügigen Küche und schmierte zügig die Brote für die Kinder. Ihr Mann Lars saß am Frühstückstisch und fütterte gerade ihren jüngsten Sohn.
„Heute ist doch dein Tag?", antwortete Lars und ließ dabei seinen Jüngsten nicht aus den Augen.
„Ja, ich weiß. Aber ich habe gerade die Nachricht bekommen, dass ein wichtiges Meeting auf heute Abend vorverlegt wurde."
„Ich kläre ab, ob ich heute früher gehen kann", gab Lars zurück. „Ich rufe dich an! Oder schicke dir schnell eine WhatsApp."
„Wir brauchen auf jeden Fall eine Lösung. Du weißt doch, wie wichtig mir dieser neue Fall ist. Kein Meeting bedeutet, der Fall geht an jemand anderen."
„Ach, es geht um den Fall, auf den du so scharf bist?"
„Ja."
Verflixt, dachte Lars. Das hatten wir so gut geplant. Und jetzt das. Verschieben die einfach den Zeitpunkt.
„Ja, wenn das so ist! Lass mich mal überlegen", setzte Lars an. „Bei der Ausschreibung für den nächsten Wettbewerb läuft heute die Frist ab, die Bewerbung muss dringend raus. Ich halte die Präsentation unseres Projekts vor den Investoren, das will gut vorbereitet sein. Die Angebote für die

Gewerke müssen durchgegangen werden..."
Lars redete mehr mit sich selbst als mit Bente. Er stoppte sich abrupt. Dann schaute er seine Frau entschlossen an.

„Aber ja", sagte er. „Das werde ich schon hinkriegen. Mach dir keine Sorgen."

Bente musterte ihren Mann kurz. Ja, auch er hatte Stress im Beruf. Aber zuverlässig war er. Sie konnte ihm die Organisation beruhigt überlassen. Er hatte sie in puncto Kinder noch nie enttäuscht.

„Ich muss nachher noch mein Kostüm zur Reinigung bringen. Soll ich für dich etwas mitnehmen?"

„Oh super! Ja. Meine Kombi muss in die Reinigung. Sie hängt schon an der Garderobe."

„Nehm ich mit."

„Aber jetzt musst du los, Schatz."

Bente hastete zum Auto. Gerade noch hatte sie ihrer Tochter die Haare zu kleinen Zöpfen geflochten, sie trotz ihres Widerstandes angezogen und den Tisch gerichtet. Nun musste sie umschalten. Am besten von jetzt auf gleich. Sie konnte es immer besser, als ob es Übungssache wäre. Und geübt hatte sie es, weiß Gott. Seit die Kinder da waren jeden einzelnen Tag. Mit Lars hatte sie Glück gehabt. Das war ihr klar. Sie war nicht die einzige im Freundeskreis gewesen, die beschlossen hatte, jetzt, da ihre Ausbildung abgeschlossen und sie bereits zwei Jahre Berufserfahrung hatte, Kinder zu bekommen.

Auch einige ihrer Freundinnen hatten nahezu gleichzeitig Nachwuchs erwartet. Ihre früheren Diskussionen darüber, wann der richtige Zeitpunkt, um Kinder zu bekommen, wäre und wie man Kinder und Beruf unter einen Hut bringen sollte, wurden nun aktuell. Natürlich hatten die Männer aller ihrer Freundinnen gesagt „Ja, das mit dem Kind machen wir gemeinsam". Aber wie sah es nur wenige Monate nach der Geburt des ersten Kindes aus? Viele der Männer aus ihrem Freundeskreis hatten sich in die alte Männerrolle geflüchtet. „Ich verdiene doch mehr als du", hatten sie gesagt und „Es ist doch besser, das Kind nicht in fremde Hände zu geben." „Wieso fremde Hände?", hatten die Freundinnen gekontert. "Du bist der Vater und ich die Mutter. Wir teilen uns doch die Arbeit" „Ja, das war ein schöner Plan, aber die Praxis sieht eben doch anders aus. Wenn ich abends im Büro nicht greifbar bin, dann kann ich meine Karriere knicken. Eine Führungspersönlichkeit muss zu den letzten gehören, die das Büro verlassen. Hast du eine Ahnung, wie viele wichtige Entscheidungen am Abend bei einem Gläschen Wein getroffen werden?" „Aber du wolltest doch die Kindererziehung mit mir teilen?" „Ja, wollte ich, will ich auch immer noch, aber die Wirtschaft gibt das nicht her. Leider leben wir nicht in Skandinavien. Du willst doch auch, dass wir unserem Kind etwas bieten können." Spätestens bei diesem Argument knickten die meisten Frauen ein. „Und was wird aus mir?" Zumindestens ein kleines Aufbegehren musste noch sein. „Wie?" „Was wird aus meiner

Karriere?" „Wenn du arbeiten gehen willst, dann tu das. Dann verdienst du gerade so viel, dass du die Krabbelstube und einen Babysitter bezahlen kannst. Wenn du das willst, bitte. Ich hindere dich nicht daran." So ließen sich viele Frauen auf die alte Rolle festnageln.

Bente wusste, wie viele Entscheidungen am Abend bei einem Gläschen Wein getroffen wurden. Da sie gerne bei allem, was ihren Beruf betraf, mitmischen wollte, wusste sie, dass sie ein Stück weit auf Lars angewiesen war. Sie hatten zwar einen guten Babysitter und das Geld spielte für sie überhaupt keine Rolle, aber ein Babysitter hatte neben dem Job auch noch ein anderes Leben und hie und da etwas vor, was unaufschiebbar war. Wirklich ganz und gar zuverlässig und bereit, den entsprechenden Preis zu zahlen, wenn es darauf ankam, das hatte sie bisher nur in der Familie erlebt. Im Elternhaus und bei Lars. Sie war mit Glück geschlagen. Zufrieden stellte sie ihr Auto auf dem Parkplatz vor der Kanzlei ab. Auch das gehörte zu ihren Privilegien. Nie musste sie einen Parkplatz suchen, wenn sie zur Arbeit kam. Sie hatte einen eigenen, auf dem ein Schild mit ihrem Namen angebracht war. Bente Wellington. Ein Name, der für Erfolg stand. Ihren Erfolg. Ja, sie hatte eine Blitzkarriere hingelegt. Ja, sie hatte eine Familie. Zwei Kinder und einen Mann. Wer hatte schon so viel in jungen Jahren erreicht. Sie konnte stolz auf sich sein. Auf sich und Lars und die Kinder. Beschwingt eilte sie ins Haus. Und heute Abend, da konnte sie beim Meeting dabei sein.

Dank Lars. Da wurde der neue Fall in allen Einzelheiten besprochen und dann zugeordnet. Sie war sicher, dass sie diesen Fall an Land ziehen würden. Alle Zeichen deuteten darauf hin. Fehler hatte sie sich keine geleistet. Also, es konnte nicht anders sein. Sie würde diesen Fall bekommen. Ein spannender Fall. Komplex. Einer, mit dem sie ihren Namen, der schon ordentlich glänzte, noch weiter aufpolieren konnte. Und diese neue Herausforderung suchte sie. Vorwärts kam man nur mit spektakulären oder riskanten Fällen. Und sie, sie würde sicher nicht auf die Nase fallen. Sie nicht. Da war sie sich ganz sicher. Sie hatte ihren eleganten, chromblitzenden Glasschreibtisch erreicht. Ein Stappel Akten lag darauf. Alles wohlsortiert. Der Schreibtisch strahlte eine Ruhe aus, die sie auch empfand, wenn sie daran ungestört arbeiten konnte. Bente nahm eine Akte, schlug sie auf, und mit dem Gefühl einer tiefen Zufriedenheit befasste sie sich mit den Fakten. Gegen 16 Uhr holte sich Bente einen Kaffee am Automaten. Sie hatte beschwingt gearbeitet, den ganzen Tag. Sie hatte sich nur eine minikleine Mittagspause gegönnt, eine Kleinigkeit gegessen und gleich weitergemacht. Jetzt musste sie noch das abendliche Meeting vorbereiten. Sie gönnte sich eine kleine Verschnaufpause. Sie trank den Kaffee, den brauchte sie jetzt, um wieder munter zu werden. Sie brauchte auch das Durchatmen und ein paar Stretchübungen, um ihren Körper ein wenig zu dehnen. In einer Frauenzeitschrift hatte sie diese Workouts für das Büro entdeckt. Sie hatte sie ausprobiert und tatsächlich halfen sie ihr über ihren toten Punkt hinweg, der sie regelmäßig am Nachmittag überfiel. Früher hatte sie sich einfach gezwungen weiterzumachen, als ob diese tiefe Müdigkeit in ihr nicht existierte. Aber seitdem sie sich diese kleine Pause gönnte, tief durchatmete, wie sie es beim Yoga gelernt hatte, ihre Übungen absolvierte, sich ganz bewusst neu fokussierte, seitdem konnte sie am späten Nachmittag erfrischt weiter arbeiten. Sie freute sich auf die Vorbereitung des Meetings. Sie mochte es, gut vorbereitet zu sein. Auch unabhängig von beruflichen Treffen liebte sie die Materie und wenn ihre Gedanken klar und geordnet waren. Sie hatte wirklich den richtigen Beruf gewählt. Sie stellte den Kaffee beiseite. Der würde noch eine Weile ihre Arbeit begleiten. Sie würde lesen, Seite um Seite, und ab und an den Arm ausstrecken, ohne aufzusehen den Becher nehmen, trinken. Oh, der Kaffeegeschmack signalisierte Entspannung. Sie würde den Becher blind zurückstellen und mit einem wohligen Gefühl weiterarbeiten. Um diese Uhrzeit würde auch keiner mehr in ihr Zimmer treten. Sie könnte sich die ganze Zeit ungestört in die Materie vertiefen. Da schrillte das Telefon. Bente griff zum Hörer:

„Gemeinschaftskanzlei Stark, Kuthe und Wellington. Sie sprechen mit Frau Wellington, was kann ich für Sie tun?"

„Frau Wellington, die Mutter von Annika und Björn?", fragte eine erregte Stimme.

„Ja, das bin ich", antwortete Bente irritiert. Noch nie

war sie in ihrer Funktion als Mutter in ihrem Büro angerufen worden. Ich muss dafür sorgen, dass das auch so bleibt, dachte sie zielstrebig.

„Hören Sie, die Krabbelstube ist seit zehn Minuten geschlossen, aber die Kinder sind noch immer nicht abgeholt."

„Das wollte mein Mann machen. Der ist heute zuständig," antwortete Bente. Sie musste unbedingt die Telefonnummer ihres Mannes in der Krabbelstube hinterlegen. Dann könnten sich die Erzieherinnen direkt an ihn wenden. Sie, Bente, wäre auch gerne bereit, einen Plan auszuarbeiten, wer wann für die Kinder zuständig war, so dass die Erzieherinnen sich jedes Mal an die richtige Person wenden konnten. Man musste nur gut organisiert sein.

„Hier ist weit und breit niemand. Können Sie sich bitte darum kümmern."

„Ich sagte doch, heute holt mein Mann die Kinder. Können Sie sich bitte mit ihm in Verbindung setzen? Haben Sie einen Stift? Ich gebe Ihnen seine Nummer."

„Meine liebe Frau Wellington, ich habe den ganzen Tag hart gearbeitet. Ich habe seit 10 Minuten Feierabend und ich bin nicht zuständig für ihre familiäre Organisation. Können Sie sich bitte darum kümmern, dass die Kinder abgeholt werden?"

Bente seufzte. Genau das hatte sie verhindern wollen. Sie wollte an den Tagen. an denen Lars zuständig war, völlig unbehelligt von ihrem Leben als Mutter sein. Aber klar, die Erzieherin brauchte auch eine Lösung.

„Ja, klar. Mache ich. Danke für den Anruf. Ich melde mich gleich nochmal."

Wütend fischte sie ihr Handy heraus. Ihr grünes WhatsApp - Zeichen zeigte keine neue Nachricht an. Lars hatte auch nicht versucht, sie telefonisch zu erreichen. Na ja, vielleicht war er nur ein wenig verspätet, jetzt schon da und nahm die Kinder gerade in Empfang. Sie musste sich vergewissern, was da los war. Sie wählte seine Nummer. Es tutete. Normalerweise war Lars spätestens nach dem dritten Tuten dran. Heute nicht. Es tutete und tutete. Immer länger. Nichts. Komm schon, geh ran! dachte sie. Mach schon. Ich will weiterarbeiten. Aber am Ende der Leitung tat sich nichts. Sie versuchte es erneut. Es tutete und tutete. Nichts geschah. Lars? dachte sie. Zum ersten Mal fuhr ihr der Gedanke durch den Kopf, es wird ihm doch nichts passiert sein? Es war so untypisch für Lars, nicht ranzugehen, wenn sie anrief. Ganz besonders an einem Tag, an dem er verantwortlich für die Kinder war. So langsam wurde die Wut von Sorge abgelöst. Lars, was war mit Lars los? Sie wählte seine Nummer erneut. Es tutete so lange, bis eine Stimme verkündete: "Der Gesprächsteilnehmer meldet sich nicht. Soll ein Verbindungsaufbau gestartet werden, sobald der Teilnehmer verfügbar ist?" Nun machte sie sich echte Sorgen. Sie musste die Krankenhäuser durchtelefonieren. Aber die Kinder! Sie musste sich zuerst um die Kinder kümmern. Seufzend griff sie zum Hörer.

„Ist mein Mann in der Zwischenzeit aufgetaucht?"
„Nein, hier ist weit und breit niemand. Alle anderen Kinder sind längst abgeholt."

Der leise Vorwurf in der beherrschten Stimme war nicht zu überhören.

Sie würde die Kinder selbst abholen. Dann erst nachforschen, was mit Lars passiert war. Kaum hatte sie der Kita Bescheid gesagt, sprang sie auf und hastete los. Die Kinder sollten es schließlich nicht ausbaden, wenn Lars etwas passiert war! Als sie angehastet kam und hoffte, mit einem eilig dahingeworfenen: "Sorry. Ich weiß auch nicht, was mit meinem Mann los ist. Ich hoffe, ihm ist nichts passiert!" davonzukommen, musterte die Erzieherin sie kritisch. Rabenmutter, dachte Bente automatisch unter diesem stechenden Blick. Sie hält dich für eine Rabenmutter. Deinem Mann, diesem erfolgreichen Architekten, könntest du auch mal den Rücken freihalten. Die Sätze erreichten sie, als könne sie Gedanken lesen. Bente schüttelte sich. Lass dich bloß nicht von dieser kleinen Erzieherin beeindrucken, dachte sie und doch hatte sie sofort das Bild im Kopf, wie anders Frau Reichen reagiert hätte, wenn ihr Mann in einer solchen Situation aufgetaucht wäre. Wenn sie nicht zum vereinbarten Zeitpunkt vor Ort gewesen wäre. Meine Güte, was für ein sympathischer Mensch, hätte Frau Reichen sicher gedacht. Der kümmert sich um seine Kinder. Liebevoll. Fürsorglich. Was hat doch Frau Wellington für ein Glück mit ihm gehabt. Das ist mal ein Vater. Bente schüttelte sich noch einmal.

Sie hatte jetzt keine Zeit für gesellschaftskritische Fragen. Sie nahm ihre Kinder in Empfang und eilte nach Hause. Sie musste sich um Lars und einen Babysitter kümmern. Irgendwie musste sie es zu ihrem Meeting schaffen. Sie musste es schaffen! Sie musste einfach!

Als sie gerade die Nummer des dritten Krankenhauses gewählt hatte, hörte sie den Schlüssel in der Tür. Überrascht lauschte sie in den Flur hinaus. Tatsächlich öffnete sich die Tür. Sie beendete das Telefonat, drehte sich um.

„Hallo, ihr Hübschen".

Gutgelaunt betrat Lars den Raum. Sie war so perplex, dass sie im ersten Moment gar nichts sagen konnte. Sie starrte ihn nur unentwegt an.

„Sollen wir heute noch zum Italiener gehen? Sicher hat keiner Lust zu kochen."

Er pfiff vor sich hin, schaute seine Frau und die Kinder erwartungsvoll an.

„Lars!"

„Ja oder wo willst du hin? Vielleicht doch lieber zum Thai?"

„Lars!" So langsam hatte sich die Empörung, die in Bente aufgestiegen war, als sie ihren fröhlich pfeifenden Ehemann betrachtete, einen Weg in ihre Stimme gebahnt.

Lars schaute sie erstaunt an:

„Was ist, Bente?"

„Wo warst du?"

„Wie, wo war ich? Auf der Arbeit, wie immer."

„Ich habe dich telefonisch nicht erreicht."

„Das wird doch jetzt keine Du-hast-was-mitdeiner.Sekretärin-Nummer, oder?"

Lars feixte. Dann stürzte von einer Sekunde zur nächsten der Schreck in seine Züge.

„Mein Gott, die Kinder", stöhnte er und schlug sich mit einer Hand an die Stirn.

„Die Kinder, ich habe sie ganz vergessen."

Schuldbewusst sah er seine Frau an. Bente konnte es immer noch nicht fassen. Ihr zuverlässiger Ehemann hatte die Kinder vergessen. Einfach vergessen. Er lag in keinem Krankenhaus. Er hatte keinen Unfall. Er war auch in keinen Anschlag geraten. Mitten im Alltag hatte er die Kinder vergessen!

„Aber heute war wirklich ein außergewöhnlicher Stress auf der Arbeit. Ich hatte keine einzige ruhige Minute. Hetzte von Besprechung zu Besprechung. Die Sekretärin trug mir die wichtigsten Telefonnotizen hinterher. Ich hatte so viele Entscheidungen zu treffen, Kunden zu beschwichtigen, unzufriedene Kunden zurückzugewinnen. Musste unser neues Projekt Investoren unterbreiten. Du kannst es dir ja vorstellen."

Lars sah an seiner Frau vorbei, über ihre Schulter Richtung Fenster. Bente stand hochaufgerichtet wie ein Racheengel kurz vor der Tat. Lars sah nur einen Weg inmitten dieses Chaos, das er angerichtet hatte.

„Was ist mit deinem Meeting? Komm, lass uns das hier schnell beenden, dass du zu deinem Meeting kommst. Lass uns jetzt keine Zeit verschwenden", schlug er vor. „Ich bin ja jetzt da", fügte er kleinlaut hinzu.

Bente schluckte ihre Wut hinunter. Ja, sie musste los. Retten, was zu retten war. Sie fühlte sich abgehetzt. Ihre Frisur schien sich in einzelne Strähnen aufgelöst zu haben. Sie war von Kopf bis Fuß verschwitzt. Nichts, aber auch gar nichts war von der kühlen, souveränen Bente übrig geblieben, die Privilegien genoss, von denen andere Frauen nur träumen konnten.

Sie stieg in ihr Auto und dachte, ich muss mich sofort kümmern. Das darf gar nicht erst einreißen. Sie musste Lars noch einmal zur Rede stellen und dann ihre Vereinbarung, die sie vor der Geburt der Kinder getroffen hatten, einfordern. Einhämmern in sein Gehirn, wenn es sein musste.

Kapitel 3   Au

Einmal mehr mochte Martha nicht aufstehen.
Schon gar nicht, wenn sie an die Interessenten
dachte, die vor zwei Tagen durch ihre Wohnung
und ihren Garten getrampelt waren. Voller Lust
besprachen sie, diese Pflanzen herauszureißen,
jenen kleinen Fächerahorn zu fällen, um einen
betonierten Parkplatz zu schaffen. Ihr geliebter
Garten wurde entweiht und geschunden. Das
Schmerzlichste war aber, ihr eigener Bruder wollte
ihr das Haus streitig machen. Das Haus, das
eigentlich ihr zustand. So war es seit Jahrzehnten
ausgemacht. Sie hatte sich nicht aufraffen können,
zum Anwalt zu gehen. Immerhin war Oliver ihr
kleiner Bruder. Wie oft hatte sie ihm aus der
Bredouille geholfen. Immer, wenn er zu feige
gewesen war, den Eltern eine Schandtat zu
gestehen, hatte sie hinter ihm gestanden und sich
für ihn eingesetzt. Selbst als er sich hatte scheiden
lassen, also bereits ein junger Mann war, der erste
Erfahrungen in puncto Familie gesammelt hatte,
wagte er sich nicht alleine in die Höhle des Löwen.
Sie hatte ihn begleiten müssen, um den Eltern vom
Scheitern seiner Ehe zu berichten. Und jetzt das!
Sie konnte nicht glauben, dass er das mit dem
Haus tatsächlich durchziehen würde. So fies
konnte er einfach nicht sein. Ihr kleiner Bruder! Er
hatte sich verändert. Legte plötzlich Seiten an den
Tag, die sie nicht an ihm kannte. Aber am Ende
würde er einlenken. Ganz bestimmt. Sicher hatte
er die Geschichte mit dem Makler längst

abgeblasen. Wahrscheinlich den Interessenten, die letztens so unsensibel durch ihr Haus getrampelt waren, bereits eine Absage erteilt.

Der Gedanke beruhigte sie ein wenig. Dennoch wollte sie sich noch ein paar Minuten im Bett gönnen. Nicht, dass es nicht genügend zu tun gegeben hätte. Im Gegenteil! Die Wohnung, der Garten schrien geradezu nach ihr. Oberflächlich sah das Wohnzimmer gut aus. Ihre eingefleischte Gewohnheit, alles sofort an Ort und Stelle zu räumen und regelmäßig Staub und Schmutz den Garaus zu machen, all das hatte weiterhin bei ihr funktioniert. Der Garten! Sie hatte ihn nicht mehr betreten. Dieser einst so liebevoll angelegte und gepflegte Garten, hätte schon längst jemanden gebraucht, der Hand an ihn legte. Aber sie konnte nicht. Wollte nicht. Wollte dieses Paradies nicht betreten ohne den Mann an der Seite. Wozu den Keller ausmisten? Wozu die abblätternden Küchenschränke streichen? Das Leben war geflohen aus diesem Haus. Das volle wunderbare Leben. Wieder ließ sie sich widerstandslos in die Erinnerungen sinken. Als hätte jemand ein Füllhorn über ihr ausgeschüttet. So war es gewesen, ihr Leben. Immer! Seitdem sie mit siebzehn Jahren ihren Mann kennengelernt hatte. Vorher war sie ein Feger gewesen. Auf jeder Party, in jeder Disco, bei jeder Aktion dabei. Aber irgendwie hatte ihr Leben erst richtig angefangen, als sie mit ihrem Mann zusammengekommen war. So war es ihr immer erschienen und auch heute kam es ihr so vor. Das war nun vorbei. Endgültig.

Die Realität traf sie mit voller Wucht. Ihr Bruder! Er wusste doch, wie schlecht es ihr ging. Wieso machte er ihr jetzt zusätzlich das Leben zur Hölle? Sie verstand es einfach nicht. Dabei hatte sie ihn heiß geliebt. Ihren kleinen Bruder! Sie hatten viel zusammen unternommen. Er liebte ihre Kinder und ihr ging es mit Ruth nicht anders. Kino, Grillen, Feiern – immer war er dabei gewesen. Für ihre Älteste, sein Patenkind, hatte er sich regelmäßig tolle Events einfallen lassen. Ein Bruder gehört schlicht zur Familie. Da konnte man doch miteinander reden. Über alles. Man konnte doch über alles reden! Sie verstand ihn einfach nicht. Er war wie ein Alp auf ihrer Brust. Sie musste sich zwingen, an anderes zu denken. Allein wegen der Kinder. Das ewige Kreiseln um die Motive ihres Bruders würde sie noch zugrunde richten. Aber das war ihr egal. Erst als sie bemerkt hatte, dass es auch ihre Kinder runterzog, versuchte sie, die Schallplatte mit Sprung in ihrem Kopf zu stoppen. Sie sollte ihren Fokus auf anderes richten.

Lisa, dachte sie. Ja, vielleicht würde der Gedanke an Lisa helfen, diesen düsteren Alp zu verscheuchen. Hoffentlich kommt Lisa heute noch. Der Gedanke erleichterte sie ein wenig. Ja, Lisa. Sie musste ihr alles erzählen. Lisa konnte zuhören. Vielleicht hatte Lisa eine Idee, warum sich ihr Bruder so verhielt. Vielleicht verstand sie ja besser, was in dessen Gehirn ablief. Meine Güte, dachte Martha. Wie gut, dass ich mich doch noch auf Lisa eingelassen habe. Das hätte leicht schief gehen können. Dann stände ich jetzt viel schlechter da.

Als sie merkte, dass die Gedanken an Lisa sie erleichterten, ließ sie ihre Gedanken schweifen. Sie hatte es wirklich versucht. Die Kinder hatten sie gedrängt. Sie sagten, du kannst mit uns nach Kroatien fahren. Aber Martha wusste sofort, das ging gar nicht. Sie wollte nicht nach Kroatien und auch sonst nirgends hin. Du kannst zu uns nach Erfurt kommen, hatte eine Jugendfreundin gesagt. Aber vereisen kam nicht in Frage. Sie sollten eine Psychotherapeutin aufsuchen, hatte ihre Ärztin erwartet. Aber da war gleich klar, das war nichts für sie. Was sollte sie mit einer Therapeutin? Die konnte ihr den Mann auch nicht zurückbringen und zu schwätzen gab es nichts. Keine Silbe. Aber du musst doch etwas tun, hatten die Kinder gesagt, die ihre Mutter gänzlich in der Trauer versinken sahen. Sie hatten Vorschläge um Vorschläge angeschleppt. Und dann war es die Trauergruppe im Hospiz geworden. Nicht, dass sie geglaubt hätte, eine Trauergruppe könne ihr helfen. Trauern, da kannte sie sich aus. Dazu brauchte sie keine Gruppe. Aber es war der einzige Vorschlag ihrer Kinder gewesen, der ihr nicht völlig unerträglich erschien. Ihnen zuliebe hatte sie sich aufgerafft. Ihnen zuliebe hatte sie dort alles mitgemacht. Einmal war der Impuls, ein Bild zu malen. Das Werk sollte zeigen, wie es in ihrem Inneren aussah. Sie nahm nur einen einzigen Wachsstift in die Hand. Den schwarzen! Sie malte so lange, bis das großformatige, weiße Papier vollständig schwarz war. Kein einziger weißer Fleck übrig! Für einen winzigen Moment war sie befriedigt. Ja, genau so sah es in ihr aus. Sie hatte die blauen, roten, grünen und gelben Stifte achtlos auf der Tischplatte liegen lassen. Diese Farben hatten mit ihrem Leben nichts, aber auch gar nichts mehr zu tun.

In dieser Gruppe war eine spezielle Frau dabei. Lisa. Sie war ihr aufgefallen, weil sie immer mal wieder herzhaft lachte. Über was Lisa lachen konnte, das konnte Martha sich absolut nicht erklären. Sofort war ihr die Frau fremd. Fast unsympathisch. Wie kannst du nur lachen, hatte sie gedacht. Dein Mann liegt noch keine zwei Monate unter der Erde. Diese fremde Frau hatte sie gefragt: „Gibt es nicht wenigstens ein kleines bisschen Gelb in deinem Bild? Oder einen winzigen anderen Farbklecks?" „Nein", hatte Martha entschieden geantwortet. Fast empört, als zweifle man an ihrem Anstand. „Das passt schon!" Erst langsam hatte sie Lisa näher kennengelernt. Wenn sie mit der Gruppe nach der Sitzung auf einen Wein in Omas Küche gegangen waren, war auch Lisa immer dabei. Wenn sie noch lange vor dem Hospiz standen, um Aufwühlendes aus der Sitzung zu Ende zu bringen, dann lernte sie eine andere Lisa kennen. Wenn Lisa erzählte, wie sie all die Orte, an denen sie schöne Momente mit ihrem Mann verbracht hatte, wieder und wieder mit dem Fahrrad aufsuchte, um die Erinnerung zu zelebrieren und sich ihrem Mann nahe zu fühlen, da rückte sie ihr innerlich näher. Und so begannen die ersten Zweiergespräche, die ersten Telefonate.

Irgendwann kam Lisa immer, wenn es ihr schlecht ging. Manchmal schien sie es zu spüren. Sie tauchte plötzlich – in Marthas schlimmsten Momenten – auf. Manchmal rief sie Lisa an. Kurz darauf stand sie auf der Matte.

Lisa, der sie wieder und wieder erzählt hatte, wie ihr Mann gestorben war. Von den ersten Anzeichen, die sie ignoriert hatte, bis zum Tag des Sterbens. In allen Einzelheiten. Mit jedem Detail. In endlosen Schleifen. Lisa hatte jedes Mal zugehört, als hörte sie die Geschichte zum ersten Mal. Jedes Mal war sie, Martha, nach dem Erzählen erleichtert gewesen. Doch dann kam die Nacht. Dann kam der nächste erbarmungslose Morgen. Dann musste sie Lisa wieder die ganze, elende Geschichte erzählen. Wie die Krankheit in ihr Leben eingebrochen war und ihr das Liebste geraubt hatte.

Niemandem sonst konnte sie die immergleiche Geschichte zumuten. Nur Lisa. Niemandem sonst die Tränen zumuten, die beim Erzählen in Strömen flossen. Schon gar nicht den Kindern.

Aber sie wollte jetzt nicht an die Kinder denken. Sie wollte daran denken, wie es ablief, wenn Lisa sie besuchte.

Sie umarmten sich lange. Sie setzten sich auf ihre Polstergruppe. Martha erzählte und weinte. Sie weinte und weinte und konnte vor Schluchzen nicht weiter erzählen.

„Blöd", sagte Martha dann nach einer Weile. „Blöd, dass ich vor dir weine."

„Es muss raus", antwortete Lisa sanft. „Lass es fließen."

Martha weinte und weinte. Unter Tränen stammelte sie wieder und wieder: „Blöd, vor dir zu weinen."

Lisa betrachtete sie voller Mitgefühl. Manchmal traten auch ihr die Tränen in die Augen.

Wochenlang war es schon so gegangen. Es war nicht anders, wenn Lisa unter Tränen den Sterbeprozess ihres Mannes schilderte. Manchmal weinten sie zusammen. Aber dann passierte etwas, womit sie beide nicht gerechnet hatten.

Es war alles wie immer gewesen.

„Blöd", setzte Martha ihren Satz an.

Lisa schaute sie schweigend an.

„Ist doch blöd, vor dir zu weinen."

„Und immer bei der haarscharf gleichen Geschichte."

„Ja, ist doch wirklich blöd."

„Wenn ich erzähle, ist es auch nicht besser. Dann weinen wir auch."

„Und immer bei der gleichen Geschichte."

„Ja, die immer gleiche Geschichte."

Sie hatten sich unverwandt in die rotumränderten Augen geschaut. Lange, lange Zeit. Plötzlich prustete eine von ihnen los. Wer es gewesen war, daran konnte sich Martha nicht mehr erinnern. Das war auch nicht wichtig, denn die andere fiel nach kurzer Zeit in das Lachen ein. Sie lachten. Sie lachten und wussten nicht, lachten sie, um den Schmerz zu verscheuchen? Oder lachten sie in den Schmerz hinein? Sie sahen plötzlich das Komische an der Situation. Wie sie dasaßen und sich die immer gleichen Geschichten erzählten. Lisas Lachen war so ansteckend, dass auch Martha gar nicht mehr aufhören konnte. Sie lachten, da war sich Martha plötzlich sicher, in den Schmerz hinein. Als ob er ihnen für Momente nichts mehr anhaben könne. Er würde wieder über sie hereinbrechen, das wussten sie bereits. Da gab es kein Entrinnen. Aber in dieser Gewissheit, der einzigen, die sie hatten, lachten sie in den Schmerz hinein. Für Augenblicke fast frech und wild. Mit einer unbändigen Kraft, die plötzlich aus ihnen herausbrach.

„Du hast mir jetzt doch einen winzigen Farbklecks in mein Bild gesetzt", sagte Martha nach einer Weile.

„Echt?"

„Ja."

„Für mich war das hier auch eine Premiere. Zum ersten Mal seit dem Tod meines Mannes konnte ich die Gegenwart aushalten, ohne in Erinnerungen oder andere Aktivitäten zu flüchten ", fügte Lisa hinzu.

„Du drückst das immer so toll aus, Lisa. Genauso fühlt es sich an. Verrückt, oder?"

Sie hatten sich beim Abschied still zugelächelt. Seitdem hatte sich zwischen Lisa und ihr etwas Grundsätzliches verändert. Sie konnte jetzt Lisas lebhafteres Temperament zulassen, manchmal sogar genießen. Auch das Lachen von Lisa in der Trauergruppe, das ihr so lange blasphemisch erschienen war, konnte sie jetzt besser verstehen. Es war ein Lachen über dem Abgrund gewesen.

Hoffentlich kommt Lisa noch, dachte Martha wieder. Sie wusste, sie sollte sich nicht auf den Zufall verlassen. Aber sie spürte, heute würde sie die Kraft nicht aufbringen, Lisa anzurufen.

Kapitel 4 Heidelberg

Bente wusste, sie musste mit Lars reden. Nicht, dass sich dieser hoffentlich einmalige Ausreißer von Lars, der Tag, an dem er die Kinder vergessen hatte, im Alltag etablieren würde. Sie musste sofort einschreiten. Wie sollte sie es am besten anstellen? Wie eine gute Grundlage für ein konstruktives Gespräch schaffen? Sie musste für ein gutes Ambiente sorgen. Sie würde Lars mit einer Einladung zum Abendessen überraschen. Bei seinem Lieblingsitaliener. Gott, waren sie lange nicht mehr zusammen ausgegangen. Just for fun. Klar, wenn es berufliche Treffen gab, hatten sie sich schick gemacht und waren gemeinsam aufgetreten. Weihnachtsfeiern und Sommerfeste ihrer Bürogemeinschaften mit Partnern. Da musste man auftauchen. Aber nur so zum Spaß, schon lange nicht mehr. Der Italiener hatte nur noch eine Rolle in ihrem Leben gespielt, wenn Lars abends schnell zu ihm geeilt war, um für die gesamte Familie Essen zu besorgen. Sie dachte plötzlich an wunderbare Gespräche, an unbeschwertes Lachen. Klar, sie hatten früher auch für ihre Karriere wichtige Menschen durchgesprochen. Sie hatten Strategien erarbeitet und sich auf ihre Zukunft gefreut. Und doch geschah es jedes Mal: Sie schwenkten ihren Wein unter der Nase. Sie zogen den köstlichen Duft ein. Sie sahen sich über ihren Weingläsern an. Und bei einem dieser Blicke geschah es: Plötzlich wussten sie wieder, wie verliebt sie waren. Bente genoss diesen inspirierenden Gesprächspartner. Wenn Lars dann erst mit seiner jungenhaften Unbekümmertheit daherkam, war Bente hin und weg. Kein Gedanke an Arbeit mehr! Sie lauschten einander bis tief in die Nacht. Sie lachten und kicherten. Ja wirklich, damals konnten sie noch herumalbern. Und wenn Lars dann ausholte, seine Geschichten mit großzügigen Gesten ausschmückte, dann wusste Bente nicht, wohin sie zuerst sehen sollte. Auf seine wunderschönen Hände, so ausdrucksstark und beredt oder auf seinen Mund. Manchmal hörte sie gar nicht mehr, was Lars sprach. Sie sah nur noch, wie Lars immer neue Laute formte mit diesem Mund, der am Ende auf ihren Lippen landen würde. Auch die Hände würden bald die liebgewonnen Wege auf ihrem Körper finden.

Als die Kinder noch nicht da waren, hatten diese Abende im Restaurant einen Teil ihres Alltages ausgemacht. Bente wurde mit einem Schlag bewusst, was aus ihrem Leben verschwunden war. Aber darüber nachzudenken, das kam nicht in Frage. Sie musste sich dringend um ihre Zukunft kümmern!

Ja, es war eine gute Idee, an eine unbeschwerte Zeit anzuknüpfen. Sie würde auch im Restaurant nichts Kritisches ansprechen. Ein schöner Abend, entspannt und fern jeden Problems, sollte die

Eröffnung für ein konstruktives Gespräch sein.
Aber war das Restaurant wirklich der geeignete Ort
für vertrauliche Gespräche? Würde sich Lars dort
öffnen können? Also lieber zu Hause? Der
Gedanke an ein auftauchendes Kind, das etwa
einen Satz sagte wie: „Mama, ich kann nicht
schlafen", oder „Ich habe etwas Schreckliches
geträumt" - verhagelte ihr schon beim Gedanken
daran die Laune. Sie musste etwas Besseres
finden. Sie waren doch früher nach dem Essen
auch gerne noch einen Cocktail trinken gegangen.
Eine Cocktailbar - das war es. Sie musste
unbedingt eine finden mit lauschigen, intimen
Ecken. In denen man den Eindruck hatte, kein
anderer höre, was hier verhandelt wird. Man könne
sich vollständig auf den anderen einlassen. Ja,
Bente war guter Dinge. Jetzt, da der Plan stand,
würde sie eine solche Bar schon finden. Sie
musste sie nur googeln.
Nur Tage später setzten sich Lars und Bente in
einer Cocktailbar einander gegenüber.
„Was möchtest du denn trinken?" fragte Lars
gutgelaunt.
„Sex on the Beach", antwortete Bente wie aus der
Pistole geschossen.
„Stehst du da immer noch drauf?", Lars lachte.
Seitdem sie einmal in Berlin am Prenzlauer Berg
„Sex on the beach" getrunken hatten, war es für
Wochen Bentes Lieblingsgetränk gewesen. Wie

kam sie plötzlich darauf? Aber das war für Lars nicht die erste Überraschung des Abends. So entspannt hatte er seine Frau schon lange nicht mehr erlebt. Auch er lehnte sich innerlich zurück. Wie gut, dass wir zwei endlich mal wieder etwas miteinander unternehmen. Als Paar. Und nicht als Vater oder Mutter, als Frau von oder als Mann von. Nur wir zwei. Sollten wir öfter machen, dachte Lars.

Als die Cocktails kamen stießen sie an.

„Weißt du noch, wie wir in Berlin auf diesen hippen Stühlen vor der Bar saßen, unseren „Sex on the beach" süffelten und Leute beobachteten?"

Für einen Moment war Bente verlockt, sich einfach auf Erinnerungen an früher einzulassen. Die Stimmung war so gut. Den ganzen Abend schon. Ein Teil von ihr wollte einfach an der guten Stimmung festhalten. Diese Frische genießen, die da so unerwartet wieder da war. Beschwingt. Ja, sie waren beschwingt. So, wie sie es in den letzten Monaten nur von der Arbeit kannte, wenn ihr etwas gelungen war. Sie hatte in Lars Augen sogar wieder etwas von diesem Funkeln entdeckt, dieser überschäumenden Freude, mit der er sie früher betrachtet hatte. Aber sie hatte ja ein Ziel. Sie musste das Thema, das sie bisher unter den Teppich gekehrt hatten, ansprechen. „Ich habe dir deine Kleider aus der Reinigung mitgebracht." „Ich habe die Pampers, die ich nach der Arbeit besorgt habe, auf Björns Wickeltisch gelegt." „Björn muss nächste Woche zur Routineuntersuchung zum Arzt, das kann ich übernehmen. Kannst du dich dafür um die Impfung von Annika kümmern?" „Klar, mache ich." Der Alltag hatte reibungslos funktioniert. Sie hatte ihre Emotionen in den Griff bekommen. Sich auf die nächsten wichtigen Schritte konzentriert. Aber jetzt musste sie dafür sorgen, dass sie ihre Ziele täglich ungestört verfolgen konnte. Auch auf Dauer. Sie stand, so erfolgreich sie bereits war, erst am Anfang ihrer Karriere. Sie würde auch die nächsten zehn Jahre noch auf Lars angewiesen sein. Sie durfte an die Ehen ihrer Freundinnen gar nicht denken. Sie würde schon dafür sorgen, dass ihr nicht dasselbe passierte.

„Lars, ich wollte etwas mit dir besprechen."
„Ja?"
„Ich wollte mit dir besprechen, wie es kam, dass du die Kinder letztens vergessen hattest."
Sofort wich das Funkeln aus Lars Augen. Mit einem Schlag war auch die Beschwingtheit dahin. Lars schaute seine Frau betroffen und schuldbewusst an.
„Jetzt und hier?"
„Ja. Wir umgehen das Thema seit Tagen."
„Aber du hast deinen Fall doch bekommen!"
„Darum geht es doch gar nicht."
„Worum geht es denn? Du hast dein Ziel doch

erreicht."

„Ja, abgehetzt, aufgelöst, in letzter Minute."

„Aber erreicht!"

„Lars, es geht um folgendes: Wir waren uns immer einig, dass wir beide Karriere machen wollen. Wir haben spannende Berufe und wir lieben beide unsere Arbeit. Soweit sind wir uns doch einig?"

„Ja."

„Wir haben auch gemeinsam beschlossen, Kinder zu bekommen und trotzdem beide unsere Arbeit weiter zu verfolgen. Wir wollten uns die Kindererziehung teilen und uns gegenseitig bei der Arbeit unterstützen. Wir haben uns das beide zugetraut. Sind wir d'accord?"

„Ja. Wir machen das ja auch so."

„Aber letztens hast du die Kinder vergessen."

„Ja, ein einziges Mal."

„Wenn es bei diesem einzigen Mal bliebe, wäre es ja auch okay. Ich habe nur Sorge, dass das der Anfang einer unguten Entwicklung ist. Deshalb muss ich mit dir darüber sprechen, wie es passieren konnte. Und wie wir es in Zukunft vermeiden können. Du weißt ja, wie es bei unseren Freunden läuft. Wir haben oft darüber gesprochen."

Lars gab sich einen Ruck.

„Ich habe auch schon darüber nachgedacht", sagte er. „Ich will ganz offen mit dir sein. Ist das okay für dich?"

„Ja, klar. Was sonst."

„Ich bin selbst ein bisschen darüber erschrocken, wie mir das passieren konnte. Ich war so in meine Arbeit vertieft, so im flow, dass mir die Kinder nicht eine Minute einfielen. Ich fühlte mich beschwingt und zufrieden, weil ich mehr geschafft hatte als geplant. Aber es ging ja noch weiter. Als ich nach Hause kam und euch sah: Nichts. Ich war völlig entspannt. Dachte nur daran, dich zu entlasten, indem ich Essen besorge. Irgendwie habe ich bemerkt, dass du anders bist. Trotzdem. Kein Gedanke an die Kinder. Erst als ich die Wut in deiner Stimme hörte, da fiel es mir glühend heiß ein. Die Kinder! Um Gottes Willen, ich hatte die Kinder vergessen. Und dann nur noch: Bentes Fall. Verflixt! Bente muss ins Büro! Sie muss doch ihren Fall an Land ziehen. Mehr habe ich nicht gedacht."

„Das ist alles keine Entschuldigung", antwortete Bente kühl.

„Das weiß ich. Ich will mich ja auch gar nicht bei dir entschuldigen. Ich will dir erklären, wie die Situation war, als es passiert ist."

„Und wo siehst du die Lösung?"

„Bente, ehrlich?"

„Ja. Es hilft ja nichts."

„Ich weiß keine Lösung."

„Wie, du weißt keine Lösung? Du bist doch ein lösungsorientierter Mensch wie ich. Du hast doch immer eine Lösung gefunden."

„Ja, schon. Aber ich habe die Kinder ja nicht mit Absicht vergessen. Wie soll ich dir versprechen, dass es nie wieder passiert?"

„Lars!"

„Lass uns offen sein zueinander!"

„Du willst es also einfach so laufen lassen? Oder willst du mir jetzt langsam und unbemerkt die Kindererziehung hinschieben, wie all die anderen Männer. Ich dachte, wir sind etwas Besonderes."

„Das sind wir auch! Ich will dir nur kein Versprechen abgeben, das ich vielleicht nicht halten kann. Ich weiß doch auch nicht, was jetzt anders ist als in den letzten vier Jahren. Es hat ja immer geklappt. Ich kann dir aber in die Hand versprechen, dass ich mein Bestes geben werde." Lars wirkte gequält.

Bente war ernüchtert von Lars´ Antworten. Sie sah, dass er sich quälte. Aber trotzdem dachte sie, wieso kann er nicht einfach an unserer Vision festhalten? Wieso gibt er auf? Sie mochte nicht einmal ihre Hand auf seine legen. Sie mochte ihn nicht besänftigen.

„Vielleicht sollten wir überlegen, wie wir uns entlasten können", schlug Lars vor. Er dachte daran, wie beschwingt sie noch vor wenigen Minuten gewesen waren. Wie gut es getan hatte, sich nicht nur über alltägliche Plichten zu unterhalten. Wieder einmal eine Ahnung davon zu bekommen, wer der andere eigentlich war. Was ihn so entzückt hatte am Anfang der Beziehung. Wie schade, dachte er. Musste Bente das zerstören?

„Das ist keine Lösung", antwortete Bente. „Wir haben ja schon einen Babysitter. Aber du siehst ja, dass es nicht funktioniert."

Lars spürte, wie tief Bente frustriert war über dieses Gespräch. Seine Frau, die immer alles für machbar hielt. Man musste nur wollen. Man musste nur wirklich wollen. Dann schaffte man alles. Das war ihre Devise.

„Ich verspreche dir ganz fest, ich werde mein Bestes geben. Ich muss mich einfach noch mehr zusammenreißen. Darauf kannst du dich verlassen."

Lars schaute seine Frau ernst und mit der Bitte in den Augen an, sie möge ihn verstehen.

Bente wendete den Blick nach einem Moment ab. Das reicht nicht, dachte sie.

Kapitel 5   Au

Wieder einmal war sie durch die Tür
hereingestürmt und hatte sich auf das breite Sofa
geworfen. Martha saß kaum auf dem Zweisitzer,
da sprudelte Lisa schon lost. So, als hätten sie sich
wochenlang nicht gesehen. Dabei war sie erst vor
zwei Tagen dagewesen.
„Weißt du, was mir heute passiert ist", fragte sie
ihre Freundin empört.
„Erzähl", sagte Martha und ein amüsiertes Lächeln
glitt über ihr Gesicht. Wenn Lisa in diesem leicht
erregten Zustand war, dann erzählte sie ihre
Geschichten so dramatisch, dass es eine Freude
war, ihr zuzuhören. Soweit kannte sie Lisa bereits.
„Der hat mich rausgeschmissen. Ich fasse es nicht.
Ja, wenn ich jetzt nochmal darüber nachdenke,
das war ein Rauswurf. Was der sich erlaubt hat.
Männer", schnaufte sie verächtlich.
„Was ist denn passiert?"
„Du weißt ja, dass ich heute einen
Krankengymnastiktermin in der Gypsy Praxis in
Merzhausen. Die Praxis liegt ja direkt auf dem
Weg zu dir. Ich habe mich so auf meine
Physiotherapeutin, Frau Ewers, gefreut. Die Arbeit
mit den Geräten, die sie dort haben, tut mit
unheimlich gut. Du weißt ja, dass die Geräte ein
Tänzer entwickelt hat. Jedenfalls war verabredet,
dass ich noch vor meiner Sitzung mit Frau Ewers

noch das Gespräch mit Frau Weiland, der Chefin, suche, weil wir einiges für die nächsten Wochen zu klären hatten. Aber jetzt zum Punkt. Ich kam an und setzte mich auf das breite, cremefarbene Sofa. Ich genoss das Ambiente, nahm mir die Zeitschrift „Landlust", las ein wenig. Ich fühlte mich beschwingt und war in einer richtigen Vorfreude auf unsere Sitzung. Die Übungen sind unter der Anleitung meiner Physiotherapeutin sehr wohltuend. Mein Körper fühlt sich danach gedehnt und leicht an. Und unsere Gespräche erst! Heiter und beschwingt, inspirierend und Erfahrungen aufgreifend sind sie. Es ist eine ganzheitliche Erfahrung. Tut Leib und Seele gut.

Ab und an schaute ich zur Theke. Frau Weiland war nicht da. Ich schaute mich um. Nirgends Frau Ewers. Aber das kommt vor. Immer wenn sie eine Sitzung überzog, kommt sie auch schon mal kurz zu spät in die Lounge. Plötzlich stand da ein langer Lulatsch vor mir. Er beugte sich auf eine Art über mich, die ich ganz unangenehm empfand. „Sind Sie Frau Pawlak?" Nein, dachte ich, als plötzlich dieser erschreckende Gedanke aufkam. Ein Wechsel meiner Bezugsperson war nicht ausgemacht! Schon gar nicht zu einem Mann! Dieses Exemplar kam mir jetzt schon körperlich viel zu nahe. „Ja ", antwortete ich dem Kerl. Stell dir vor, ohne Aufforderung meinerseits, ohne auch nur Augenkontakt aufzunehmen, um abzuchecken, ob mir das überhaupt recht ist, setzte sich der lange Kerl einfach neben mich. Auf einen Zweisitzer! Optimal für ein Paar. Aber doch nicht für zwei wildfremde Menschen! Ich drückte mich so weit wie möglich in meine Ecke. Aber viel Spielraum war da nicht!"

„Unverschämt", sagte Martha und grinste amüsiert. Sie liebte es, den Schilderungen von Lisa Zunder zu geben.

„Ja, warte nur ab. Du wirst schon sehen! Jedenfalls erklärte er mir, seine Chefin musste am Vormittag überraschend ins Krankenhaus. Als er meinen Gesichtsausdruck sah, sagte er: „Ich kann doch nichts dafür. Das hat meinen ganzen Zeitplan durcheinandergebracht und jetzt muss ich auch noch auf mein Mittagsessen verzichten." Er war total angenervt von der Situation. Erwartete er jetzt auch noch Mitgefühl von mir? Nicht zu fassen. Irritiert über diesen elend langen Kerl, der neben mir saß, fragte ich: „Wo ist Frau Ewers?" Er antwortete: „Ich weiß doch auch nicht! Ich kann doch nichts dafür." Was für eine merkwürdige Antwort. Ich versuchte es nochmal und sagte: „Ich habe jetzt einen Termin mit Frau Ewers. Dass die Chefin im Krankenhaus liegt, habe ich verstanden. Aber was hat das mit Frau Ewers zu tun? Wo ist sie?" Wieder lamentierte er: „Ich weiß doch auch nicht. Ich weiß nur von der Chefin, dass ich Sie jetzt behandeln soll. Ich kann doch nichts dafür." Ich gab auf. Dachte, na wir können es ja versuchen. Jetzt, wo ich schon mal da bin. Ich stand also auf – endlich weg von dem Kerl, in einen gebührenden Abstand – und sagte: „Ja, dann lassen Sie uns loslegen." Ich wollte die Sache schnell hinter mich bringen. Habe mich ja auf den Besuch bei dir gefreut. Er führte mich in einen mir völlig fremden Raum. „Hier war ich noch nie", sagte ich zu dem Physiotherapeuten. „Macht doch nichts", antwortete er. Ich merkte an: „Mit diesem Gerät habe ich noch nie gearbeitet. Mit Frau Ewers habe ich in Behandlungszimmer fünf gearbeitet und die Geräte dort sehen anders aus." Unwirsch presste er zwischen den Lippen heraus: „Die Geräte sind alle gleich." Ich spürte plötzlich eine massive Wut im Raum."

„Seltsamer Zeitgenosse", kommentierte Martha.

„Das kann man wohl sagen. Jedenfalls erklärte er mir: „Muskelaufbau kam man mit jedem Gerät betreiben. Also los, fangen wir an!" Ich versuchte erneut, ihm meine Situation deutlich zu machen: „Es gibt Übungen, die mir starke Schmerzen bereiten. Es hat eine Weile gedauert, bis Frau Ewers und ich an verschiedenen Geräten richtig gute Übungen gefunden haben, die die Muskeln aufbauen, ohne Schmerzen nach sich ziehen. Aufwärmübungen machten wir immer zu Beginn." Stell dir vor, das hat den gar nicht interessiert!"

„Wie unprofessionell. Und dann?"

„Der lange Lulatsch tigerte im Raum umher. Er verströmte eine irre Unzufriedenheit. Plötzlich sagte er mit mühsam beherrschter Stimme:

„Lassen Sie uns jetzt anfangen." Ich fragte:
„Mit welcher Aufwärmübung beginnen wir?"
Die Wut stand zum Greifen im Raum.
Er blieb einen Moment stumm, als kämpfe er mit
etwas. Dann riss er sich zusammen. Und weißt du,
was der Blödmann dann sagte?"
„Na, was. Erzähl schon."
„Wenn ich Sie jetzt so anschaue" - dabei warf er
mir einen abschätzigen Blick zu, diesen Blick
hättest du nicht erleben wollen - „wenn ich Sie mir
so anschaue", und er rutschte unruhig auf dem
Gerät hin und her, auf das er sich gesetzt hatte -
„dann sehe ich, Sie wollen gar nicht." Ist das nicht
unverschämt?"
„Das gibt es doch nicht."
„Bis dahin hatte ich schon gewollt. Ich wollte nur
auf keinen Fall Schmerzen. Du weißt ja, dass ich
dann manchmal zwei Tage danach kaum laufen
kann. Aber bevor ich etwas sagen konnte, knallte
er mir frustriert hin: „Dann lassen wir es eben."
Dieser Gedanke schien ihn richtig zu erleichtern.
Ich konterte: „ Aber dann zahle ich nicht. Ich bin ja
da. Ich habe den Termin nicht versäumt." Wieder
knallte er mir den Satz hin: „ Aber sie wollen ja
nicht." Dieses Mal wehrte ich mich. Ich entgegnete:
„Wie kommen Sie darauf? Ich möchte nur, dass
Sie auf die Arbeit von Frau Ewers zurückgreifen.
Haben Sie keine Übergabe gemacht? In meinem
Beruf macht man immer eine Übergabe, wenn die
Aufgabe an eine andere Person übergeht." Stell dir
vor, in diesem Moment rannte der Physiotherapeut

wutschnaubend aus dem Raum. Was ist denn das jetzt?, dachte ich. Was wird denn hier gespielt? Kommt der wieder? Eine Weile passierte nichts. Ich wollte gerade aufstehen, um die Sache an der Rezeption mit ihm zu klären, da rauschte er wieder ins Zimmer. Er hielt mir einen nahezu unleserlichen Zettel mit einer zittrigen Handschrift unter die Nase. Er schnaubte: „Das unterschreiben Sie mir jetzt." Ich knallte ihm hin: „Kann ich nicht lesen." Mit einer eilfertigen Wut warf er mir den Satz an den Kopf: „Da steht, dass Sie sich weigern, mit mir zu arbeiten, weil keine Übergabe gemacht worden ist." „Nochmal", sagte ich, „dieses Mal zum Mitschreiben, denn so langsam habe ich die Faxen dicke. Ich bin bereit, mit Ihnen jede mir vertraute Übung zu absolvieren. Jede einzelne Übung, von der ich weiß, dass sie mir gut tut." Und was sagte der Kerl? Der lange Lulatsch war sich nicht zu blöd, mir zu erklären: „Sie können davon ausgehen, dass ich genug Erfahrung habe. Ich weiß, was Ihnen gut tut!" Sein Körper vibrierte nahezu vor unterdrückten Gefühlen." Ich erwiderte nur noch: „Es ist alles gesagt. Die Schmerzen habe nämlich ich auszubaden, wenn wir hier einfach wild loslegen." Ist doch unglaublich, oder?" „Dinge gibt's."

„Ich habe schon lange keine so intensive Ladung von Wut abbekommen."

„Vergiss es einfach!"

„Ja. Irgendwie ist es ja auch komisch. Aber lass uns das Thema wechseln."

„Muss ich dich fragen, was du trinken willst?"

„Nein, wie immer."

"Ich habe noch einen Cremant im Kühlschrank.
Pur oder soll ich dir einen Hugo machen? Ich habe
noch frische Minze im Garten."

„Cremant pur, bitte."

Kurze Zeit später waren sie schon wieder in ihren
vertraulichen Gesprächen angekommen.

Doch plötzlich richtete sich Lisa auf.

„Warst du schon beim Rechtsanwalt?"

Lisa musterte Martha genau.

„Nein."

„Warum nicht?"

„Oliver ist doch immerhin mein kleiner Bruder."

„Dein süßer kleiner Bruder hat offensichtlich keine
Skrupel, dir das Haus streitig zu machen!"

„Glaubst du das wirklich? Glaubst du nicht, das
war nur ein Warnschuss? Am Ende wird er das
nicht durchziehen. Blut ist doch dicker als Wasser."

„Bist du wirklich so naiv? Nach allem, was du mir
erzählt hast, zieht er das eiskalt durch. Du musst
unbedingt zum Rechtsanwalt. Der kann sicher
etwas für dich tun. Das Haus gehört dir doch!"

„Nein Lisa, das Haus gehört meinem Vater."

„Wie? Ich dachte, das Haus gehört dir."

„Nein, mein Vater hat es für mich und meine
Familie gekauft. Aber er steht immer noch im
Grundbuchamt."

„Habt ihr denn gar nichts in dieses Haus

investiert?“

„Doch. Eine Menge. Aber für mich gab es keinen Anlass, etwas an dieser Situation zu ändern. Ich vertraute meinem Vater vollständig. Es steht übrigens im Testament, dass ich das Haus in Au und Oliver das Zweifamilienhaus in Muggardt bekommt.“

„Na, dann könntest du es eigentlich in Ruhe aussitzen. Ich finde es allerdings schon gut, wenn dein Bruder eine deutliche Grenze gesetzt bekommt. Er ist echt fies. Euch Frauen nimmt er offensichtlich nicht ernst. Ein Schreiben von einem Anwalt ist da schon ein anderes Kaliber. Darauf wird er anders reagieren. Er muss einfach seine Grenzen spüren.“

„Es fällt mir wirklich schwer, juristisch gegen die eigene Familie vorzugehen. Das macht man doch nicht.“

„Anstand hin, Anstand her. Findest du es etwa anständig, dass dein Bruder dir irgendwelche Interessenten vor die Nase setzt? Wieso hast du die überhaupt reingelassen?“

„Natürlich ist das nicht anständig von ihm. Warum ich sie reingelassen habe? Ich will den Familienfrieden nicht gänzlich untergraben. Das bringt doch nichts.“

„Martha, du hängst doch total an dem Haus.“

„Ja, das tue ich.“

„Dann musst du darum kämpfen.“

„Muss ich?"

„Ja, wirklich. Du musst um dieses Haus kämpfen. Du wirst es dir nie verzeihen, wenn du es kampflos aufgibst."

„Gegen meinen eigenen Bruder?"

Ja, Martha. Gegen deinen eigenen Bruder. Der agiert ja auch gegen seine eigene Schwester. Völlig skrupellos. Das kann er richtig gut. Du musst ihm eine Grenze setzen."

„Ja, vielleicht. Vielleicht hast du recht."

„Nichts mit vielleicht! Martha ganz sicher habe ich recht. Überwinde dich. Setze diesem Fiesling eine klare, deutliche Grenze!"

„Ich brauche lange, um solche Wege zu gehen."

„Das war bisher in Ordnung. Aber jetzt steht es auf Messers Schneide. Jetzt musst du handeln. Versprichst du es mir?"

„Meinst du wirklich?"

„Martha ja. Du wirst total zufrieden sein, wenn du das Haus für dich gerettet hast. Martha versprich es mir. Bitte."

Lisa schaute Martha so eindringlich an, dass diese sich nicht entziehen konnte.

„Also gut Lisa, ich verspreche es dir."

Martha hörte fast den riesigen Stein, der Lisa von der Seele fiel.

„Kennst du einen Spezialisten für Erbrecht?"

„Nein. Woher auch. Solche Themen haben mich nie interessiert."

„Komm lass uns einen Experten im Internet suchen."

Die beiden Freundinnen beugten ihre Köpfe über Lisas Smartphone. Lisa wirkte beflügelt. Mit Feuereifer suchte sie für die Freundin einen geeigneten Spezialisten.

Als Lisa nach Hause fuhr, hatte Martha sich bereits Name, Adresse und Telefonnummer eines Rechtsanwaltes notiert. Jetzt war Wochenende, da konnte sie keinen erreichen. Sie würde es gleich nächste Woche angehen.

Kapitel 6 Heidelberg

Bente saß an ihrem Schreibtisch und starrte in die mächtige Baumkrone des Ahorns vor ihrem Fenster. Sie dachte darüber nach, wie es weitergehen sollte. Das war ihr früher nie passiert. Sie hatte es nicht zugelassen, dass ihr Privatleben in ihr elegantes, kühles Büro eindrang. Aber nun fehlte ihr einfach die Kraft. Sie konnte die Bedürfnisse ihrer Familie nicht mehr außen vor lassen. Lars hatte sich wahnsinnige Mühe gegeben nach ihrem Gespräch in der Cocktailbar. Wochenlang hatte er die Kinder pünktlich abgeholt. Sie hatte die Telefonnummer von Lars bei den Erzieherinnen hinterlegt und brachte wöchentlich die Pläne, wer die Kinder wann abholen sollte. Auch wenn ein Pädagogischer Tag oder der Mitarbeiterausflug der Erzieherinnen anstand, hatten sie alles gerecht aufgeteilt und es lief wie am Schnürchen. Sie hatte sich entspannt und konnte sich wieder voll und ganz und voller Freude auf ihre Arbeit konzentrieren. Sie hatte einfach den richtigen Mann ergattert. Er gab nicht gleich auf. Hatte den unbändigen Willen, es zu schaffen! Aber dann war es wieder geschehen.

„Ich weiß einfach nicht, wie es passieren konnte", hatte Lars gesagt.

„Als ob meine Festplatte voll wäre. Da passt einfach keine einzige Information mehr drauf. Ich muss an so vieles denken bei meiner Arbeit. Darf keine Fristen versäumen. Du weißt, was davon abhängt. Neue Aufträge gehen flöten, wir müssen Konventionalstrafen bezahlen oder können einen aussichtsreichen Wettbewerb nicht gewinnen, weil wir die Frist versäumt haben. Und dann der ganze Kleinkram. Mühsam, aber wenn ich mich da nicht drum kümmere, können wir Termine nicht halten. Ich weiß nicht, ob du weißt, unter welchem Termindruck ich arbeite. Wenn eine Präsentation ansteht, müsste ich eigentlich Tag und Nacht durcharbeiten. Du weißt, was davon abhängt. Die Kollegen und auch der Chef, sie akzeptieren es, dass ich ein Zeitfenster für die Kinder habe, weil ich wirklich gut bin und es am Ende immer hinbekomme. Aber wenn ich meine Modelle nicht pünktlich abgebe und anschließend nicht gut vor Kunden präsentiere, kann ich einpacken. Da würde der Chef kein einziges Mal ein Auge zudrücken. Das würde uns auch nicht weiterhelfen."

„Aber es hat doch früher immer geklappt!"

„Ja, hat es. Ich war auch immer stolz auf uns, wie wir alles schaffen. Den Beruf. Die Kinder. Ich weiß ja selbst nicht, was plötzlich anders ist. Tut mir leid, Bente. Aber wir schaffen es schon. Ich reiße mich einfach noch mehr zusammen."

„Gut", hatte Bente geantwortet. „Tu das. Ich verlasse mich auf dich."

Es war wieder wochenlang gut gegangen.

Manchmal, wenn sie am wenigsten damit rechnete, dieses wochenlange Funktionieren sie in einer Sicherheit wiegte, die trügerisch war, und sie schon dachte, ihr Mann sei doch zuverlässig, passierte es wieder. Das Telefon klingelte in ihrem Büro und ein Mitarbeiter der Kita war dran. Es hatte nichts genutzt, dass sie Lars Telefonnummer hinterlegt hatte. Denn wenn Lars die Kinder vergaß, ging er in der Regel auch nicht an sein Handy.

Als Bente begriff, dass Lars sich nicht mehr voll im Griff hatte, beim besten Willen nicht, entwickelte das eine starke Wirkung auf sie. Sie konnte sich im Büro immer schlechter konzentrieren. Wenn am späten Nachmittag das Telefon klingelte, zuckte sie zusammen. Fürchtete sie die vertraute Stimme von Frau Reichen zu hören, die ihr mit vorwurfsvollem Ton sagte, sie möge endlich ihre Kinder abholen. Sie riss ihren Blick von dem Ahorn vor ihrem Fenster los. Wanderte damit zu den Unterlagen auf ihrem Schreibtisch. Sie musste sich zusammenreißen. Unbedingt. Sie hatte ihren Fall bekommen. Sie hatte gewusst, dass er eine große Herausforderung darstellte. Damals hatte sie sich darauf gefreut. Sie wollte unter Anspannung all ihrer Kräfte in diese neue Aufgabe hineinwachsen. So hatte sie es sich vorgestellt. Aber warum war ihr in der letzten Zeit alles so zäh erschienen? Wo war ihre Freude, ihr Genuss an der Arbeit geblieben?

Die Nachmittage, als sie mit einem Kaffee auf dem Tisch konzentriert ihre Akten studierte, sich erfrischt fühlte, wenn sie aus der Arbeit auftauchte, waren lange vorbei. Sie musste sich zusammenreißen. Noch hatte sie keinen Fehler begangen. Das musste auch so bleiben! Aber sie spürte tief im Inneren, lange würde ihr das nicht mehr gelingen.

Mit ihren Freundinnen vor Ort konnte sie nicht über ihre Sorgen sprechen. Sie hatte es versucht. Aber Liane hatte nur spöttisch gesagt:

„Willkommen im Club. Jetzt bist du also auch in der Realität angekommen."

„Liane, wie meinst du das?"

„Na, es ist doch offensichtlich: Das, was wir wollten, geht einfach nicht. Das waren Luftschlösser."

„Aber es hat bei uns doch die letzten vier Jahre super geklappt."

„Der eine merkt es früher, der andere später."

„Nein, Liane. Ich muss nur eine Lösung finden. Wir müssen eine Lösung finden. Lars und ich."

„Glaube ja nicht, dass du eine Ausnahme bist."

„Es muss sich eine Lösung finden. Ich dachte, du hilfst mir dabei. Wir könnten ein Brainstorming machen. Eine Zukunftswerkstatt, irgendetwas, was uns einer Lösung näherbringt."

„Mach dir nichts vor, Bente. Wir hatten doch alle keine Ahnung, was es heißt, Kinder zu haben. Und dass es bei euch vier Jahre lang gut geklappt hat, sagt gar nichts. Ihr habt euch selbst ausgebeutet und jetzt merkt ihr, dass das auf Dauer nicht geht. Ihr brennt aus bei eurem Programm. Dass ihr vier Jahre lang nicht ausgebrannt seid, das grenzt an ein Wunder. Aber jetzt hat euch die Realität eingeholt."

Bente hatte geschluckt. Es waren nicht nur die Worte, die ihre Freundin benutzt hatte. Sie, Bente, konnte Dinge alleine durchziehen, an die ihre Freundin nicht glaubte. Das war es nicht. Sie brauchte keine Ermutigung. Sie brauchte Lösungen. Einen konstruktiven und wohlwollenden Gesprächspartner, mit dem sie gemeinsam Ideen entwickeln konnte. Es war die Häme in Lianes Stimme, die ihr den Rest gab. Als ob sich Liane über ein Scheitern von ihr und Lars insgeheim freuen würde. An Liane brauchte sie sich nicht mehr zu wenden.

Aber die anderen Freundinnen waren auch nicht besser.

„Hätte ich dir gleich sagen können, dass das auf Dauer nicht klappt", hatte sie sich anhören müssen. Und wieder waren es nicht nur die unfreundlichen Worte gewesen, die weitere Gespräche über ihre Probleme unmöglich machten. Sie hatte bei ihren Freundinnen eine Erleichterung gespürt, die fast mit Händen zu greifen war. Wenn selbst Bente es nicht schaffte, dann hatten sie ja alles richtig gemacht im Leben.

Sie zogen sich zufrieden in ihre gewählte Lebensform zurück. Der Zweifel, die Unzufriedenheit, die Frage, ob sie einfach nur zu schwach gewesen waren, konnten sie im Anblick von Bentes Elend von sich abstreifen wie eine eingesponnene Raupe ihren Kokon. Sie flatterten leichtfüßig in ihr Leben zurück. Es glänzte im Moment. Sie sahen den Spielraum, den sie hatten und nutzen konnten. Etwas, was ihnen vorher als Langeweile erschienen war, entpuppte sich plötzlich als ihr spezielles Privileg. Wie gut, dass sie Männer hatten, die sie ordentlich versorgen konnten. Und ihre Häuser erst, wie gut es doch war, dass sie sich auf ihren Nestbau konzentriert hatten. In diesem Punkt hatten sie alle Bente überflügelt.

Reiß dich zusammen! Du hast schon wieder deine Gedanken abschweifen lassen, dachte Bente. Ihr Blick ruhte in den leicht bewegten Zweigen des Ahorns. Es gelang ihr nicht, ihre Gedanken an den Schreibtisch zurückzuholen. Sie musste sich fügen. Ihre Kraft reichte nicht, um wie gewohnt die Gedanken dorthin zu lenken, wo sie sie haben wollte. Ihr blieb nichts anderes übrig als ihren Plan aufzugeben. Na gut, dachte sie. Wenn das so ist - und es war so, auch wenn ihr das nicht passte - dann muss ich jetzt genau hinschauen. Vielleicht findet sich auf diese Weise ein Weg. Vor der Lösung liegt allemal die Analyse.

Ehrlich Bente! Sei mal ganz und gar ehrlich mit dir! Sie schaute in den Baum vor dem Fenster. Gedankenverloren sah sie, wie sich die Baumkrone widerstandslos vom Wind hin und her bewegen ließ. Bei starken Böen zerrte der Wind so an ihr, dass man glaubte, der Baum müsse jeden Moment umfallen. Aber Pustekuchen. Sobald der Wind nachließ, richtete sich die Baumkrone wieder auf. Streckte majestätisch ihre Zweige Richtung Himmel, als sei sie nie gebeugt worden. Bente schaute in den bewegten Baum, als könne die Lösung ihres Problems dort erscheinen. Sonnenflecken spielten über Baumstamm, Ästen und Laubwerk. In diesem Augenblick wurde ihr klar, sie würde diese Belastungen nicht mehr lange aushalten. Es hatte diese kleinen Zeichen immer wieder gegeben. Angefangen hatte es damit, dass sie nachmittags nicht mehr durcharbeiten konnte. Sie musste eine längere Kaffeepause einlegen. Dann war Zeichen um Zeichen gefolgt. Sie hatte alle ignoriert. Jedes Zeichen hatte ihre Willenskraft verstärkt. Sie wollte es schaffen! Sie wollte es unbedingt schaffen! Und jetzt das! Sie würde den Belastungen nicht mehr lange standhalten können. Und Lars auch nicht. Sie konnte vor dieser Erkenntnis nicht länger die Augen verschließen. Schadensbegrenzung, dachte sie. Ich muss über Schadensbegrenzung nachdenken.
Eines war klar: Sie musste diesen Fall

durchziehen. Auf Teufel komm raus. Sie hatte sich einen Namen gemacht! Wellington stand für Souveränität, Erfolg, akribische Vorbereitung, scharfsinnige Argumentation. Sie durfte ihren glänzenden Namen nicht beschädigen. Ja, okay. Sie musste eine Auszeit nehmen. Das sah sie ein. Sie hatte sich lange genug dagegen gewehrt. Aber erst musste sie den Fall durchziehen. Bis zum Sieg! Sie spürte plötzlich, dass sie einen hohen Preis dafür bezahlte. Sie dachte kurz an ihre vermeintlichen Freundinnen. Nein. Auf keinen Fall. Sie wollte auf keinen Fall so enden wie ihre Heidelberger Freundinnen. Exfreundinnen, um es genau zu sagen. Ja, sie würde den Preis zahlen! Sehr bewusst. Er war hoch. Aber wenn der Fall gewonnen war, würde sie eine Auszeit nehmen. Bente hatte noch nie im Leben über Freundschaften nachgedacht. Freundinnen waren einfach da! So hatte sie es bisher erlebt. Aber die Erfahrung mit Liane, Ilka und Ilona ließ sie einfach nicht los. Wie hatte ihr das passieren können? Wieso hatte sie nicht früher erkannt, wie diese drei Frauen gestrickt waren? Wieso sie für echte Freundinnen gehalten? Menschen, die einander unterstützen. Die halfen, die Ziele des anderen zu erreichen. Sie fühlte sich plötzlich alleine. „Zickenalarm", hatte sie immer wieder gehört. „Bei Frauen gibt es doch immer Zickenalarm. Die können nicht solidarisch sein." Immer hatte sie die

Frauen gegen solche Anschuldigungen verteidigt.
„Nein, so ist das nicht. Frauen können sehr wohl
Unterstützungsnetze aufbauen", hatte sie
gekontert. Und jetzt das!
„Wirkliche Freunde", hatte ihre Mutter immer
gesagt, „Freunde, die dir bleiben, das sind die
Freunde aus deiner Jugend." Bente hatte dem
keinen Glauben geschenkt. Aber jetzt fiel ihr der
Satz ihrer Mutter wieder ein. Wenn sie doch recht
hatte? Wenn doch Jugendfreunde die
Beständigsten sind? Und da fiel sie ihr ein: Silke!
Mit Silke hatte sie fast ihre gesamte Kindheit und
ihre Jugend verbracht. Sie waren nahezu
zusammen groß geworden. Ihre Eltern hatten sich
je ein Reihenhaus in Au gekauft. In einer
Neubausiedlung, in der fast nur junge Familien mit
Kindern einzogen. Zwischen zwei Zeilen der
Reihenhäuschen war eine eingeschworene
Gemeinschaft entstanden. Die Türen standen
immer offen. Kinder, Tiere und Nachbarn waren
jederzeit willkommen. Katzen und Hunde hüten,
wenn jemand in Urlaub fuhr, Blumen gießen und
Rollläden öffnen und schließen, alles kein
Problem. Irgendein Nachbar hatte immer Zeit.
Besonders eng war aber die Beziehung zu Silkes
Familie gewesen. Nur ein einzelnes Haus, in dem
eine kinderlose Familie wohnte, trennte ihre
Familien. Bente war jederzeit in Silkes Familie
willkommen und Silke in Bentes Familie. So hatten

sie die meiste Zeit entweder bei Bente oder bei Silke verbracht. Aber auf jeden Fall zusammen. Mit Silke hatte sie ihre ersten Verliebtheiten geteilt. „Ist Martin nicht supersüß?", hatte sie Silke gefragt. „Ja, der hat was. Aber mein Typ ist er nicht", hatte Silke geantwortet. „Gut so", hatte Bente gekontert. „Den würde ich auch nicht mit dir teilen." Die ersten Besuche im Schlappen in Freiburg hatte sie mit Silke erlebt, Discos, Jazzhaus, alle neue Entdeckungen mit Silke und ihren verschiedenen Cliquen genossen. Freiburg erobern, das war damals ihr Motto gewesen. Raus aus der dörflichen Idylle. Rein ins Leben. Erst als sie ihr Jurastudium und Silke eine Ausbildung zur Physiotherapeutin begonnen hatte, sahen sie sich seltener. Aber immer noch gehörten die Samstage ihnen. Mit wechselnden Freunden, aber immer mit Silke stürzten sie sich ins Freiburger Nachtleben, besuchten Konzerte und immer wieder auch gerne Discos. Erst gegen Ende ihres Studiums, als es auf die Prüfungen zuging und sie schon wusste, wie viel von ihren Noten abhing, hatte sie keine Zeit mehr. Auch als sie ihre erste Stelle in Freiburg antrat, sahen sie sich nur noch gelegentlich. Als dann aber diese tolle Karrierechance in Heidelberg kam und sie sofort zugestimmt hatte und auch sehr rasch umgezogen war, wurden Begegnungen immer seltener. Sie hatten noch ab und an telefoniert. Wenn sie ihre Mutter besucht hatte, gab es sogar hin und wieder ein Treffen. Aber dieses früher unverbrüchliche Gefühl, dass Silke zu ihrem Leben gehörte, hatte sich ganz aufgelöst. Ihr Lebensmittelpunkt war Heidelberg geworden. Sie hatte neue Freundinnen gefunden. Ihr Leben war ihr rund erschienen. Lange Jahre lang. Und nun hatte sie das dringende Bedürfnis, eine gute Freundin an der Seite zu haben. Eine, die ihr wohlgesonnen war. Eine, mit der sie Ideen entwickeln konnte. Die Spaß daran hatte, wenn sie, Bente, ihr volles Potenzial entfaltete. Sich gegenseitig unterstützen, so wie Lars und sie es immer getan hatten, bis er plötzlich unzuverlässig geworden war, das sollte ihr Motto sein. Silke hatte schon drei Jahre vor ihr Kinder bekommen. Zwei hübsche Jungen. Sie war mit ihrer Familie nach Bollschweil in ein Haus gezogen. Sowohl Silke als auch ihr Mann, beide waren immer arbeiten gegangen. Sie hatte nie von Silke gehört, dass sie sich überfordert fühlte. Klar, bei den unregelmäßigen Telefonaten, die sie geführt hatten, würde man sich nicht jedes Problem en detail erzählen. Aber wenn Silke absolut unter Druck geraten wäre, das hätte sie dann doch herausgehört. An der Stimme, an einem verräterischen Schlenker im Satz. Sie kannte Silke, trotz des mäßigen Kontaktes, immer noch gut. Ja, sie wollte ihre Jugendfreundin besuchen. Sie brauchte einfach einen mitfühlenden Gesprächspartner. Lars konnte es nicht sein. Mit ihm war sie verstrickt. Jemand von außen musste einen neutralen Blick auf das Ganze werfen. Silke war die richtige Person. Ja, sie würde in den Schwarzwald fahren. So langsam beruhigten sich ihre Gedanken.

So Bente, dachte sie entschlossen, fasse deinen Plan nochmal zusammen, damit er glasklar in deinem Kopf ankommt. Sie würde sich also mit all ihrer Kraft zusammenreißen. Sie würde all ihre Fähigkeiten auf den Fall richten. Und dann! Und dann, wenn der Fall gewonnen wäre, dann würde sie sich eine echte Auszeit nehmen, ohne Mann und Kinder, und sich endgültig sortieren können. Sie würde ihre Mutter besuchen. Und vor allem würde sie Silke treffen, sich mit ihr aussprechen. Sie knüpfte viel Hoffnung daran. Sie fühlte sich erleichtert. Eine Durststrecke mit einem klaren Highlight am Ende durchstehen zu müssen, war etwas anderes als eine endlos bleierne Zeit, eine glanzlose Strecke ohne jede Perspektive. Und da war sie wieder: ihre Kraft, ihre Gedanken jederzeit auf das gewünschte Sujet lenken zu können. Mit einem erleichterten Seufzer wendete Bente sich ihren Akten zu. Heute würde es spät werden. Sie hatte viel Zeit versäumt.

Kapitel 7   Muggardt

Ihm war in seinem Leben nichts geschenkt worden. Alles, was er besaß, hatte er sich hart erarbeitet. Deshalb konnte er es jetzt auch mit Fug und Recht genießen. Sicherheit war ihm immer wichtig gewesen. Seit er eine Familie hatte, war dieser Zug an ihm noch stärker geworden. Ja, er wollte seiner Sibylle etwas zu bieten haben. Auch seinem Kind, Ruth, sollte es an nichts fehlen. Kein modischer Firlefanz. Das war nicht sein Ding. Auch keine Weltreise, kein Auto zum Abitur oder was es sonst an überkandidelten Dingen gab. Aber ein schönes Heim, genügend Platz, hin und wieder ein schöner Urlaub, hie und da mal essen gehen, das musste drin sein. Der Vater hatte erst seiner Schwester, dann ihm das Elternhaus angeboten. Martha hatte abgewunken. Muggardt, nein, Muggardt, das käme für sie überhaupt nicht in Frage. Ihr Lebensmittelpunkt war längst Au geworden, wo der Vater ihr ein Reihenendhaus gekauft hatte. Ihm war es nur recht gewesen. Er hatte gleich seine Schäfchen ins Trockene gebracht. Als der Vater ihm das Haus anbot, sah er seine Chance gekommen.

„Das Haus", hatte er gesagt, „das kann ich nur gebrauchen, wenn ich es umbaue." Das hatte der Vater verstanden. „Aber wenn ich da so viel Geld reinstecke, dann will ich auch sicher sein, dass es nachher nicht für die Katz ist. "Der Vater hatte sich alles angehört und in Ruhe abgewogen.

„Du willst, dass ich dir jetzt schon das Haus überschreibe", hatte der Vater nach ein paar Tagen wieder an das Gespräch angeknüpft.

„Genau das", hatte er gesagt. „Das ist das einzig Sinnvolle. Und ihr habt lebenslanges Wohnrecht im Erdgeschoss. Damit ist allen gedient."

Der Vater hatte es wieder ein paar Tage erwogen. Warum nicht, hatte Herr Doberstein gedacht. Später würde es sowieso Oliver gehören und für seine Tochter hatte er das Reihenhaus vorgesehen. Er setzte sich mit seinem Sohn zusammengesetzt und besprach alle Einzelheiten. Vater und Sohn gingen zum Notar und besiegelten alles. Als Oliver nach Hause kam, erzählte er seiner Frau von seinem klugen Schachzug. Er sonnte sich in ihrer Zufriedenheit. Sie stießen mit einem Sekt vom Winzerhof Karle, der nur für besondere Gelegenheiten gekauft worden war, auf diesen Erfolg an. Er spürte, dass Sibylle dachte, sie habe sich den richtigen Händen anvertraut. Das machte ihn stolz. An diesem Abend nahm er sich vor, öfter dafür zu sorgen, dass seine Frau ihn mit diesem Blick anschaute.

Das war jetzt mehr als zehn Jahre her. Die Verhältnisse hatten sich sehr verändert. Seine Mutter war gestorben. Die harmonische Zweisamkeit seiner Eltern war aufgehoben. Ihr gemeinsames Planen und Reisen. Die Fürsorge

seines Vaters, der sich rührend um die immer kränklichere Frau gekümmert hatte, fand nun keinen Adressaten mehr. Es war erstaunlich gewesen, wie gut der Vater sich gehalten hatte. Er hatte eine feste Tagesstruktur. Er kümmerte sich selbst um sein Essen. Das ganze erste Jahr traf er sich regelmäßig mit Freunden. Am Sonntag ließ er es sich nicht nehmen, im nahegelegenen Vinolivio einzukehren. Er las die Zeitung, wählte ein Gericht und gönnte sich zum Mittagessen ein Viertele eines Markgräfler Gutedels. Nach dem Cappuccino, bei dessen Genuss er den Rest der Zeitung las, schwang er sich wieder auf sein Rad und fuhr zufrieden nach Hause. Für den Haushalt hatte der Vater sich eine rumänische Putzfrau genommen. Sie kam zweimal die Woche. Das reichte aus, denn die Wäsche und die Fenster machte ihm seine Tochter Martha. Sie wusch und bügelte und dann setzten sie sich bei einem Gläschen Wein zusammen und unterhielten sich genauso gut wie früher. Oliver war zufrieden, denn um den Haushalt hatten weder er noch Sybille sich kümmern müssen. Wenn Martha da gewesen war, war auch der Gesprächsbedarf seines Vaters erschöpft. Er war zufrieden, bis er entdeckte, dass die rumänische Frau plötzlich die Ringe seiner Mutter am Finger trug. Teure Ringe.
Er stellte seinen Vater sofort zur Rede.
„Die Frau stiehlt doch", hielt er ihm vor. „Du musst

sie sofort entlassen!"

„Nein, nein", hatte der Vater gesagt. „Elena hat die Ringe nicht gestohlen."

Dann hatte er seinem Sohn eine abstruse Geschichte erzählt, warum Elena die Ringe brauchte und warum er sie ihr gerne gegeben hatte.

„Deine Mutter", hatte er gesagt, „kann sie ja ohnehin nicht mehr tragen."

Oliver konnte den Vater nicht gleich davon überzeugen, die Rumänin zu entlassen. Der hatte seine eigene Sicht der Dinge. Als Oliver auch noch den Ehering seiner Mutter an Elenas Finger entdeckte, reichte es ihm. Er rief seine Schwester an. Der Ehering ihrer Mutter an der Hand einer Putze? Das ging gar nicht! Das wurde ja immer schöner. Mit vereinten Kräften redeten die Kinder ihrem Vater Elena aus. Endlich hatten sie Erfolg. Der Vater gab nach. Er wollte seinen Frieden. Streit mit seinem Sohn und seiner Tochter war das letzte, was er gebrauchen konnte. Blut ist nun mal dicker als Wasser. Schweren Herzens entließ er Elena. Es blieb ihm nur ein kleiner, heimlicher Triumph. Die Ringe – er hatte sie nicht zurückgefordert. Auch den Ehering nicht.

In gewisser Weise war die Entlassung von Elena ein Eigentor gewesen. Denn ohne Elena mussten Oliver und Sybille deutlich mehr anpacken, damit der Vater über die Runden kam. Das verursachte bei Oliver zunehmend schlechte Laune. Sybille beschwerte sich nicht. Aber begeistert war sie nicht. Schon lange hatte diese satte Zufriedenheit, ja der Anflug von Stolz auf ihn, nicht mehr in ihrem Blick gelegen. Er musste sich etwas einfallen lassen. Und Martha? Die kam nach wie vor einmal die Woche. Und war doch unangefochten Papas Liebling. Er riss sich hier den Hintern auf und die leuchtenden Blicke des Vaters ruhten dankbar und erfüllt auf seiner Schwester. Verflixte Kiste.

„Martha war schon immer Papas Liebling", brach es am Abend empört aus Oliver heraus.

„Schatz, das weiß ich. Das hast du oft gesagt."

„Aber sicher nicht alles. Er hat unendlich viel Geld in sie investiert. Er hat ihr das Haus in Au gekauft. Und damals, als Christoph auf die Idee kam, seine Arbeit aufzugeben, um einen Fotoladen aufzumachen – was glaubst du, wie das gelaufen wäre ohne das Geld von Papa? Pleite wäre der gewesen in Null- Komma -Nix."

„Haben die beiden nichts ins Haus gesteckt?"

„Doch schon, aber verschwindend wenig. Ohne Papa hätte doch der Christoph nichts auf die Beine gestellt. Schon gar nicht den Fotoladen. Fotoladen! Pah! Traumtänzerei war das. Von Anfang an. Alles auf Papas Kosten."

„Was hat denn dein Vater mit dem Fotoladen von Christoph zu tun?"

„Na, immer, wenn das Geld knapp wurde, hat er

ihm was zugesteckt. Dabei hatte Christoph doch eine handwerkliche Ausbildung. "

„War sich wohl für sein Handwerk zu fein?"

„Offensichtlich. Dabei hatte er sogar seinen Meister gemacht. Der hätte mal schön bei seinen Leisten bleiben sollen."

„Hat sich wohl als halber Künstler gesehen."

„Als halber? Pah. Als Künstler vollständig. Du hast ja gesehen, wie sie die Wohnung eingerichtet haben. Lauter großformatige Fotos von ihm. Daneben die Gemälde und Drucke an den Wänden und alles auf Papas Kosten!"

„Wenn man da mal genau darüber nachdenkt, dann geht das von deinem Erbe ab."

„Ja, genau."

„Fair ist das nicht!"

„Nein."

„Du hast immer gearbeitet und nie Unterstützung bekommen?"

„Nie."

„Du musst aufpassen, dass du nicht zu kurz kommst."

Oliver hatte sich mit Sybille so richtig in Fahrt geredet. Fast schwindelig wurde ihm und plötzlich wurde ihm schlecht. Jetzt hörte er Sybille nur noch verschwommen...

„zu kurz kommst......zu kurz kommst......zu kurz kommst......

„nicht genug...... nicht genug...... nicht genug......

„zu kurz kommst...... nicht genug...... zu kurz kommst...... nicht genug......

Eine uralte Wut explodierte in seinem Kopf. Am liebsten hätte er alle Gläser auf dem Tisch an die Wand geknallt. Den Tisch mit dem restlichen Geschirr umgestoßen. Beim Zerspringen des Geschirrs und beim Klirren der Gläser lauthals gelacht. Mit irrem Gelächter mehr und mehr zerstört. Er wusste, er durfte das nicht tun. Er musste sich stoppen. Ein einziges an die Wand geworfenes Glas würde alle Dämme brechen lassen. Er würde sich nicht mehr stoppen können, bis alles zu Bruch gegangen wäre. Um Himmels Willen! Er musste die Bremse finden. Sybille, er durfte Sybille nicht verstören!

„Bille", sagte er. „Ich muss hier raus! Ich drehe eine Runde. Du weißt schon, meine Joggingstrecke. Ich muss mich bewegen. Lass uns später weitersprechen."

Er wartete Sybilles Antwort nicht ab. Er preschte in den Flur. Er riss den Schuhschrank auf und sprang in die Turnschuhe. Er stürzte aus dem Haus. Als er den Bürgersteig erreicht hatte, wartete er nicht wie üblich, bis er über der Straße und in den Weinbergen war. Er rannte, als ob sein Leben davon abhinge. Er wusste, er musste sich diese Wut aus dem Leib rennen. So schnell wie möglich. Eine Wut, die mehr und mehr in seinem Kopf zu explodieren drohte.

Du verlässt jetzt das Haus? In Joggingklamotten?
Ungewöhnlich, dass Du um diese Zeit rennen
gehst. Du bist doch sonst wie ein Uhrwerk. Auf
deinen Tagesablauf ist Verlass. Was es mir leicht
macht! Ich werde Dich ab jetzt öfter beobachten
müssen. Du wirst doch keine neuen Gewohnheiten
annehmen? Meinen Zeitplan
durcheinanderbringen. Warum gehst Du jetzt
rennen und nicht wie üblich nach dem Frühstück?
Hast Du vielleicht Streit gehabt? Träufelst Du jetzt
dein Gift auch in deine eigene, kleine Familie.
Merkt deine Frau langsam, mit wem sie es zu tun
hat? Schade, dass ich das verpasst habe.
Ich weiß aber, wer wirklich jeden Tag viehisch
unter Dir leidet. Wie schade, dass dein Opfer zu
schwach ist, sich zu wehren. Aber es nicht nur das
Opfer, gegen das Du gezielt vorgehst. Es ist eine
ganze Familie, die unter Druck gerät. Perfider wird
dein Vorgehen von Tag zu Tag.
Ich möchte Dir so gerne beim Sterben zusehen.
Aber das ist wohl zu riskant. Wie schade, dass ich
dem eigentlichen Highlight nicht beiwohnen kann.
Aber ich werde genüsslich jede Zeile und jedes
Bild in der Presse auskosten. Jeden Tag mache
ich einen Schritt auf deinen Tod zu. Jeden
einzelnen Tag. Ich habe einen Masterplan und
genaue Etappenziele. Ich liege voll im Zeitplan.
Wenn Du wüsstest, wie die Zeit gegen Dich
arbeitet. Bis zum Finale genieße ich es, mir deine
Todesart auszumalen. Es gibt nichts Schöneres als

mir die Qualen für **Dich** auszumalen. Ich habe mir lange überlegt, welche Todesart die passende für **Dich** ist. Dein Sterben muss dem Verbrechen entsprechen, das **Du** begangen hast. **Du** wirst verstehen, dass ich ein bisschen Zeit zum Vorbereiten brauche. Abschießen wie eine Kanalratte könnte ich **Dich** gleich. Aber das wäre deiner unwürdig. Nicht deiner Schuld angemessen. **Du** sollst deine Hinrichtung bei vollem Bewusstsein erleben. Ich freue mich schon darauf, wenn **Du** kapierst, dass **Du** sterben wirst. Vielleicht merkst **Du** es nicht beim ersten Symptom. Das wird **Dich** zutiefst erschrecken. Aber verstehen wirst **Du** es da noch nicht. Erst wenn die kalte Hand des Todes **Dich** mehr und mehr erfasst, wirst **Du** begreifen: **Du** stirbst und nichts kann **Dich** retten. Aber dann wirst **Du** noch Zeit haben. Zeit, zu überlegen, warum **Du** sterben musst. Nicht zu viel Zeit, nicht zu wenig Zeit. Genug, um dein Leben zu überdenken. Vielleicht begreifst **Du** ja, bevor es zu spät ist, wofür **Du** hingerichtet wirst.

Kapitel 8   Muggardt

Oliver war erstaunt gewesen, wie gut sein Vater den Tod seiner Frau weggesteckt hatte. Nach zweiundsechzig Jahren gemeinsamen Lebens, kein Jammern, kein Klagen, eine klare Tagesstruktur und neue Routinen. Aber dann war der Schlaganfall gekommen. Plötzlich war es, als bröckelte all die Tapferkeit, die der Vater nach dem Tod seiner Frau an den Tag gelegt hatte, von ihm ab. Der Lebensmut. Seine Lust an spannenden Gesprächen. Alles verließ ihn. Schritt für Schritt. Nur das Glas Wein am Abend – das blieb ihm teuer.

Der Vater hatte im Krankenhaus gelegen, Oliver und Sybille hatten ihn besucht. Martha unterrichteten sie nicht von der neuen Lage. Als der Vater im Krankenhaus um eine Flasche Wein aus seinem Weinkeller bat, war Oliver mit einer Antwort schnell bei der Hand.

„Das ist viel zu ungesund für dich. Papa, du hattest gerade einen Schlaganfall.“

„Warum besucht mich Martha nicht?“, fragte der Vater.

„Da siehst du mal, wie viel Interesse deine Tochter in Wirklichkeit an dir hat“, erwiderte Oliver und griff nach der Hand seines Vaters, als wolle er ihn trösten und seiner Nähe und Fürsorge versichern. Die Frage war damals gewesen, wie es mit seinem

Vater weitergehen sollte nach dem Krankenhaus. Er war sehr schwach, musste wieder laufen lernen. Für Oliver und Sybille war schnell klar, den Vater zu Hause zu pflegen, das kam für sie nicht in Betracht. Es war schon mühsam genug gewesen, ihn zu versorgen, als er wesentlich fitter war. Aber in diesem Zustand? Da kam Ihnen die Einschätzung des Arztes gerade recht.

„Wissen Sie", hatte der Arzt gesagt, „Ihr Vater ist noch so schwach, dass er Betreuung rund um die Uhr braucht. Ist das bei Ihnen zu Hause möglich?"

„Nein, das geht nicht", hatte Oliver erwidert. „Meine Frau und ich, wir sind beide berufstätig. Wir können abends nach ihm schauen, aber mehr ist nicht drin. Wir brauchen das Geld."

„Er kann unmöglich tagsüber alleine in der Wohnung sein. Sie sollten darüber nachdenken, Ihren Vater in einem Heim unterzubringen. Jedenfalls vorübergehend. Bis es ihm besser geht. Er muss erstmal aufgepäppelt werden. Er braucht am Anfang rundum Betreuung, was waschen und essen angeht, und einen Physiotherapeuten wegen der Beweglichkeit. Anschließend wäre ein Zurückkehren nach Hause denkbar. Zumal Sie im gleichen Haus wohnen. Das sind schon optimale Bedingungen."

Oliver war froh, dass der Arzt so klare Anweisungen gab. Und er, Oliver, würde sich an die Anordnung des Arztes halten! Jedenfalls, was die ersten Wochen betraf. Es fühlte sich toll an, die

Entscheidung über den Vater alleine zu treffen!
Aber dann hatte Martha erfahren, dass der Vater
im Krankenhaus lag. Sie war, wie jeden
Freitagnachmittag, auf den Markt in Au gegangen.
Sie hatte gerade an ihrem Lieblingsstand, einem
Käsestand aus dem Elsass, Oliven und Käse
gekauft, da traf sie eine Nachbarin ihres Vaters.
„Wie geht es Ihrem Vater?" hatte diese gefragt.
„Er hält sich erstaunlich gut nach dem Tod meiner
Mutter", hatte Martha geantwortet.
„Wissen Sie nicht, dass er einen Schlaganfall hatte
und in Freiburg im Krankenhaus liegt?"
Martha klappte die Kinnlade runter. Dann rannte
sie los.
Oliver hatte es von der Nachbarin erfahren. Sie
hatte ihm brühwarm erzählt, dass seine Schwester
nichts vom Schlaganfall ihres Vaters wusste. Und
wie sie gleich fortgestürzt war, ihn zu besuchen.
Die Nachbarin hatte ihn fragend angeschaut. Er
hatte etwas von der Schusseligkeit seiner
Schwester gemurmelt. Er spürte, dass er sie damit
nicht überzeugen konnte. Aber zum Glück konnte
er sich darauf verlassen, dass sie nicht weiter in
ihn dringen würde. Das war eine
Familienangelegenheit. Zumindestens im Dorf
wurde diese unübertretbare Grenze noch
vollkommen respektiert.

Oliver hatte am Abend ein Rumoren im Keller

gehört. Das konnte nur seine Schwester sein! Was wollte sie da? Klar, sie hatte den Schlüssel zu Papas Wohnung. Außer ihm war sie die Einzige. Aber wollte sie Papa wirklich einen Wein bringen? Da sah man es wieder. Unverantwortlich war sie, absolut unverantwortlich, einem schwerkranken Mann Wein zu bringen! Oder steckte sie sich selbst ein paar Flaschen in die Tasche? Jetzt, da der Vater nicht im Haus war. Das mit dem Schlüssel, dachte er, das mit dem Schlüssel muss ich ändern. Es gibt keinen einzigen Grund, warum meine Schwester noch in der Wohnung oder im Weinkeller unseres Vaters herumstiefeln sollte.

Als Oliver seinen Vater einmal alleine besuchte, fand er ihn in einer nachdenklichen Stimmung. „Oliver", sagte er. „ich muss heute mit dir mal was von Vater zu Sohn besprechen."

Gesagt. Getan. Oliver hörte ganz genau hin, als der Vater sein Anliegen schilderte. Das muss ich unbedingt Sybille erzählen, dachte er, als der Vater müde in die Kissen gesunken war. Er eilte beschwingt aus dem Krankenhaus.

Am Abend fieberte er Sybilles Ankunft entgegen. Sie war direkt nach der Arbeit noch einkaufen gegangen. Wahrscheinlich war sie in eine endlose Schlange an der Kasse geraten, denn der nächsteTag war ein Feiertag. Normalerweise kam es ihm nie auf ein paar Minuten an. Er wurschtelte gerne im Haus vor sich hin. Aber heute schon.

Endlich hörte er, wie sich der Schlüssel im Schloss drehte. Er eilte seiner Frau entgegen, nahm ihr die Einkaufstüten ab, stellte sie auf die Anrichte. Aber nicht um ihr beim Auspacken zu helfen, sondern um ihr schnellstmöglich von den Neuigkeiten zu berichten. Er griff ihre Hand und zog sie aufs Sofa.

„Das muss ich dir unbedingt erzählen!"

„Oliver, lass mich mal durchatmen", lachte Sybille, die ihren Mann so gar nicht kannte.

„Sybille, stell dir vor, der Papa hat heute mit mir über eine Vollmacht gesprochen."

„Was? Dein Vater, der noch nie jemandem Einblick in seine Finanzen gewährt hat?"

Oliver konnte sich sicher sein, dass er jetzt Sybilles vollständige Aufmerksamkeit besaß.

„Ja, ich war auch überrascht."

„Mein Gott, was für eine Chance. Nutze sie."

„Na ja, das war nur ein erstes Vorgespräch. Papa hat angefangen, über seine Zukunft nachzudenken. Patientenverfügung, Vollmachten über seine Konten und seine gesamten Finanzen – er will das alles jetzt regeln. Wäre schon spannend zu wissen, wie es steht."

„Ja, das kriegst du hin. Weißt du noch, das letzte Mal, als er dir das Haus überschrieben hat, da hattest du es deiner Beharrlichkeit zu verdanken. Er braucht ein bisschen. Er muss sich erst mit dem Gedanken anfreunden, seine Finanzen aus der

Hand zu geben."

„Ja. Es kommt mir so vor, als kämpfe er noch mit sich. Einerseits wird ihm alles zu viel, ja fast lästig, sich mit Rechnungen, Steuern etc. auseinanderzusetzen. Andererseits scheint er es wie einen weiteren Verlust zu erleben, wenn er es aufgibt, seine Finanzen selbstständig zu verwalten.

„Das ist eine Entwicklung, bei der die Zeit dir in die Hände spielt. Es wird ihn mit der Zeit immer mehr überfordern. Dann sind wir am Zug."

„Und Martha."

„Sag um Himmels Willen nichts zu ihr. Die wird Ärger machen, wenn wir Pech haben. Wenn wir alles schwarz auf weiß haben, ist es immer noch früh genug, sie zu informieren."

Sybille hatte ihrem Mann fest in die Augen geschaut. Oliver sah ihre Zufriedenheit, ja fast einen Anklang von Stolz auf ihn. Das beflügelte ihn. Gut, dass er nach Martha gefragt hatte! Genau das hatte er hören wollen. Sybilles klare und unverrückbare Meinung. Eigentlich war er ja sowieso ihrer Meinung. Aber doch hatte er ab und an den Anflug eines schlechten Gewissens seiner Schwester gegenüber. Sie hatte ihm immer geholfen. Das musste er schon anerkennen. Sie war immer für ihn dagewesen. Aber das war lange her. Jetzt hatte jeder sein eigenes Leben. Und mal ehrlich, Martha war immer der Liebling von Papa gewesen. Das war endlich vorbei. Er musste gar nicht mehr an die Augen seiner Frau denken, diesen leuchtenden Ausdruck einer Siegerin, um zu wissen, wo sein Weg in Zukunft entlanggehen würde.

Martha rief Lisa an. Sie kam sofort.

Kaum war die Freundin hereingeschneit, da platzte
Martha schon raus:

„Stell dir vor, Lisa, mein Vater liegt im Krankenhaus
und mein Bruder sagt mir nicht Bescheid."

Lisa war sofort ganz Ohr.

„Unglaublich! Was ist denn passiert?"

„Er hatte einen zweiten Schlaganfall."

„Oh, das tut mir leid."

„Mir auch. Aber er lag schon drei Tage im St.
Josefskrankenhaus und ich wusste von nichts."

„Das ist doch nicht zu fassen!"

„Oliver hat mich nicht angerufen! Und wenn er
nicht mit mir telefonieren will, weiß der Himmel
warum auch immer, es gibt doch E-Mail, es gibt
doch WhatsApp. Es gibt doch ganz unpersönliche
Möglichkeiten, seine Familie zu benachrichtigen.
Er hätte ja auch meine Jüngste, Rita Maria,
anrufen können. Das hat er schon einmal gemacht.
Oder sein Patenkind. Er weiß ja, wie schnell die
Nachrichten zwischen mir und den Kindern hin und
her gehen."

„Man kann sich gar nicht vorstellen, was dein
Bruder davon hat. Es ist mir ein Rätsel."

„Das macht man doch einfach nicht."

„Wie hast du es denn erfahren?"

„Ich habe rein zufällig eine Frau aus Muggardt auf

dem Markt in Au getroffen. Eine Nachbarin meines Vaters. Du weißt ja, dass ich freitags dahin gehe."

„Ja, der Käse ist superlecker. Ich greife noch mal zu."

„Nimm nur. Gut, dass ich den Tisch schon vorher gerichtet habe. Ich habe dich richtig überfallen mit meinen Angelegenheiten. Entschuldige bitte. Willst du erst in Ruhe essen?"

„Nein, nein. Erzähle weiter. Was hat diese Bekannte aus Muggardt gesagt?"

„Sie hat mich gefragt, wie es meinem Vater geht. Ich antwortete ihr, dass es erstaunlich ist, wie er sich nach dem Tod meiner Mutter gehalten hat. Und sie fragte verblüfft: „Ja wissen Sie denn nicht, dass Ihr Vater mit einem Schlaganfall im Krankenhaus liegt?" Kannst du dir das vorstellen?"

„Oh Gott."

„Ich war total geplättet. Ein bisschen peinlich war es schon. Mein Bruder, der bringt mich in Situationen."

„Wie geht es deinem Vater?"

„Von ihm habe ich nicht viel über seinen Zustand erfahren. Aber er wirkt sehr verändert. Wir haben gar nicht richtig miteinander geredet so wie sonst immer. Als ob es keine Themen gäbe. Das ist uns noch nie passiert. Als sich der Besuch zu Ende neigte, meinem Vater fielen bereits die Augen immer wieder zu, da richtete er sich für einen Moment nochmal auf und fragte mit verschwörerischer Stimme: Martha, kannst du mir eine Flasche Wein aus dem Weinkeller holen? Oliver bringt mir keine. Er sagt, das sei ungesund." Als ich es ihm versprochen hatte, sank er zufrieden in die Kissen zurück und schlief ein. Stell dir das vor, der Papa hat sich von Oliver eine gute Flasche Wein aus seinem Weinkeller gewünscht und Oliver verweigert ihm das."

„Wieso das?"

„Zu ungesund nach einem Schlaganfall, soll er gesagt haben. Findest du das nicht auch empörend? Der Mann hat fast nichts mehr. Trotzdem gönnt Oliver ihm nicht ein bisschen Lebensfreude. Der Papa hat immer Wein getrunken. Er ist nebenher all die Jahre Winzer gewesen. Die Rebstöcke hat er von seinem Vater geerbt. Zwei kleine Weinberge. Und da bringt ihm Oliver nicht das, was er sich wünscht. Ich verstehe das einfach nicht."

„Und du?"

„Na, was denkst du? Ich bin stande pedes nach Muggardt gefahren, habe ihm einen schönen Wein ausgesucht und noch am selben Abend vorbeigebracht. Papa hat sich riesig gefreut."

„Und wie soll es jetzt weitergehen mit deinem Vater?"

„Ich weiß es nicht. Ich habe gleich nach dem Krankenhausbesuch Oliver angerufen. Aber da ging keiner dran. Egal, wie oft ich es versucht habe. Dann habe ich ihm eine E-mail geschickt. Die hat er nicht beantwortet. In meiner

Verzweiflung habe ich sogar eine WhatsApp verfasst. Du weißt, wie ungern ich das tue. Aber ich wollte unbedingt mehr über Papas Zustand erfahren und wie ich helfen kann."

„Nichts?"

„Keine Antwort. Nichts!"

„Warst du denn schon beim Rechtsanwalt?"

„Ja."

Lisas Augen leuchteten auf. Sie betrachtete Martha stolz. Da hatte sie eine Mitstreiterin gewonnen.

„Und?"

„Schlechte Nachrichten. Ich soll still halten. Keine schlafenden Hunde wecken."

„Wie bitte?", fragte Lisa empört.

„Ja. Die Situation ist heikel."

Lisa saß nun kerzengerade und schaute Martha auffordernd an.

„Es steht zwar im Testament, dass ich das Reihenhaus erbe, aber noch lebt mein Vater. Noch kann er über alles frei verfügen."

„Will er dir das Haus wegnehmen? Hat er es sich anders überlegt?"

„Nein, das nicht. Wir haben letztens noch davon gesprochen. Du weißt ja, dass ich meinen Vater einmal die Woche besuche."

„Wo ist das Problem?"

„Mein Vater hat Oliver nach seinem Schlaganfall die Vollmachtern übergeben."

„Ich denke, du warst sein Liebling?"

„War ich auch!"

„Wieso übergibt er nicht dir die Vollmachten? Zudem bist du seine Älteste."

„Keine Ahnung."

„Na, das ist mal wieder typisch Patriarchat. So lange es um nichts geht, bist du der Liebling. Sobald es aber um Finanzierungen, Geldanlagen und Macht geht, wird es dem Mann zugeschoben. Wurmt dich das nicht?"

„Darüber habe ich auch schon nachgedacht."

„Männer stecken doch immer unter einer Decke. Schustern sich die wichtigen Dinge zu."

„Ausgerechnet mein Vater!"

„Jetzt verstehe ich auch, warum dein Bruder so auf die Tube drückt. Der hat nur ein kleines Zeitfenster."

„Wie meinst du das?"

„Wann war der erste Schlaganfall?"

„Ungefähr vor vier Wochen."

„Und kurz darauf hatte er die Vollmachten?"

„Ja, mein Vater hat mich bei einem Besuch darüber informiert."

„Na ja, dann muss es dein Bruder schaffen, dein Haus zu verkaufen, bevor euer Vater stirbt."

„So siehst du das?"

„Logisch. Jetzt hat er die Macht dazu. Sobald dein Vater stirbt, kann er nichts mehr ausrichten."

Martha saß eine Weile still auf dem Sofa. Sie schaute durch das Fenster. Auf Libellen, die über den Teich schwirrten. Bei ihr schwirrten die Gedanken.

„Du meinst, das ist reine Strategie."

„Klar. Was sonst?"

„Du meinst, Oliver ist durch und durch egoistisch?"

„Das sieht doch ein Blinder mit Krückstock."

„Meine Mutter hat mal so eine Bemrkung fallen lassen. Obwohl Oliver eindeutig ihr Liebling war, meinte sie nüchtern, Oliver ist doch in allen Dingen recht egoistisch. Am liebsten würde er seine Schäfchen sofort ins Trockene bringen."

„Kluge Frau. Sag mal, was hat der Rechtsanwalt noch gesagt?"

„Sobald mein Vater gestorben ist, können wir die Offenlegung der finanziellen Situation einfordern."

„Martha, falls dein Bruder je wieder einen Interessenten anschleppt, lasse ihn nicht ins Haus."

Lisa schaute Martha kämpferisch an.

Martha gab sich einen Ruck.

„Du hast recht", sagte sie. „Ich werde seine Pläne vereiteln."

„Gut so."

Lisa strahlte Martha mit großer Zufriedenheit an. Meine Güte, ist das ein tolles Gefühl, so eine engagierte Freundin im Rücken zu haben, dachte Martha.

Kapitel 10 Heidelberg

Bente überfiel urplötzlich das dringende Bedürfnis, noch einmal zurückzugehen an den Ort, an dem sie damals durchgestartet waren. Sie ließ es zu, für einen Moment den strahlenden Olymp aus den Augen zu lassen und in die Vergangenheit zu blicken. Sofort sah sie eine Szene vor sich. Lars und sie lagen in ihrem breiten Doppelbett. Extra Size. Licht flutete durch großzügige Fenster ins Zimmer und malte helle Muster auf den gepflegten Parkettboden. Sie blinzelte noch müde ins Licht, bereit, die Augen gleich wieder zu schließen. Ihr erster freier Tag nach einer Sechstagewoche. Sie blieben lange im Bett. An Sonntagen, die weit und offen vor ihnen lagen. Lars holte Kaffee ans Bett und gab ihr einen fröhlichen Guten-Morgen-Kuss. In dem Falle, dass einer von ihnen beiden einen riesigen Erfolg verbuchen konnte, hatte Lars einige Zeitungen der internationalen Presse bereits am Samstag besorgt. Die Zeitungen waren unbeachtet liegen geblieben, denn der Samstag war ein Arbeitstag, den jeder intensiv für sein Projekt nutzte. Nicht so am Sonntag! Mit dem Morgenkaffee brachte Lars die Zeitungen und verstreute sie über das Bett. Bente griff in der Regel zuerst nach der Süddeutschen Zeitung und Lars nach dem Daily Mirror oder dem Daily Telegraph. Bei den ersten

Schlucken ihres heißen Getränkes durchblätterten sie die Zeitung nach einem Artikel über Bentes Prozess oder über Lars' aussichtsreiche Ausschreibung, einen gewonnenen Wettbewerb oder ein fertiggestelltes originelles Gebäude.

Sie lasen sich Stellen aus den Artikeln vor.

„Hör mal, was der Journalist Martin Romer über deinen Wettbewerb und dich schreibt."

Sie zelebrierten lustvoll und voller Muse ihre Erfolge. In solchen Momenten hatten sie gespürt, was für ein begnadetes Paar sie waren. Seine Begabungen so stark wie ihre. In solchen Momenten erblühte ihre Erotik.

Bente begehrte Lars. Seine witzigen Bemerkungen zu den Artikeln der Journalisten, sein Sprachwitz, seine lakonischen Bemerkungen zu Schreiberlingen, die er nicht mochte – all das verstärkte Bentes Begehren. Nicht selten fand sie sich nach diesen prickelnden Gesprächen in seinen Armen wieder. Dann konnte es schon mal Nachmittag werden, bis sie aufstanden. Am Abend gingen sie zum Essen aus. So gerüstet hatte die neue Woche kommen können. Eine Sechstagewoche. Ja, sie wollte sich ihren Platz im Leben erobern. Der Preis war fair. Sie liebte ihr Leben mit Lars.

Muse, dachte sie. Ob ich je wieder einmal das Gefühl von Muse haben werde? Das Wort schien einer anderen Welt anzugehören. War eine gute

Idee gewesen, Lars' Mutter zu kontaktieren. Sie hatte Glück gehabt. Ihre Schwiegermutter konnte nach dem Prozess für zwei Wochen nach Heidelberg kommen und ihren Sohn unterstützen. Mein Gott, dachte Bente, wie anders wäre es doch, wenn wir Eltern vor Ort hätten. Ein himmelweiter Unterschied. Aber seit sie Freiburg aus Karrieregründen verlassen hatten, war das nicht mehr der Fall. Lars' Mutter lebte mit ihrem Mann, einem Diplomaten, in England und war äußerst aktiv und rund um die Welt beschäftigt. Es war fast ein Wunder gewesen, dass sie zu Bentes Auszeit verfügbar war. Auch meine Mutter ist sehr aktiv, dachte Bente. Sie war nach dem Tod ihres Vaters viel gereist. Hatte zum ersten Mal in ihrem Leben Amerika gesehen und war wiederholt in Bali gewesen. Wer weiß, ob sie Kinder hätte hüten wollen? Verflixt. Bente schalt sich selbst. Du lebst in Heidelberg, deine Mutter in Au! Zerbrich dir nicht den Kopf über ungelegte Eier. Trotzdem ließ der Gedanke sie nicht mehr los. Es war so unglaublich, dass sie einfach für zwei Wochen verreisen konnte, nur weil eine der Mütter zur Verfügung stand. Bei Johanna, ihrer Schwiegermutter, wusste sie die Kinder in den besten Händen. Auch für Lars freute sie sich. Er hatte seine Mutter lange nicht gesehen. Die beiden hatten eine gute Beziehung und würden ihre Zeit trotz aller Belastungen zu genießen wissen. Mein Gott, wie anders fühlte sich das Leben mit einer präsenten Mutter vor Ort an. Bisher war Bente immer sicher gewesen, dass der Umzug nach Heidelberg einer ihrer genialsten Schachzüge gewesen war. Zum ersten Mal dachte sie daran, was gewesen wäre, wenn… Lass das, rief sie sich zur Ordnung. Sie lenkte ihre Aufmerksamkeit zurück auf ihre jetzige Situation. Johanna würde die Kinder jeden Tag von der Kita abholen. Ob sie kochen würde, wusste sie nicht. Aber organisieren konnte sie gut. Lars würde sich am Abend an einen gedeckten Tisch setzen können oder sich von ihr ausführen lassen.

Es war höchste Zeit, dass sie ihre eigene Mutter wieder sah. Ohne die Kinder, das war noch nie passiert, seit sie auf der Welt waren. Und das allerbeste war, sie konnte gleich zwei Fliegen mit einer Klappe schlagen. Seit sie von ihren hiesigen Freundinnen enttäuscht war, hatte sie der Gedanke an Silke nicht verlassen. Silke in Bollschweil! Wie es wohl war, wenn man niemals aus dem eigenen Dunstkreis herausgekommen war?

Es wurde Zeit, das Schwierigste anzugehen. Sie musste mit Lars reden. Am selben Abend packte sie das Thema an.

„Lars, ich muss unbedingt mit dir reden."

„Gute Idee. Aber wo nehmen wir die Zeit her?"

„Ich habe gedacht, ich besorge für Sonntag einen Babysitter, der die Kinder tagsüber nimmt. Dann können wir uns in Ruhe aussprechen und dir bleibt ein bisschen Zeit zum Arbeiten."

„Gute Idee, Bente. Das machen wir so."

Bente hatte ein schönes Programm für die Kinder vorbereitet. Sie waren fröhlich aus dem Haus marschiert. Lars und Bente waren alleine am Frühstückstisch zurückgeblieben. Sie räumten ab und putzten den Tisch. Noch befanden sie sich in täglichen Routinen. Dann saßen sie einander gegenüber. Es fühlte sich fremd an.

„Lars, ich brauche eine Auszeit!"

Bente hatte sich entschieden, direkt in medias res zu springen!"

„Wo ist das Problem? Du hast doch alles, wie immer, glänzend geschafft."

„Lars, du hast keine Ahnung, wie sehr ich mich die letzten Wochen zur Arbeit geschleppt habe. Von der Arbeit zur Kita und von der Kita nach Hause. Und dann die Angst vor dem Telefonat am späten Nachmittag. Wenn ich alles stehen und liegen lassen musste…"

„Es tut mir so leid, dass ich es nicht immer schaffe, die Kinder abzuholen."

„Darum geht es doch gerade nicht. Es muss sich etwas ändern, Lars. Wir müssen etwas ändern. So schaffen wir das nicht. Ich brauche dringend eine Auszeit!"

„Das schaffe ich nicht", entfuhr es Lars, bevor er es

verhindern konnte.

Lars fühlte sich auf unsicherem Boden. Fast wäre es ihm lieber gewesen, Bente hätte ihm Vorwürfe gemacht. Wie anders war doch ihr Verhältnis gewesen, als er noch der zuverlässige Mann an ihrer Seite war. Aber tief in sich drinnen spürte er, dass er das nicht leisten konnte. So sehr er auch wollte. Sie würden nicht mehr zu ihrem Leben als Traumpaar, dem alles gelang, zurückkehren können.

„Du glaubst doch nicht, dass ich dich einfach hängen lasse. Ich habe bereits einiges organisiert." Der Schreck war ihm ordentlich in die Glieder gefahren. Dass seine Frau sich aus der Affäre ziehen wollte, auf so eine Idee wäre er nicht im Traum gekommen. Seine zuverlässige und gut organisierte Frau wollte raus aus ihrem gemeinsamen Alltag. Beim Wort zuverlässig zuckte er zusammen. Ja, Bente war all die Jahre zuverlässig gewesen. Auch in den letzten Wochen, in denen sie sich voneinander entfernt hatten und jeder den eigenen Zielen hinterhergehetzt war. Sie war zuverlässig gewesen. Er nicht. Langsam dämmerte es ihm, auch sie konnte ihre Zuverlässigkeit nicht länger aufrechterhalten. Auch sie war an eine Grenze gestoßen. Er spürte, wie ihm diese Erkenntnis den Boden unter den Füßen wegriss. Er hatte sich in ihr Projekt „Karriere und Kinder" eingenistet. Er hatte nie daran gezweifelt, dass sie es schaffen würden. Nie! Auch wenn er ab und an die Kinder vergaß, es tat ihm wirklich leid, aber irgendwie war es im manchmal nur wie ein Kavaliersdelikt erschienen. Jetzt spürte er die Erschütterung, die von Bentes verändertem Verhalten ausging. Vielleicht war es ja seiner Frau früher so mit ihm gegangen. Trotzdem. Er hatte immer an sie beide geglaubt. Auch wenn Bente unfreundlich gewesen war oder vorwurfsvoll, wenn sie ihn ungerecht behandelt hatte oder überreagierte, hatte er gedacht, das ist der Stress, das kommt vor, das gehört dazu. Schnell hatte er seinen Fokus auf etwas gerichtet, was ihnen gut gelang. Zum ersten Mal seit er Bente kannte, stand ihr Projekt in Gefahr.

Bente konnte nicht mehr! Sie saß mit leeren Augen vor ihm. Sie wollte eine Auszeit. Lars spürte Panik in sich aufsteigen. Auch wenn er seinen Erfolg liebte, das Zentrum seines Denkens und Fühlens waren immer Bente und die Kinder gewesen. Würde sich das jetzt ändern? Wollte sich Bente ihrem Lebensentwurf entziehen?

„Was soll denn eine Auszeit bringen? Das ändert doch nichts an unserer Gesamtsituation. Wie lange möchtest du denn Zeit für dich?"

„Zwei Wochen."

„Und nach zwei Wochen kommst du wieder und es hat sich nichts geändert. Außer, dass ich auf dem Zahnfleisch gehe."

„Ich habe schon dafür gesorgt, dass du nicht auf dem Zahnfleisch gehst. Aber Lars, ehrlich, schau dir doch unsere letzten Wochen an. So kann es doch einfach nicht weitergehen. Soweit sind wir doch d´accord."

Lars musste Bente widerwillig recht geben. Er hatte ein richtig schlechtes Gewissen. Wieso hatte er nicht gesehen, wie schlecht es Bente ging? Wieso konnte er ihr das Leben nicht bieten, das sie sich immer gewünscht hatte? Er als ihr Mann sollte doch in der Lage sein, den Traum vom Leben, den sie ohne Kinder und auch mit Kindern vier Jahre lang gelebt hatten, weiterhin zu verwirklichen. Was war mit ihm los? Wieso schaffte er das nicht?

„Hör mal, Lars. Ich brauche diese Auszeit! Wir schaffen es einfach nicht, so weiter zu machen. Ich muss nachdenken können, ohne die Kinder. Ohne Verpflichtungen. Ich muss klären, welche Konsequenzen diese Erkenntnis für uns hat."

Die Panik stieg wieder hoch, schnürte ihm für einen Moment die Kehle zu. Als er wieder reden konnte, sagte Lars:

„Weißt du, Bente, da wäre es mir doch tatsächlich lieber, du würdest mir Vorwürfe machen wegen meiner Unzuverlässigkeit."

„Lars, ich habe damit wirklich gehadert. Weil es unsere so wunderbaren Pläne beschädigte, und ich wollte auf Teufel komm raus unseren Traum umsetzen. Wirklich, unter allen Umständen. Da habe ich bestimmt oft überreagiert. Aber jetzt merke ich es ja an mir selbst. Würdest du heute zu mir sagen, geh morgen ins Büro und übernimm den nächsten spannenden Fall, ich halte dir den Rücken frei, ich könnte es nicht. Da ist eine Grenze."

„Du überraschst mich."

„Ja und mich erst! Es war ein langer Prozess, bis ich es mir eingestehen konnte, dass ich nicht mehr kann. Dass ich nicht mehr die strahlende Erfolgsfrau mit zwei süßen Kindern und einem attraktiven erfolgreichen Mann bin."

„Und ich habe von all dem nichts gemerkt."

„Bei dem Stress kein Wunder."

Lars´ Augen füllten sich mit Tränen.

„Ich vermisse sie."

„Wen?"

„Die strahlende Erfolgsfrau mit den zwei süßen Kindern und dem attraktiven Mann."

„Ich auch."

„Ach, Bente, was ist nur mit uns passiert? Unser Start war so gelungen. Schon in Freiburg war es toll, als wir noch Studenten waren!"

„Ja, Lars. Genau darüber muss ich nachdenken. Was ist mit uns passiert? Ab wann haben wir eine falsche Abzweigung genommen? Wo ging etwas schief? Ich muss einfach den Fragen nachgehen. Apropos Freiburg. Ich will meine Mutter besuchen und vor allem Silke. Weißt du noch, wie unzertrennlich wir waren? Und jeden Samstag auf der Piste."

Lars überlegte kurz. Sollte er das Gespräch auf ihre aktuellen Probleme zurücklenken. Aber dann ließ er sich sanft in ihre gemeinsamen Erinnerungen gleiten. Alles besser als sich den Fragen zu stellen, die am Horizont drohten. Würde sein Lebensprojekt mit Bente scheitern? Hatte er die Bodenplatte und die tragenden Wände zu unstabil gebaut? Hatte er die Statik zu nachlässig berechnet? Nein, dann lieber abtauchen in Momente ihrer Geschichte, in der die Spritzigkeit, der Witz, selbst Schrilles nicht gänzlich ausgeschlossen waren.

„Ja, und immer neue Discos ausprobiert."

„Und abtanzen bis zum Umfallen."

„Und jeden Song mitgegrölt."

„Nachts nur noch glücklich ins Bett gesunken. Ausgetobt. Voller Musik. Die Texte wie Ohrwürmer im Kopf."

„Und dann erst das Musikzeltfestival am Mundenhof."

„Das Highlight im Sommer in Freiburg."

„Jedes Jahr aufs Neue. Man musste einfach hin!"

„Weißt du noch, wie Silke es geschafft hat, mich zu Dieter Thomas Kuhn zu schleppen?"

„Ja. Dein schrilles Outfit! Meine Güte, dass du das mitgemacht hast, das wundert mich heute noch."

„Dabei konnte ich Schlager nicht leiden. Bin nur

Silke zuliebe mit. Aber dann! Der Abend war
Bombe. Das ganze Zelt tobte, tanzte, schmetterte
Lieder. Jeden einzelnen Hit. Es war mega."

„Dann hast du Silke abgeschleppt. Zum
Galaabend mit Giora Feidmann."

„Ja, das war nicht so ihr Ding. Aber sie hat es mir
verziehen."

„Das Heimat- und Panikorchester, das war unsere
große Entdeckung. Einfach toll."

„Wie der Feidmann Serben und Kroaten
zusammen spielen ließ nach dem Bürgerkrieg."

„Und später Israelis und Palästinenser."

„Mein Gott, waren das Highlights."

Sie blickten sich an. Ruhig. Lange.

Sie hatten etwas wiedergefunden. Etwas Tiefes,
Kostbares. Auch wenn es gefährdet war, so stellte
es sie doch auf einen neuen Boden.

Sie schwiegen.

Im Schweigen konnten sie ihre Verbundenheit
spüren.

Nach einer Weile unterbrach Bente die Stille.

„Ich muss dir von meinen Plänen erzählen."

„Ich höre", antwortete Lars. Er hatte eine gewisse
Gelassenheit zurückgewonnen. Diese Frau, mit
der er schon als Student auf der Piste war, sie
würde ihn nicht einfach fallen lassen. Ihn und die
Kinder. Ihr Vorschlag würde Hand und Fuß haben.
Bente hatte recht. Sie mussten neue Wege gehen.
Der alte Weg hatte in eine Sackgasse geführt.
Wenn Bente von Plänen sprach, konnte es so

schlimm nicht sein. Aber doch befremdete ihn etwas. Er horchte in sich hinein. Meine Pläne, hatte sie gesagt. Das war es. Früher hatten sie gemeinsan geplant, solange bis es für beide passte. Jetzt hatte Bente eigene Pläne, die mit ihm und den Kindern nichts zu tun hatten. Fremd fühlte sich das an. Erschreckend. Aber wenn sie das wieder auf einen guten Weg bringen würde, vor allem auf einen gangbaren Weg, würde er seine Frau selbstverständlich unterstützen.

„Ich habe mit deiner Mutter telefoniert. Stell dir vor, sie hat tatsächlich Zeit, für zwei Wochen zu kommen."

„Meine Mutter", fragte Lars überrascht. „Wie hast du denn das hingekriegt?"

„Es war wirklich ein glücklicher Zufall, dass sie ausgerechnet in den zwei Wochen, in denen ich sie brauche, keine anderweitigen Verpflichtungen hat. Sie hat sofort zugesagt. Freut sich auf dich und die Kinder."

„Du bist ein Phänomen."

„Ja. Manchmal brauche ich zwar etwas länger, um etwas zu begreifen. Aber dann bin ich schnell. Wie ich deine Mutter kenne, wird sie die Kinder täglich von der Kita abholen, mit ihnen schöne Dinge unternehmen. Ob sie euch kocht, weiß ich nicht, aber sie wird auf jeden Fall das Essen organisieren. Du kannst dich also ganz auf deinen Wettbewerb konzentrieren."

„Meine Güte, an was du alles gedacht hast!"

„Nicht nur das. Es kommt noch besser. Ich habe über die Babysitter-Agentur eine Studentin gefunden, die Semesterferien hat und sich etwas dazuverdienen möchte. Sie ist sehr flexibel. Falls du mal mit deiner Mutter alleine etwas unternehmen möchtest, ihr habt euch ja lange nicht gesehen, die Studentin ist gerne bereit, einzuspringen."

„Aber die Kinder kennen sie doch gar nicht."

„Da kennst du mich schlecht."

„Wie?"

„Natürlich ist sie längst eingearbeitet."

„Wie hast du das denn neben deinem Stress noch geschafft?"

„Ich habe sie bei meinen Unternehmungen mit den Kindern mitgenommen. Auf dem Spielplatz las ich eine Akte, während Sabine fröhlich mit Björn und Annika Sandburgen baute oder Wasserkanäle anlegte, in die sie dann mit dieser Schlegelpumpe Wasser pumpte. Am Ende habe ich noch ein wenig mit den Kindern gespielt. Björn und Annika hatten gleich einen guten Draht zu Sabine. Sie hat so etwas Fröhliches und Unbeschwertes an sich."

„Und kein Wort zu mir."

„Ich hatte keine Kraft. "

„Wann willst du denn zu deiner Mutter fahren?"

„Nächste Woche brauche ich noch hier. Ich bin viel zu müde. Kann mir gar nicht vorstellen, einen

Koffer zu packen. Aber in der folgenden Woche will ich los."

„Und deine Kanzlei?"

„Nach einem gewonnenen spektakulären Prozess ist einfach der optimale Zeitpunkt für Urlaubswünsche. Ich habe drei Wochen Urlaub genommen. Es war nicht ganz einfach. Aber meine Argumente waren gut. Deine Mutter kommt übrigens nächstes Wochenende. Das wird bestimmt eine gute Zeit für euch."

„Bente!"

Lars' Ton ließ Bente aufhorchen. Es war ein Klang darin, mit dem man Brücken von einem Ufer zum anderen bauen konnte. Sie schaute ihn an.

„Ja?"

„Es ist der Stress, nicht wahr?"

Bente senkte den Blick.

„Ich weiß nicht, lass mir Zeit zum Nachdenken."

Lars schwieg einen Moment. Berappelte sich. Was hatte er erwartet? Eine schnelle Lösung, wie er es sich sehnlichst wünschte, würde es nicht geben.

„Wie du das mal wieder alles organisiert hast, obwohl du am Ende deiner Kräfte warst!"

Lars schaute seine Frau zärtlich an. Auch wenn sie jetzt wie gewohnt funktionierte, er konnte sich immer noch auf sie verlassen.

„Ja, organisieren ist unbestreitbar eines meiner Talente. Freust du dich auf deine Mutter?"

Lars war noch so in die Prozesse vertieft, die

zwischen ihm und Bente abliefen, alle seine Sinne waren auf sie ausgerichtet, dass er nur langsam seine Gedanken davon lösen und auf etwas Neues richten konnte. Seine Mutter, sie würde für zwei Wochen kommen. Er sah sie selten. Sie lebte in London mit seinem Vater. Sie hatte rund um die Uhr überall auf der Welt viel zu tun. So langsam stieg eine erstaunte Freude in ihm auf. Seine Mutter, sie würde neue Impulse in sein Leben bringen und ihn zumindest gedanklich aus dem Alltagstrott herausreißen. Und wie gut für die Kinder. Endlich hätten sie etwas von dieser Frau, die die richtigen Wertvorstellungen mit einem phänomenalen Talent, aus jeder Alltagssituation ein besonderes Highlight zu schaffen, harmonisch verband. Gott, hatte er diese Fähigkeit als Kind genossen. Endlich könnten seine Kinder eine nähere Beziehung zu dieser einfallsreichen Oma aufbauen. Und vielleicht, vielleicht würde er sich ja tatsächlich einen Tag nur mit ihr gönnen. Leise stieg eine vorsichtige Hoffnung in ihm auf.

„Hallo Silke!"
„Bente! Komm, lass dich umarmen."
Silke nahm Bente herzlich in die Arme. Schob sie
dann ein Stück von sich weg und betrachtete sie.
„Du siehst gut aus."
Bente hatte die letzten Spuren ihrer Erschöpfung
geschickt überschminkt. Außerdem hatte sie sich
so sehr auf den Besuch bei ihrer Jugendfreundin
gefreut, dass sie etwas von ihrem alten Strahlen
zurückgewonnen hatte.
„Findest du?"
„Ja", lachte Silke. „Komm rein, ich zeige dir das
Haus."
Nach einer ausführlichen Führung durch das
zweistöckige Einfamilienhaus und den Garten,
landeten beide in einem großzügig geschnittenem
Wohn-Essbereich.
„Ich stelle schnell den Kaffee auf", sagte Silke,
„dann können wir in Ruhe reden."
„Schön hast du es hier eingerichtet. Interessant,
wie du einzelne antike Möbelstücke wie diesen
Sekretär mit Hypermodernem mixt. Das gefällt mir.
Und dann deine kleinen Arrangements. Ich wäre
nie auf die Idee gekommen, diesen großen
bauchigen Krug-der ist übrigens sehr schön-mit
dem Schatzkästchen und den uralten massiven
Kerzenständern zusammen aufzustellen. Es hat
eindeutig Charme. Du hattest schon immer ein

Händchen für stilvolles Ambiente."

Silke lachte. Es war das gleiche helle, unbeschwerte Lachen, das Bente so an ihr mochte.

„Freut mich, wenn es dir gefällt. Mir macht es Spaß. Finde ich ein schönes Stück, dann muss ich alles neu arrangieren. Keine Ahnung, wo das herkommt."

„Mir gefällt es."

„Schau, ich habe dir deinen Lieblingskuchen gebacken."

„Das weißt du noch!"

Bente war für einen Moment richtig gerührt. Ja, sie konnte sich für ihr Geld alles kaufen. Aber selbst gebacken hatte ihr schon lange keiner mehr! Schon gar nicht ihren Lieblingskuchen.

„Klar, so was vergisst man doch von einer besten Freundin nicht."

„Wie lange haben wir uns nicht mehr gesehen?"

„Lass mich nachdenken. Du warst damals schwanger mit Björn. Also muss es ungefähr zwei Jahre her sein. Björn kenne ich nur von Fotos. Annika war dabei. Weißt du noch, wie wenig wir damals zum Reden kamen. Da waren Lukas und Daniel noch klein. Forderten ständig meine Aufmerksamkeit. Meine Güte, war das damals anstrengend."

„Es wird also mit der Zeit besser?"

„Ja, es wird besser. Man bekommt ein bisschen Spielraum zurück."

„Das tut dir gut?"

„Ja. Ganz am Anfang ist man ja nur noch Mutter. Aber jetzt kann ich auch wieder eigenen Interessen nachgehen. Das tut mir gut."

„Du arbeitest doch längst wieder?"

„Ja, ich habe nicht lange nach der Geburt der Kinder ausgesetzt. Ich eigne mich einfach nicht zum Heimchen am Herd."

Bente deutete auf das Haus, den Garten und fragte:

„Wird dir das alles nicht manchmal zu viel?"

„Nein", lachte Silke. „Sagen wir mal so: ganz selten. Wenn mir mal alles über den Kopf zu wachsen droht, ich will zum Beispiel einen Großeinkauf machen, die Kinder quengeln rum, wollen sich nicht anziehen, dann rufe ich einfach meine Mutter an. Ich frage sie, ob sie die Kinder für zwei, drei Stunden nehmen kann. Dann bringe ich sie hin und gehe in Ruhe einkaufen."

„Das ist ja ideal."

„Wenn ich dann nach drei Stunden entspannt zu meiner Mutter komme, freue ich mich schon wieder über die Kiddies. Die Mama macht dann noch ein Käffchen. Wir reden ein wenig. So weit es eben geht. Dann fahre ich gechillt nach Hause zurück."

„Das klingt ja gut."

„Montags kocht Mama für uns alle. Da kommen meine Schwestern dazu. Anja mit ihrem aktuellen Freund und Rita Maria. Die freuen sich über ihre

Neffen. Spielen gerne mit ihnen. Rita Maria war sogar schon mal mit Lukas im Kino."

„Und Florian?"

„Mein Mann nutzt die Zeit meistens anders. Das muss ja auch mal sein. Montags muss ich nicht kochen und komme entspannt von meiner Familie nach Hause. Und Florian ist auch locker drauf. Mal Zeit ohne die Kinder tut ihm gut. Aber jetzt erzähle endlich von dir. Wie geht es dir? Was machen Lars und Annika und Björn?"

„Ich habe gerade einen spektakulären Prozess gewonnen."

„Ich weiß. Ich habe es in der Zeitung gelesen. Toll. Habe mich tierisch für dich gefreut."

„Und jetzt habe ich mir eine Auszeit genommen. Ich muss nachdenken."

Silke schaute Bente mir ihren warmen Augen an.

„Was ist los? Über was musst du nachdenken?"

„Silke, ich weiß gar nicht, ob ich schon darüber sprechen möchte."

„Vor mir musst du keine Fassade aufrechterhalten, falls es darum geht. Ich bin deine Freundin. Ich will wissen, wie es wirklich um dich steht. Wenn du aber noch nicht so weit bist, respektiere ich das selbstverständlich auch. Es ist deine Entscheidung."

Bente gab sich einen Ruck.

„Mir ist in letzter Zeit alles zu viel geworden", gestand Bente ihrer Freundin.

„Es ist ja auch wahnsinnig viel, was du da leistest. Ich habe das immer bewundert."

„Ich war auch immer stolz wie Oskar, was Lars und ich auf die Beine stellen. Stell dir vor, das ist nur ein paar Monate her."

„Bei unserem letzten Treffen hat dein Stolz aus jedem Knopfloch gestrahlt. Was ist in der Zwischenzeit passiert?"

„Silke, bitte sage es keinem weiter."

„Du weißt, ich kann verschwiegen sein wie ein Grab."

„Stimmt. Ich habe dir schon mal ein Geheimnis anvertraut. Damals mit siebzehn. Meine Güte, ist das lange her."

„Rück raus mit der Sprache!"

„Silke, ich kann nicht mehr. Mir ist alles zu viel geworden. Wir schaffen es nicht mehr, so weiter zu machen."

Silke schaute ihre Freundin besorgt an.

„Wie hat das angefangen?"

„Darüber habe ich mir auch schon Gedanken gemacht. Eigentlich hat es angefangen, als ich den neuen Prozess übernommen habe. Die Fälle zuvor, ja, sie waren aufwendig gewesen. Von Anfang an wurde jeder meiner Fälle von der Öffentlichkeit aufmerksam verfolgt. Ich hatte ja extra diese Fälle favorisiert. Ich wollte schnell bekannt werden. Also der Druck ist schon enorm, der da auf einem lastet. Früher habe ich das eher sportlich genommen. Ich suchte die Herausforderung. Ich wollte unbedingt gewinnen. Ich war nie überfordert. Gefordert ja. Manchmal bis an die Grenze. Aber nie darüber. Und die Freude daran, was Lars und ich gemeinsam auf die Beine stellen, gab mir genügend Kraft, jedes Hindernis zu überwinden."

„Ja, ihr zwei habt schon früher wie Pech und Schwefel zusammengehalten."

„Ja, früher schon."

Es klang traurig und verletzt.

Erschrocken hob Silke den Kopf.

„Ist was mit Lars und dir?"

"Wir haben uns auseinandergelebt."

„Nein."

„Doch."

Silke war im ersten Moment so perplex, dass es ihr die Sprache verschlug. Nach einer Weile sagte sie:

„Das gibt es doch nicht. Das musst du mir aber ganz genau erzählen."

Bente hatte sich die ganze Zeit gefragt, ob sie Silke vollständig vertrauen könne. Sie hatte während des gesamten Gesprächs hellhörig darauf geachtet, ob es einen Ton der Häme in Silkes Stimme gegeben hatte. Aber sie spürte nur Silkes warmes Mitgefühl und ein tiefes Bedürfnis zu verstehen und zu helfen. Sie gab sich erneut einen Ruck und erzählte, was sich in den letzten Monaten in ihrem Leben zugetragen hatte.

Silke hörte aufmerksam zu.

Als Bente geendet hatte, schwiegen die Freundinnen eine Weile. Silke musste das Gehörte erstmal verdauen.

„Soweit ich mich erinnere", sagte Silke nach einer Weile nachdenklich „war Lars nie so besessen vom Erfolg wie du."

„Wir haben alles gemeinsam geplant."

„Ja schon. Aber du warst schon immer der treibende Motor in der Beziehung."

„Was willst du mir damit sagen?"

Bente fürchtete, dass jetzt der Moment gekommen war. Silke würde sie im Stich lassen. Verflixt! Sie hätte sich nicht öffnen, sich nicht so ausliefern sollen.

„Für Lars war die Beziehung immer wichtiger als der Erfolg. Er muss dich sehr lieben, bei allem, was er für dich und die Kinder getan hat."

„Aber er ist ausgefallen. Er hat seinen Part nicht zuverlässig übernommen."

„Du gehst ganz schön hart mit deinem Mann ins Gericht."

„Bist du nun meine Freundin oder seine?"

„Möchtest du meine Meinung hören oder nicht? Wenn du sie wissen willst, sage ich dir ungeschminkt, was ich denke. Eine Freundin ist nicht dazu da, um dir nach dem Mund zu reden."

Bente grummelte ein bisschen. Nachdem sie sich so weit geöffnet hatte, war sie empfindlich. Sie hätte gerne gehabt, dass Silke mit ihr ins gleiche Horn blies. Aber würde ihr das wirklich nützen? Würde sie das nicht nur für eine kurze Zeit erleichtern? Sollte sie sich nicht auf eine andere Perspektive einlassen. Ihre eigene Perspektive hatte sie geradewegs in diese Sackgasse geführt. Ja, sie musste neue Wege finden."

„Ja, ich will deine Meinung hören."

„Sicher?"

„Ja."

„Also gut. Versetze dich doch mal in Lars. Er hat mit dir gemeinsam die Familie und den beruflichen Weg geplant. Ich sage es dir noch mal. Er ist nicht so scharf drauf wie du, ganz an der Spitze zu stehen. Klar will er Erfolg. Aber nicht um den Preis, den er bringen müsste, um ganz on Top zu kommen. Er fühlt sich knapp unter der Spitze wohler. Wo es nicht ganz so taff zugeht. Es war ihm aber sehr wichtig, dass sich deine Träume erfüllen. Es passte alles. Er wollte dir ein guter Ehemann und den Kindern ein guter Vater sein."

„Ja, das stimmt."

„Aber du weißt doch, dass wir alle keine Ahnung hatten, was es bedeutet, Kinder zu haben."

„Bläst du jetzt in das gleiche Horn wie meine Heidelberger Ex-Freundinnen?"

„Keine Ahnung, in welches Horn die blasen."

„Karriere und Kinder geht nicht. Schmink dir das ab!"

„So weit bin ich noch nicht. Darf ich jetzt weiter ausführen? Oder wird es dir schon zu viel? Ich kann jederzeit aufhören."

„Hmmmmm."

„Ich muss mich ja auch erst ganz langsam in deine neue Situation einfühlen."

„Erzähl weiter. Mir ist jetzt schon zum Heulen zumute."

„Was?"

„Ich könnte mich in eine Ecke setzen und tagelang heulen, so fühle ich mich. In Heidelberg schon. Aber da haben mich die Arbeit und die Kinder davon abgehalten."

„So kenne ich dich gar nicht."

„Da siehst du mal, was aus mir geworden ist."

„Wenn dir nach Weinen zumute ist, dann tue es einfach. Lass die Tränen fließen. Es muss alles raus!"

Sofort liefen Bente die ersten Tränen aus den Augen, als ob sie nur auf diese Erlaubnis gewartet hätte. Als sie mit dem Weinen angefangen hatte, konnte sie es nicht mehr stoppen. Sie schluchzte jämmerlich. Sie wusste nicht so genau, weinte sie um Lars, die Kinder, die Arbeit. Oder weinte sie, weil da etwas in ihr Leben zurückkam. Wärme, Empathie, Interesse. Eine patente Freundin, die sich nicht scheute, unbequeme Wahrheiten auszusprechen. Die nicht auf ihre Schwächen lauerte, um ihr eigenes Leben aufzuwerten. Bente spürte, wie tief ihre Freundin in ihrem Umfeld wurzelte. Silke war angekommen in einem Leben, das ihrem Wesen und ihrer Kraft entsprach. Sie strahlte Stabilität aus. Eine ruhige Gelassenheit. Sie, Bente, konnte sich bei ihr fallen lassen. Sie schluchzte laut auf.

„Komm mal her", sagte Silke.

Sie nahm ihre Freundin in den Arm. Da weinte und schluchzte Bente noch mehr und noch lauter. Sie standen eine Weile eng umschlungen. Als das Schluchzen abebbte, setzten sie sich auf das große Sofa zurück.

„Soll ich jetzt weiter machen oder machen wir mit dem Thema Schluss für heute?"

„Ich will es schon wissen. Bin sowieso aufgewühlt. Lass uns weiter machen."

„Wenn dir die Tränen runterlaufen, lass es ruhig zu. Mich stört das nicht. Aber eins musst du mir versprechen."

„Was?"

„Wenn es dir reicht, sagst du es mir gleich. Kein So-tun-als-ob."

„Okay, mache ich."

„Stell dir vor, Lars merkt eines Tages, dass ihm alles zu viel wird. Dass er das gesamte Pensum nicht mehr schafft. Mit dir kann er darüber nicht reden. Er will dich auf keinen Fall enttäuschen. Hat er denn einen Freund, mit dem er sich aussprechen kann?"

„Er hat schon Freunde. Aber über unsere Probleme spricht er mit keinem. Das würde er als Verrat an mir ansehen."

„Ja, viele Männer reden mit ihren Freunden nicht über ihre Probleme. Jetzt versetze dich mal in seine Lage. Er kann nicht mehr. Und kann mit niemandem darüber reden. Was ist mit seiner Mutter, seiner Familie?"

„Die arbeiten rund um die Uhr. Lars sieht seine Eltern selten."

„Also ist Lars mit diesem Problem alleine. Was glaubst du, was er für ein schlechtes Gewissen hat."

„Du glaubst, dass Lars ein schlechtes Gewissen hat?"

„Ja klar. Er weiß, auf Dauer wird er deine Erwartungen nicht erfüllen können. Er hat sicher das Gefühl, er hat dir diese Art von Leben versprochen. Jetzt kann er sein Versprechen nicht einhalten. Er merkt ja, er ist nicht so taff wie du. Er kann das nicht so durchziehen. Er ist viel früher an seine Grenzen gestoßen. Er sieht, dass in seinem Umfeld alle Männer andere Wege einschlagen. Und doch will er dir deinen Traum erfüllen. Aber er schafft es nicht. Was glaubst du, wie es ihm damit geht?"

„So habe ich das noch nie gesehen."

„Kein Wunder. So wie du es mir erzählt hast, geht ihr gar nicht mehr zusammen aus. Habt gar keine

Zeit für gemeinsame Gespräche. So kannst du ja nicht erfahren, wie es ihm geht. Wenn bei Florian und mir etwas ansteht, bitte ich die Mama, auf die Kinder aufzupassen. Sie schlafen dann bei ihr. Wir haben einen schönen Abend und können am nächsten Morgen lange ausschlafen oder sonstiges treiben. Zum Mittagessen treffen wir uns dann bei meiner Mutter."

Da war das Thema wieder. Es verfolgte sie nun bereits mehrere Tage.

„Silke, glaubst du, es ist zu schaffen, dass beide Partner Karriere machen und sie es mit den Kindern gut hinbekommen?"

Silke dachte eine Weile nach.

„Ich bin gerade meinen gesamten Freundes- und Bekanntenkreis durchgegangen. Ich meine, es gibt zwei Modelle, die funktionieren. Entweder ein Partner tritt hinter die Karriere des anderen zurück. In deinem Falle hieße das, Lars ließe dir den Vortritt. Er arbeitet zwar, aber nicht gleich ehrgeizig wie du. Und wenn es drauf ankommt, steckt er zurück. Oder es machen tatsächlich beide Karriere, aber dann muss es ein starkes und breit aufgestelltes Unterstützersystem geben. Meistens spielen dabei die Eltern des Paares eine Rolle."

Tja, das half Bente nun auch nicht weiter. Sie lebte nun mal in Heidelberg und ihre Mutter in Au. Die Eltern von Lars gar in London. Also Hilfe kam ihr aus dieser Richtung nicht.

„Du, ich muss nochmal darauf zurückkommen, was

du vorhin gesagt hast. Du glaubst wirklich, dass Lars ein schlechtes Gewissen hat?"

„Ja, davon bin ich überzeugt. Ich habe ihn zwar lange nicht gesehen, aber ich kenne ihn gut!"

„An so was habe ich noch nie gedacht."

„Das kann ich mir vorstellen. Du bist ja mit Lars und den Kindern verstrickt. Ich habe es da leichter. Ich kann von außen auf die Situation schauen. Da sieht man die Dinge oft schneller."

„Darüber muss ich nachdenken."

„Dann sind wir jetzt mit dem Thema für heute durch, oder?"

„Ja, ich glaube, ich habe genug Stoff zum Nachdenken. Lass uns von etwas anderem reden."

„Gerne. Weißt du noch, wie du in Sebastian verliebt warst?"

„Gott, war der süß. Aber der wollte mich nicht. Der hatte sich in Patrizia verguckt."

„Aber du hast ihm ganz schön nachgestellt. Weißt du noch, wie du immer mit dem Hund auf seinem Nachhauseweg gelaufen bist, wenn sein Unterricht beendet war, um wenigstens ein paar Sätze mit ihm zu wechseln."

„Du hast mir immer euren Hund ausgeliehen, dass es auch echt aussah."

„Klar, der Hund musste oft Gassi gehen und merkwürdigerweise immer nach Sebastians Stundenplan."

„Erinnerst du dich noch, wie du mich mal zu Dieter Thomas Kuhn geschleppt hast? Meine Güte, ich muss dich ganz schön gemocht haben, dass ich da mitgegangen bin."

„Was heißt hier gemocht. Du sprichst in der Vergangenheit. Magst du mich nicht mehr?"
Silke strahlte Bente herausfordernd an. Die nahm ein Kissen und bewarf ihre grinsende Freundin damit.

„Wag es ja nicht, zurückzuwerfen."

„Doch", sagte Silke. Sie nahm das Kissen, warf es gezielt auf Bentes Bauch.

„Das ist für Giora Feidmann. Jetzt sind wir quitt."
Die Freundinnen knüpften nahtlos an ihre frühere Beziehung an, als hätten sie sich gestern erst gesehen. Sie alberten und kicherten und schwelgten in Jugenderinnerungen. Was ist denn aus Claudia geworden? Hast du noch Kontakt? Hast du gehört, dass Dennis Karriere in Amerika gemacht hat?
Bente sog alles auf wie ein Schwamm. Sie hatte nicht gewusst, wie ausgehungert sie war. Endlich gab es wieder mehr im Leben als Lars, die Kinder und ihre Arbeit.
Als sie noch völlig erfüllt von dem Gelächter, den Gesprächen und der Musik, die sie sich gemeinsam angehört hatten, ins Auto stieg, dachte sie: Mein Gott, wie gut, dass ich gekommen bin.
Sie beschloss, dass sie nach dieser guten Erfahrung mit Silke auch ihrer Mutter reinen Wein einschenken würde. Gleich morgen wollte sie ihr

Gelegenheit geben, hinter die Fassade zu blicken. Schluss jetzt mit der Welt der schönen Bilder. Es wurde Zeit, dass sie sich ehrlich ihrer Situation stellte und sie auch mit ihren engsten Vertrauten teilte. Zuversichtlich drückte sie das Gaspedal noch etwas weiter nach unten.

Bentes Mutter hatte ein großartiges Frühstück auf den Tisch gezaubert. Bente hatte ausgeschlafen und sich erst um neun Uhr an den Frühstückstisch gesetzt.

„Na, du Langschläferin", hatte ihre Mutter sie geneckt.

„Wann kann ich schon mal bis neun schlafen", hatte Bente gekontert. „Das muss ich doch schamlos ausnutzen."

„Tu das!"

„Sich dann auch noch an den gedeckten Tisch setzen. Im Moment verstehe ich all die jungen Leute, von denen so kritisch berichtet wird, weil sie Hotel Mama zu einem Dauerzustand machen wollen. Ich will auch!"

Sabine freute sich. Sie verwöhnte ihre Tochter gerne. Sie war wohl stolz auf ihre Erfolge und erzählte auch gerne im Freundes- und Bekanntenkreis davon. Aber wenn Bente nach Hause kam, dann war sie doch einfach ihr Kind und wurde umsorgt. Sabine genoss die Anwesenheit ihrer Tochter in vollen Zügen,

„Wie war es bei Silke?"

„Stell dir vor, es hat nicht lange gedauert und es war wie früher. Als hätte es nie eine Sendepause gegeben."

„Es hat dir gut getan?"

„Ja, sehr. Ich muss sie unbedingt bald wiedersehen. Es war mir gar nicht bewusst, dass eine gute Freundschaft so wichtig ist."

„Ja, ja. Die Jugendfreunde sind eben doch die treuesten. Aber jetzt erzähle mir von dir! Von euch. Wie geht es dir, Lars und den Kindern? Ich ahne schon, wie stolz du bist. Du hast deinen Prozess gewonnen. Darauf müssen wir nachher noch anstoßen."

Sabine schaute ihre Tochter mit strahlenden Augen an. Seit Bente nach Heidelberg gezogen war, hatte sie bei ihren Besuchen eine Erfolgsgeschichte nach der anderen präsentiert. Sabine war oft erstaunt, wie erfolgreich ihr Mädchen war. Sie selbst und Michael, Bentes Vater, hatten eine respektable Existenz hingelegt. Sie hatten bei ihrer Arbeit immer das Beste gegeben. Sie waren gewissenhaft. Aber keiner von ihnen hatte eine herausragende Begabung. Keiner von ihnen hatte in jungen Jahren so genau gewusst, was er wollte und sich so stark auf ein hehres Ziel fokussiert. Sabine genoss es, eine so begabte Tochter zu haben. Es brachte Farbe in ihr Leben. Bente hatte ihr Bereiche erschlossen, zu denen sie sonst keinen Zugang gehabt hätte. Die ganze Juristerei hatte sie, ehrlich gesagt, nie besonders interessiert. Erst als Bente sich für dieses Studium und diesen Beruf entschieden hatte, wollte sie jedes, aber auch jedes klitzekleine Detail wissen. Dazu kam, dass Bente wunderbar erzählen konnte. Lebendig. Frisch. Sabine liebte auch die Gestik ihrer Tochter. Wie ihre schönen Hände durch die Luft flogen. Wie sie sich öffneten, schlossen, das Gesagte unterstrichen. Sie lehnte sich zurück und freute sich auf Bentes Schilderungen.

Bente duckte sich innerlich weg. Unter dem erwartungsvollen Blick ihrer Mutter kam sie sich plötzlich wie eine Verbrecherin vor. Ja, Mama war es gewohnt, von ihr Erfolgsgeschichten zu hören. Sie konnte ja nichts dafür, dass sie ihr in den letzten Monaten eine heile Welt vorgespielt hatte. Bei jedem Telefonat hatte sie ihr von ihren Teilerfolgen erzählt. Mama hatte immer so intensiv nachgefragt und so zogen sich die Gespräche über ihren Beruf in die Länge und alles andere wurde ausgespart. Die Müdigkeit. Die Probleme mit Lars. Von den Kindern berichtete sie stets, was sie geplappert hatten, welche interessanten Fragen sie gestellt hatten und mit welchen Antworten sie immer wieder überraschten. Warum sollte sie ihre Mutter beunruhigen? Es war ihr richtig erschienen. Und jetzt? Ihr Plan war, ihre Mutter hinter die Fassade blicken zu lassen. Plötzlich scheute sie davor zurück. Sie wollte das schöne Bild von der erfolgreichen Tochter nicht zerstören. Sie gönnte es ihrer Mutter von Herzen. Wie oft war sie an ihrer Seite gestanden, hatte ihr geholfen, ein Problem zu lösen. Egal, ob es um Semesterarbeiten, eine unglückliche Liebe oder

Streit mit einer Freundin ging. Sie hatte unverdrossen Seminararbeiten ins Reine getippt, Bücher in der Universitätsbibliothek besorgt, Arbeiten in Copyshops binden lassen. Sie hatte sie mit wunderbaren Gesprächen getröstet und immer Ideen gehabt, wie man einen Streit beilegen und auf freundliche Art doch seine eigenen Interessen in eine Beziehung einfließen lassen konnte. Durfte sie jetzt diese heitere Sicherheit, dass im Leben ihrer Tochter alles zum Besten stand, zerstören?

„Weißt du was, Bente. Lass uns doch lieber gleich anstoßen. Erfolge muss man sofort feiern. Warte, ich hole schnell den Sekt. Ich habe ihn gestern schon kaltgestellt."

Während ihre Mutter schnell aufsprang, wurde es Bente immer mulmiger. Sie dachte an den Abend zuvor. Sie war fest entschlossen gewesen, ihrer Mutter reinen Wein einzuschenken. Es schien so leicht und folgerichtig. Mit dieser Kraft im Rücken, die sie aus dem Gespräch mit Silke gewonnen hatte, wollte sie das anpacken. Wieso nur erschien ihr das nun nahezu unmöglich? Ihre Mutter hatte es verdient, sorgenfrei um die Welt zu reisen und in heiterer Gelassenheit den eigenen Bedürfnissen nachzugehen. Sie sollte sich keine Sorgen um ihre Tochter machen müssen. Mama hatte in ihrer Kindheit und Jugend gute Samen in sie gelegt. Jetzt sollte sie die Ernte genießen!

„Schau, ich habe einen Cremant. Den magst du

doch. Einen Cremant D´Alsace von Paul Mittnacht. Ich war vorgestern schnell im Elsass drüben, du weißt schon, in dem Supermarkt kurz hinter der Grenze."

Bente stand auf und ging zu ihrer Mutter in den Küchenbereich. Sie betrachtete das Etikett. Plötzlich war alles wieder so nah. Als ihr Vater noch lebte, waren sie oft zum Einkaufen ins Elsass gefahren. Sie hatten sich eingedeckt mit Sekt und Wein, mit bestem Käse und lange abgehangenen Wildwürsten. Für den Nachtisch hatten sie noch eine große runde Wassermelone mitgenommen, die gut klang, wenn man auf sie klopfte. Sie hatten alles nach Hause gebracht und es sich gut gehen lassen. Manchmal sprachen sie an diesem mit französischen Spezialitäten gedeckten Tisch auch französisch miteinander. Bente hatte diese Familientradition immer Spaß gemacht.

Sabine ging zur Vitrine und holte zwei ihrer schönsten Sektgläser heraus. Auch der Anblick der Gläser löste bei Bente Kindheitserinnerungen aus. Sie dachte für einen Moment an all die Feste, die sie gefeiert hatten und fast immer war Silke dabei gewesen.

„Komm, lass uns anstoßen!"

Sabine reichte Bente ein Glas.

„Lass uns auf dich und deine bravourösen Leistungen anstoßen. Auf deinen gewonnenen Prozess."

Die Gläser klirrten und erinnerten an die
Leichtigkeit, die das Leben in besonderen
Momenten haben konnte. Auch an ein Erfülltsein,
das entstand, wenn man ein lange anvisiertes Ziel
erreicht hatte. Vor allem dann, wenn man lange
und mühsam darum gerungen hatte.

„Früher habe ich so mit Lars angestoßen."

Bente war so in ihre Gedanken versunken, dass
sie den Satz aussprach, ohne sich zu kontrollieren.

„Wie früher? Habt ihr nicht auf den Prozess
angestoßen?"

Bente gab sich einen Ruck.

„Nein, Mama. Wir haben nicht auf den Prozess
angestoßen."

Bente legte ihre Hand auf Mamas Arm, zog sie
zum Tisch zurück.

„Mama, es gibt Probleme. Komm setz dich. Ich
werde es dir erzählen."

Bente erzählte ihrer Mutter, wie es damit
angefangen hatte, dass Lars ab und an vergaß,
die Kinder aus der Kita abzuholen. Und was sich
mit der Zeit daraus entwickelte.

„Ich hatte keine Ahnung!"

„Wie auch. Ich musste dir ja unbedingt heile Welt
vorspielen."

„Aber Kind, ich will doch wissen, wie es dir geht!"

„Ach Mama, du hast mich immer so unterstützt. Ich
wollte, dass du ein schönes Leben hast ohne
Sorgen."

„Während mein Kind auf dem Zahnfleisch geht."

„Ja, Mama. Ich habe es ja eingesehen, dass das keine gute Idee ist. Deshalb reden wir jetzt."

„Wie hast du es eigentlich hingekriegt, dass du zwei Wochen hier bleiben kannst?"

„Lars' Mutter ist eingesprungen."

„Johanna! Sie ist extra aus London gekommen?"

„Ja, es war ein totales Glück, dass sie Zeit hatte. Es ist unglaublich, wie anders sich das Leben anfühlt mit Eltern im Rücken. Was hat doch Silke Glück mit ihrer Mutter. Es klingt so entspannt, wenn sie von ihrem Alltag erzählt."

„Schade, dass ihr nicht hier lebt. Dann würde ich mich um die Enkelkinder kümmern."

„Aber du reist doch so gerne. Da bewundere ich dich! Wo du so überall hingereist bist seit dem Tod von Papa. Ob ich das könnte, wenn Lars etwas passierte?"

„Aber das mache ich nur, um mich irgendwie zu beschäftigen."

„Wie? Ich dachte, das sei eine neue Leidenschaft von dir. Du willst noch viel von der Welt sehen. Durch Papas Tod hast du ein Bewusstsein bekommen, wie begrenzt die Zeit ist. Wie schnell alles vorbei sein kann. Du wolltest unbedingt deine Zeit nutzen für die Dinge, die früher nicht gingen."

„Ach Kind. Manchmal fliehe ich auch nur aus dem Haus. Seit Michaels Tod ist es hier leer und öd."

„Warum hast du denn nie etwas gesagt?"

„Bente, ich wollte dich nicht mit meinem Unglück belasten. Ich wollte dir nichts vorjammern. Klagen, wie sinnlos das Leben ohne Michael und dich ist."

„Warum bist du denn nicht öfter zu uns gekommen?"

„Ich wollte euch nicht stören. Ihr wart immer so gut organisiert, hattet alles im Griff. Jede Veränderung der Alltagsroutinen musste euch wie eine Störung vorkommen."

Bente musste sich eingestehen, dass da etwas Wahres dran war.

„Weißt du, Mama, als ich letztens zum ersten Mal darüber nachdachte, was gewesen wäre, wenn ich nicht nach Heidelberg gegangen wäre, da dachte ich, aber die Mama will ihr Leben noch in vollen Zügen genießen. Sie will reisen, neue Sprachen lernen, alles auskosten, was sie in ihrer Familienphase nicht ausleben konnte."

„Bente, dann will ich jetzt auch ehrlich zu dir sein. Mein größtes Glück wäre, euch hier in meiner Nähe zu haben. Die Kinder zu sehen, euch schöne Momente zu gestalten. Dafür zu sorgen, dass Lars und du auch mal Zeit für euch habt. Das muss sein! Sonst trocknet eine Beziehung aus. Ich hätte endlich wieder ein sinnerfülltes Leben."

„Und Bali?"

„Ich wollte immer, dass du deinen eigenen Weg gehst. Ich kenne doch diese Mütter, die sich an ihre Kinder klammern. Ihren Kindern ein schlechtes

Gewissen machen, wenn sie in eine andere Stadt oder gar ein anderes Land ziehen wollen. Die Kinder werden von den Bedürfnissen ihrer Mütter total eingeschränkt oder müssen sich gewaltsam losreißen. Ich wollte nie so eine Mutter sein."

„Du wolltest nicht, dass ich mich nach Papas Tod verpflichtet fühle, zurückzuziehen und mich um dich zu kümmern?"

„Nein. Kinder müssen unbeschwert ihren Weg gehen können. Also bin ich verreist. Habe mir neue Felder erschlossen. Es war immer besser als zu Hause herumzuhocken und meinem Leben mit Michael hinterherzutrauern. Aber es hat mich nicht erfüllt."

„Meine Güte, Mama! Weißt du, wie oft mir dieses Thema in der letzten Zeit begegnet ist. Auf Schritt und Tritt. Unterstützung durch die eigene Familie. Das hat doch etwas zu bedeuten?"

„Du wirst jetzt doch nicht abergläubisch werden?"

„Woher auch! Aber jetzt mal ernsthaft. Wir haben zwar genügend Geld für Babysitter. Aber am Ende sind sie einfach nicht so zuverlässig. Sie haben andere Prioritäten im Leben. Denen kommt mal das eine, mal das andere dazwischen. Keiner ist so zuverlässig wie eine Mutter oder ein Partner. Und du? Würdest du tatsächlich unsere Kinder hüten?"

„Nichts lieber als das. Enkelkinder sind die Sonne, die das Alter wärmt. Habe ich mal irgendwo gelesen."

„Du verstehst Mama, dass ich ganz durcheinander bin?"

„Ja, du hattest ja bisher andere Ziele. Lass mal alles sacken. Wir haben ja noch ein paar Tage. Wir können das Thema wieder aufgreifen."

„Es tut so gut, mit dir in Ruhe zu reden."

„Ich genieße es auch. Hör mal, Bente. Da fällt mir etwas ein. Ich will dich nicht noch weiter verwirren, meine aber, alle Fakten müssen auf den Tisch. Willst du es hören?"

„Wenn wir schon mal dabei sind."

„Wirklich?"

„Mach es nicht so spannend."

„Ich habe gehört, dass Martha ihr Haus verkauft."

„Was? Martha will das Haus verkaufen?"

„Ich befürchte, sie kann es ohne Christoph nicht halten. Auf jeden Fall wird es verkauft."

Bente ließ diese neue Information auf sich wirken. Martha verkauft das Haus. Undenkbar. Ganz und gar undenkbar! Das Haus, das sie mit Christoph so schön gestaltet hatte und den paradiesisch angelegten Garten. Silke und sie hatten ihre halbe Kindheit dort verbracht. Es war ein offenes, ein gastfreundliches Haus gewesen. Ein richtiges Martha-Christoph-Haus. Voller Ideen, Projekte und Hilfsbereitschaft. Christoph hatte ihr mehr als einmal das kaputte Rad geflickt.

Langsam sickerte etwas anderes in ihr

Bewusstsein. Mein Gott, zwischen Marthas Haus und dem ihrer Mutter lag nur ein einziges weiteres. Sie würden fast nebeneinander leben. Ihre Mutter könnte problemlos bei ihnen vorbeischauen. Die Kinder einfach bei der Oma reinschlüpfen. Meine Güte, es wäre die optimale Lösung.

Und Martha?

Es tat ihr in der Seele weh, dass Martha verkaufen musste. Wie geborgen und frei hatte sie sich immer bei den Marthalers gefühlt. Wie willkommen. Aber wenn Martha tatsächlich verkaufen musste, dann doch nicht an Wildfremde, die gar keinen Bezug zu diesem Haus hatten. Dann doch lieber an Bente. Die seine Geschichte kannte und den Geist, der immer dort geherrscht hatte. Wenn sie, Bente, das Haus kaufen würde, so blieb es auf gewisse Weise Martha erhalten. Martha und ihre drei Töchter wären dort immer willkommen.

„Bente, ich will dich ja nicht drängen", sagte Sabine, die das Minenspiel ihrer Tochter aufmerksam verfolgt hatte. „Ich weiß, der Gedanke ist neu für dich. Ich sehe, dass du ein bisschen verwirrt bist. Im Moment nicht weißt, was du willst. Aber wenn nur der Funke einer Möglichkeit besteht, dass es für euch in Frage kommt, sollte ich schnell reagieren. So eine Chance kommt so bald nicht wieder. Ich weiß nicht so genau, ob es schon Interessenten gibt. Habe so etwas läuten hören."

„Kümmere dich", sagte Bente. „Absagen können wir immer."

„Gut. Ich rufe Martha gleich an."

Bentes Welt war ganz und gar durcheinandergeraten. Sie wusste nicht mehr, was oben und unten war. In ihr wirbelten Szenen, Sätze, Gedankensplitter und einzelne Bilder wild durcheinander. Aber sie spürte auch eine Energie aufsteigen. Das Gespräch mit ihrer Mutter hatte ihr eine neue Kraft geschenkt, die sie für den Moment trug. So ausgerüstet konnte sie diesen bunten Wirbel ruhig betrachten aus einem Abstand heraus, der ihr Spielraum gab. Sie wusste plötzlich, sie würde genug Zeit haben, um die richtige Entscheidung zu treffen. Für diesen Augenblick reichte es ihr, dass sie nicht mehr in ein schwarzes Loch zu fallen drohte. Sie hatte nichts im Griff. Sie hatte keine Ahnung, welchen Weg sie nehmen sollte. Und doch strömte etwas in ihr, das sie an neue Ufer bringen wollte. Sollte sie sich wirklich diesem Strom anvertrauen? Man würde sehen. Aber gerade jetzt fühlte es sich gut an.

Kapitel 13 Muggardt

„Sag mal, Sybille, hast du zu viel Chili ins Essen gemacht?"

„Nein. Da ist kein Chili drin. Ich finde nicht, dass es zu scharf ist."

„Es brennt höllisch."

„Ich habe gekocht wie immer. Du hast dich noch nie beschwert."

„Puh, brennt das. Wo ist denn Ruth?"

„Sie hat heute ihren Tagesausflug mit der Klasse. Ich hole sie gegen drei Uhr ab. Die hat sich total darauf gefreut."

„Ach, schön."

Oliver zog seine Jacke aus und öffnete die obersten Knöpfe seines Hemdes.

„Ich glaube, ich lasse den Rest des Essens stehen. Du kochst ja immer gut, aber heute, ich weiß nicht…."

„Sag mal, können wir nachher noch die Fliesen bei Götz und Moritz holen? Dann hätten wir das auch erledigt."

„Vielleicht später. Ich fühle mich grad nicht so gut."

„Hast du dir den Magen verdorben? Vielleicht auf der Arbeit etwas Falsches gegessen?"

„Nein, seit dem Müsli heute Morgen habe ich nichts mehr gegessen. Puh, mir wird gerade schwindlig. "

„Meine Güte, Oliver. Du hast ja Schweißtropfen auf

der Stirn. Das gefällt mir gar nicht. Soll ich dich zum Arzt fahren?"

„Jetzt übertreibe nicht, Sybille. Mir ist ein bisschen schlecht. Das wird schon wieder vergehen. Vielleicht doch ein verdorbener Magen?"

„Von was denn?"

„Da fällt mir ein, dass ich gestern Abend mit den Kollegen Muscheln gegessen habe. Vielleicht waren die nicht ganz in Ordnung."

Sybille betrachtete ihren Mann. Er war selten krank. Schweißausbrüche oder Fieber, so etwas kannte er gar nicht. Sie fand das alles bedrohlich. Sie wollte aber auf keinen Fall hysterisch auf ihren Mann wirken.

„Meine Zunge fühlt sich so pelzig an. Merkwürdig."

„Sollen wir nicht lieber doch zum Arzt. Der kann das abklären. Dann sind wir auf der sicheren Seite."

„Der wird uns auslachen, wenn wir da mit so einer kleinen Magenverstimmung auftauchen."

„Bis du sicher?"

„Ja."

„Oliver, du schwankst ein bisschen auf deinem Stuhl."

„Ja. Ich habe dir ja gesagt, mir ist ein bisschen schwindelig. Als hätte ich ein bisschen zu viel getrunken."

„Oliver, du machst mir Sorgen."

„Musst du nicht. Du musst dir keine Sorgen

machen."

„Ich schaue mal, ob ich in unserem Medikamentenkasten etwas gegen Übelkeit und Schwindel habe."

„Ja, das ist eine gute Idee."

Kurze Zeit später eilte Sybille mit zwei Medikamentenschachteln ins Zimmer.

„Hier, schau mal, was ich gefunden habe. Nimm das ein. Ich habe dir ein Glas Wasser mitgebracht."

„Puh, die Tabletten sind schwer zu schlucken. Mir ist jetzt echt schummrig. Weißt du was? Ich gehe hoch und lege mich ein bisschen hin. Bei Unpässlichkeiten und Krankheiten ist Schlaf doch immer das Beste. Und je nachdem, wie es mir nachher geht, besorgen wir noch die Fliesen."

Oliver versuchte aufzustehen.

„Bille", schrie er plötzlich markerschütternd.

Sybille ging der Schrei durch Mark und Bein. Noch nie hatte sie Oliver so schreien hören. Er klang wie ein angeschossenes Tier.

„Oliver, was ist denn?"

Erschrocken schaute Sybille ihren Mann an.

„Ich kann meine Beine nicht mehr bewegen", lallte er.

Automatisch legte Sybille eine Hand auf sein Bein.

„Dein Bein ist ganz kalt." Schrill stieß sie es heraus.

„Tu was, Sybille! Du musst was tun!"

Ängstlich starrte Sybille auf ihren Mann. Für einen

Moment war sie wie erstarrt.

„Schnell, Bille, tu was! Bevor es zu spät ist!"

„Was?"

„Notruf."

Endlich löste sich Sybille aus der Starre. Sie hastete los. Wo nur hatte sie ihr Handy hingelegt? Ihre Gedanken überschlugen sich. Wo nur war es? Hatte sie es nicht noch in der Handtasche? Lag die nicht im Flur? Sie hastete in den Flur, sah die Tasche, kramte darin. Wieso musste sie auch so viele Sachen in der Tasche haben? Nervös wühlte sie in ihrer Handtasche. Endlich spürte sie das Handy. Sie zog es heraus. Sie wollte die Sperre lösen, da rutschte ihr das Handy aus der Hand. Es fiel auf den Boden. Verdammter Mist. Sie musste sich beeilen! Bevor es zu spät war! Sie hob es auf und versuchte mit zittrigen Händen ihren Code einzugeben. Endlich gelang es. Der Notruf? Wie war noch die Nummer vom Notruf? Klar 110. Fiebrig tippte sie die Zahlen ein. Vor lauter Nervosität traf sie beim ersten Mal die Taste nicht richtig. Sie fluchte innerlich. Versuchte es erneut. Endlich hörte sie jemanden in der Leitung.

„Hallo, hallo, Sie müssen schnell kommen. Mein Mann kann seine Beine nicht mehr bewegen."

„Können Sie mir bitte Ihren Namen sagen?"

„Sie müssen schnell kommen. Es wird immer schlimmer. Er schwitzt und seine Beine sind kalt."

„Bitte sagen Sie mir Namen und Adresse, damit wir

kommen können."

„Schnell, bevor es zu spät ist."

„Bitte beruhigen Sie sich. Wir brauchen Namen und Anschrift."

Endlich war Sybille in der Lage, das Notwendige zu tun.

„Familie Doberstein, Muggardt, In-den-Matten 4."

„Wir schicken sofort jemanden. Bitte bleiben Sie am Telefon und schildern Sie die Symptome. Wir können dann vor Ort schneller handeln."

„Aber der Notarzt kommt?"

„Ich habe ihn schon losgeschickt. Hat Ihr Mann Schaum vor dem Mund."

„Nein."

„Riecht er nach etwas?"

„Ich habe nichts bemerkt. Nein."

„Wie hat es denn angefangen?"

„Es hatte ein Brennen im Mund. Er hat sich beschwert, dass mein Essen viel zu scharf ist und es teuflisch im Mund brennt, obwohl ich völlig normal gewürzt hatte. Schwindlig war ihm. Dann kamen die Schweißausbrüche und plötzlich konnte er seine Beine nicht mehr bewegen. Kann ich jetzt nach meinem Mann sehen?"

„Ja, wir sind fertig. Der Krankenwagen müsste gleich da sein."

Als Sybille zu ihrem Mann zurückkam, starrte er sie mit angsterfüllten Augen an.

„Kommen sie?"

Sybille verstand ihren Mann gerade so.

„Sie sind gleich da, Oliver. Sie kommen sofort."

Für einen Moment schien die Anspannung Olivers nachzulassen. Aus dem puren Entsetzen wurde eine nicht gänzlich überflutende Angst. Aber das dauerte nur Sekunden. Dann war die Panik wieder da. Er griff nach Sybilles Hand, legte sie auf seinen Oberschenkel. Sybille zuckte zurück. Eiskalt war der Oberschenkel. Sie lauschte. Aber noch hörte sie kein Martinshorn.

„Ich hole dir eine Wärmeflasche."

Sybille sprang auf. Machte eine Wärmeflasche fertig. Legte sie ihrem Mann über die Beine.

Oliver starrte sie die ganze Zeit an.

Sein Entsetzen und ein tiefer Schrei nach Hilfe lagen in seinem Blick. Sybille wollte so gerne helfen. Nur wie? Sie nahm eine Hand ihres Mann in ihre. Auch sie war jetzt kalt.

„Ich spüre dich nicht", lallte Oliver.

„Wie bitte?"

Sybille hielt ihr Ohr ganz nah an den Mund ihres Mannes.

„Ich spüre dich nicht."

Langsam stieg Panik in Sybille auf. Was war das hier? Was passierte mit ihrem Mann? Noch immer hörte sie nichts, so angestrengt sie auch lauschte.

„Ich bin da", sagte sie und versuchte Zuversicht in ihre Worte zu legen. Oliver nickte.

Hören und nicken konnte er also noch.

Sybille wusste später nicht mehr, wie sie die Zeit ausgehalten hatte, bis der Krankenwagen da war. Endlich hatte sie das erlösende Geräusch gehört. Das Martinshorn. Obwohl es vom Auflegen des Hörers bis zum Eintreffen des Krankenwagens nur zehn Minuten gedauert hatte, war es ihr wie eine Ewigkeit erschienen. Sie war aufgesprungen und hatte den Krankenwagen eingewiesen. Die Sanitäter waren in die Wohnung gestürmt, hatten Oliver auf eine Trage gelegt. Jetzt ist die Hilfe da. Jetzt wird alles gut, dachte Sybille.

Kapitel 14 Muggardt

Oliver wusste überhaupt nicht, was mit ihm geschah. Er hatte seinen Körper nicht mehr unter Kontrolle. Was war nur mit ihm los? Wieso konnte er nicht mehr aufstehen? Warum waren seine Beine so kalt? Und warum hatte er seine Frau nicht mehr gespürt, als sie ihre Hand auf seinen Oberschenkel gelegt hatte? Wenn er einen Halswirbel gebrochen hätte, dann wüsste er, was Sache ist. Aber mit seinem Hals war alles in Ordnung, wenigstens das wusste er ganz genau. Bevor die Sanitäter da waren, hatte er vor Entsetzen keinen klaren Gedanken fassen können. Er war nur noch eine einzige Angst gewesen. Er hatte keine Angst. Er war Angst. Ein hilfloses Bündel. Zum Glück war Sybille da gewesen. Er hätte gleich auf sie hören sollen. Aber da hatte er noch an eine harmlose Magenverstimmung gedacht. Wer konnte auch ahnen, dass mehr dahintersteckte. Er durfte gar nicht daran denken, was gewesen wäre, wenn Sybille etwas anderes vorgehabt hätte. Zum Glück hatte sie sich wegen Ruth freigenommen. Zum Glück war sie da, als er sich schon nicht mehr zum Telefon bewegen konnte. Ohne sie hätte er keine Rettung rufen können. Da hätte er alt ausgesehen. Sybille hatte zwar ein bisschen gebraucht, bis sie verstanden hatte, was zu tun war. Aber dann war es ihr doch gelungen. Er hatte zweimal Glück an diesem Tag gehabt. Einmal, dass Sybille bei ihm war und bis zum Schluss richtig gut reagiert hatte. Zum Zweiten, dass die Sanitäter rechtzeitig gekommen waren. Jetzt waren sie da und konnten ihm helfen. Das war fast ein bisschen viel Glück an einem Tag. Er beschloss, in Zukunft diesen Tag jedes Mal zu feiern als einen besonderen Tag. Als seinen zweiten Geburtstag. Zum Glück war er dem Tod gerade noch von der Schippe gesprungen. Es entspannte ihn so sehr, dass jetzt Hilfe da war. Langsam wurde er neugierig. Was war es wohl, was er hatte? Die Sanitäter und Ärzte würden es ihm später erklären. Trotzdem ließ es ihm keine Ruhe. Eine Vergiftung? Die Muscheln? Er hatte noch nie gehört, dass eine Muschelvergiftung kalte und bewegungslose Beine machte. Das konnte er ausschließen. Pilze? Er hatte gehört, dass es bei den entsprechenden Pilzen sehr schnell gehen konnte. Also eine Pilzvergiftung war richtig lebensgefährlich. Aber er hatte in den letzten Tagen keinen einzigen Pilz gegessen. Was gab es noch? Er durchforstete sein Gedächtnis. Digitalis, auf gut deutsch Fingerhut. Aber damit war er in den letzten Tagen nicht in Berührung gekommen. Im Garten wuchs kein Fingerhut und die Spaziergänge im Wald hatten sich so reduziert, dass es sowieso unwahrscheinlich war, einen Fingerhut wachsen und blühen zu sehen. Es war auch überhaupt nicht seine Art, Pflanzen im Wald anzufassen. Aus dem Krimi kannte er noch Zyankali. Aber das ging rasend schnell. Da wäre er tot gewesen, längst bevor die Rettung eingetroffen war. Und Schaum wäre ihm vor den Mund getreten. Er würde nach Mandeln riechen. Zum Glück konnte es Zyankali nicht sein. Zudem, wer sollte ihn denn vergiften wollen? So etwas kam in seiner Welt nicht vor. Er konnte wirklich nicht einschätzen, was passiert war. Zyankali, dachte er plötzlich, wenn es Zyankali gewesen wäre, dann hätte es im Essen sein müssen. Der Gedanke beunruhigte ihn. Ja, wirklich, es war ihm nach dem Essen so übel geworden. Das Essen hatte so höllisch gebrannt. Dann war es ihm schlecht und schwindlig geworden. Also doch ein schnell wirkendes Gift. Wer weiß, was es da noch so alles gab, was er nicht kannte. Aber wie sollte es ins Essen geraten sein. Seine Frau hatte eingekauft und gekocht. Ach, jetzt fiel es ihm ein. Es gab doch diese Kaufhauserpresser. Die mit einer Spritze Gifte ins Essen implizierten, um den Laden um einige hunderttausend Euro zu erpressen. Ja, das konnte gut sein, dass er zufällig in so eine Erpressergeschichte geraten war und nun zu einem der ersten Betroffenen gehörte. Er hatte noch nichts von einer Rückrufaktion gehört. Ja, dachte Oliver, das kann ich mir vorstellen. Das wird es sein. Irgendein Idiot, der sich bereichern will und dabei den Tod von Menschen in Kauf nimmt. Wieder war er erleichtert, dass die Rettung rechtzeitig da war. Er war ein echter Glückpilz. Und der Arsch, der einfach Menschenleben aufs Spiel setzte, der würde schon noch im Gefängnis landen. Wenn er erst wieder auf den Beinen war, würde er schon dafür sorgen. Allein wegen der Angst, die er ausgestanden hatte. Meine Güte, meine Arme fühlen sich so schwer an. Wenn jetzt die Sanitäter nicht da wären, würde ich mir echt Sorgen machen. Aber so langsam wird es Zeit, dass die mal was unternehmen. Sie hatten seinen Blutdruck gemessen, sie hatten ihm eine Sauerstoffmaske aufgesetzt. Oliver tauchte langsam aus seinen Gedanken auf, denen er sich überlassen hatte, sobald die Sanitäter ihn auf die Trage gelegt hatten. Er war so erleichtert gewesen über die Ankunft der Sanitäter, dass er sich sofort enrtspannte und eine Weile in seine eigene Welt abtauchte. Nun tauchte er aus seinen Spekulationen auf. Er fand, es wurde Zeit, dass etwas geschah. Wieso haben sie ihm noch keine Spritze gegeben? Wieso ihn nicht längst abtransportiert? Überhaupt, wo waren sie? Am Anfang hatten sie sich über ihn gebeugt und allerhand Fragen gestellt. Er konnte sie nur mühsam beantworten. Dann hatten sie ihn versorgt und er hatte sich in seine Gedanken gleiten lassen. Aber jetzt? Wo waren sie? Er bewegte seinen Kopf zur Seite. Da sah er sie. Einer sprach intensiv mit seiner Frau. Der andere telefonierte hektisch.

Oliver ließ sich wieder zurücksinken. Sie würden schon wissen, was zu tun ist.

Endlich bringen sie mich weg. Es geht voran. Ich komme in die Uniklinik. Das haben sie mir gesagt. Uniklinik Freiburg. Ich wusste ja, sie haben alles im Griff. Sie tragen mich in den Krankenwagen. Es geht voran. Sybille steigt ein. Meine treue Sybille. Ich habe alles dafür getan, dass sie ein schönes Leben hat. Gerne habe ich es getan. Jetzt, wenn es darauf ankommt, ist sie für mich da. Gott sei Dank! Es ist ein großes Glück, die richtige Frau an der Seite zu haben. Sybille ist ein echter Glücksgriff. Wie gut, dass ich immer für sie gesorgt habe. Das zahlt sich jetzt aus. Sie steht vollkommen hinter mir. Im Notfall zeigt sich, ob man alles richtig gemacht hat. Jetzt hält der Krankenwagen. Das ging aber flott. Und schon fahren sie mich mit Karacho durch die Gänge. Mir wird wieder schwindelig. Die Sanitäter, Pfleger und Ärzte rufen sich Worte zu, die ich nicht erschließen kann. Das einzige Wort, das ich verstehe, ist Kohletabletten. Aber das macht nichts. Jetzt geht es voran. Jetzt kommt die finale Behandlung. Dann geht es aufwärts. Ich werde in Zukunft noch mehr für meine Familie sorgen. Ich werde die Hälfte des Hauses von Martha einfordern. Sybille hat das verdient. Schluss jetzt mit Marthas Privilegien als

Liebling unseres Vaters. Sybille und ich werden reisen, wie meine Eltern nach der Pensionierung.

„Sie müssen zurückbleiben."

„Sybille?" Was soll das heißen? Sybille nicht mehr an meiner Seite? Ich brauche sie doch! Ihre reine Anwesenheit beruhigt mich. Bald ist zwar alles ausgestanden. Aber wenn ich Sybilles Hand spüre, werde ich ruhig. Fühle ich mich zuversichtlicher. Bald können wir uns wieder in die Arme schließen. Und ein noch schöneres Leben beginnen. Ich werde das alles ausgleichen. Martha wird nicht mehr von Papa bevorzugt werden. Dafür sorge ich schon! Ich werde alles nachholen, was ich bisher nicht hatte. Sybille, wo bist du nur? Mir ist so kalt. Ich fühle mich so schwer. Sybille, wo bist du? Du entfernst dich so schnell.

„Wir müssen intubieren. Sofort. Welcher Operationssaal ist frei?"

„Die drei."

„Schnell. Wir müssen uns mit dem Intubieren beeilen."

Was heißt hier intubieren? Ja, ja. Mir fällt das Atmen schwer. Schon eine Weile. Warum geben sie mir keine Spritze? Ein Antidot? Was ist hier los? Warum sind alle um mich herum so hektisch? Wieso so aufgeregt? Intubieren? Ja, intubiert mich. Das Atmen fällt mir so schwer. Jetzt macht schon. Beeilt euch. Ich bekomme keine Luft mehr.

„Bitte, bitte intubieren!" Ich glaube, ich flüstere nur noch. Ich weiß nicht, ob sie es gehört haben. Sie hantieren wild an mir herum. Was soll bloß diese Hektik? Diese Aufregung?

„Er ist intubiert. Das Beatmungsgerät sitzt."

Nein, nein. Ihr müsst euch irren. Es kann nicht sein. Ich bekomme keine Luft. Hilfe. Wieso helft ihr mir nicht? Wieso steht ihr alle um mich herum und tut nichts? Starrt mich nur an. Wieso tut ihr nichts? Ich fühle mich, als hätte sich eine Anaconda um meinen Hals gewickelt. Eine Schlange, die stärker und stärker würgt. Luft! Ich brauche Luft! Tut was! Tut doch endlich was!

Sybille, wo bist du? Ach da, jetzt sehe ich dich. So nah vor mir. Ich will dich berühren, dir meine Hand entgegenstrecken. Aber warum drehst du dich um? Sybille! Wieso gehst du? Schritt für Schritt aus meinem Leben. Sybille! Bleib bei mir! Wieso hörst du mich nicht? Ich sehe nur deinen Rücken. Sybille!!!!! Sie entfernt sich immer weiter. Sybille! Sybille! Ich weiß selbst nicht mehr, ob ich laut nach dir rufe oder mein Gehirn nur verzweifelt deinen Namen schreit. Der Schrei aber in meinem Kopf gefangen bleibt. Das Schlimmste, was ich mir je vorstellen konnte, passiert jetzt. Sie geht. Langsam und kontinuierlich aus meinem Leben. Ihr Rücken entfernt sich immer weiter. Ich kann sie nicht festhalten. Sybille! Sie löst sich auf in einem hellen Nebel. Ja, komm nur Schwärze. Senk dich über mich!

Er ließ sich widerstandslos in diese gnädige

Schwärze sinken.

Kapitel 15 Freiburg

Irene bückte sich und band ihren rechten Schuh.
Beim Joggen hatte sich ein Bändel gelöst. Sie
wäre fast darüber gestolpert. Sie rannte flott weiter,
um nicht aus dem Rhythmus zu geraten. Das
Joggen brachte ihren Kreislauf ordentlich auf
Touren. Das befriedigte sie zutiefst. Wie üblich lief
sie auf dem Dreisamuferweg. Licht lag auf dem
Wasser. Weiden bogen sich über das Ufer. Irene
zog die klare, kühle Luft ein. Sie liebte es,
Momente des Tages für sich alleine zu haben. Ihre
Beine fanden schnell einen Rhythmus. Sie lief fast
automatisch und ließ ihre Gedanken schweifen.
Während ihre Augen über das Licht auf dem
Wasser, die Schatten am Ufer, den Graureiher
glitten, der meist an der gleichen Stelle stand,
richtete sie langsam ihre Gedanken auf den vor ihr
liegenden Tag. Sie fühlte sich gut vorbereitet. Egal,
was der Tag noch bringen würde. Sie warf erneut
einen Blick auf das fließende Wasser unter den
Baumkronen. Der Tag hatte gut begonnen. Sie
fühlte sich frei und beschwingt.
Da klingelte ihr Handy
„Katz."
„Irene, ich bin es. Wir haben einen Mord."
„Wo denn?"
„Der Mann ist im Krankenhaus gestorben. Im
St.Josefskrankenhaus. Vermutlich vergiftet. Das

Essen hat er zu Hause gegessen. In Muggardt. In-den-Matten 4.“

„Okay, dann fahre ich zuerst ins Krankenhaus. Wir müssen mit den Ärzten sprechen. Aber danach fahren wir nach Muggardt.“

„Gut.“

Irene steckte ihr Handy ein. Sie warf einen bedauernden Blick auf die Dreisam, auf die Bäume, die das Ufer säumten. Dann drehte sie sich entschlossen um. Sie musste schnell nach Hause, duschen. Und ab ins Krankenhaus. Sie nahm schon Witterung auf. Eine Vergiftung in einem winzigen Dorf? Das Opfer ein Mann. Sie hatte den festen Willen, auch diesen Fall zu lösen. Sie hatte schon viele Erfolge gehabt. Ihre Quote war gut.

Eine halbe Stunde später war sie bereits im St. Josefskrankenhaus und hatte den zuständigen Arzt gefunden.

„Guten Morgen, Herr Dr. Wirsching. Frau Katz von der Kripo Freiburg. Wer ist der Tote?“

„Guten Morgen, Frau Katz. Er heißt Oliver Doberstein. 59 Jahre alt.“

„Herr Dr. Wirsching, was denken Sie, was mit Herrn Doberstein passiert ist?“

„Wir denken, dass er an einer Vergiftung mit Lähmungserscheinungen gestorben ist. Wir konnten ihn nicht retten. Wir haben alles gegeben, aber die Lähmung schritt immerzu fort. Zwar nicht schnell, aber kontinuierlich. Er muss eine extrem hohe Dosis abbekommen haben, sonst hätten wir ihn retten können."

„Wie muss ich mir das vorstellen?"

„Die Lähmung ist wohl – nach den Schilderungen seiner Frau – von unten nach oben gestiegen. Erst waren die Füße gelähmt, die Beine, dann die Arme. Im Krankenhaus griff sie auf den Rumpf über, später auf das gesamte Atmungssystem, die Lunge. Wir haben ihn noch intubiert. Aber es war schon zu spät."

„Um welches Gift handelt es sich? War es Zyankali?"

„Nein. Das können wir ausschließen. Dazu dauerte der Sterbeprozess zu lang. Wir sind noch nicht sicher. Die Symptome deuten auf zwei Gifte hin. Aber es fehlen noch die Laborwerte. Ich kann Ihnen noch nichts Definitives sagen."

„Wie lange hat er noch gelebt nach seiner Einlieferung?"

„Eine Dreiviertelstunde. Wir dachten lange, wir können ihn retten. Erst als das Intubieren so gar nicht half, merkten wir, dass es zu spät war. Wie gesagt, er muss eine sehr hohe Dosis abbekommen haben. Es ist ungewöhnlich, dass man einen vergifteten Menschen eine Dreiviertelstunde vor seinem Tod nicht mehr retten kann. Da gibt es zwar ein paar ganz exotische Gifte, gegen die es kein Mittel gibt. Aber wir gehen bei diesem Fall bisher von keinem exotischen Gift aus."

„Sie wissen tatsächlich nicht, welches Gift?"

„Nein. Im Moment nicht. Wir haben alle möglichen Labortests angefordert. Aber die Ergebnisse liegen noch nicht vor. Sobald ich sie auf dem Tisch habe, sage ich Ihnen Bescheid."

„Sie sagten, laut Ehefrau habe die Lähmung von unten begonnen. Sie haben also mit ihr gesprochen. Ist sie noch im Krankenhaus?"

„Ja, sie sitzt da vorne im Wartebereich. Sie hat noch lange am Bett ihres toten Mannes gesessen. Aber dann wurde er in die Pathologie gebracht. Seitdem sitzt sie apathisch im Wartebereich. Sie scheint keine Kraft zu haben, sich aufzuraffen, um nach Hause zu gehen."

„Meinen Sie, sie ist ansprechbar?"

„Sie steht unter Schock. Kann es nicht fassen, dass wir ihren Mann nicht retten konnten. Sie hatte so fest daran geglaubt, dass wir alles hinkriegen."

„Ihr Götter in Weiß."

„Ja, genau so. Es gibt immer noch Leute, die uns so sehen. Aber selten. Probieren Sie es einfach, ob sie mit Ihnen sprechen kann. Aber gehen Sie behutsam vor."

„Vielen Dank, Dr. Wirsching. Falls Ihnen noch etwas einfällt, hier ist meine Karte."

„Danke. Ich muss jetzt zu meinen Patienten."

„Ja, natürlich. Wir sind fertig."

Irene Katz drehte sich um und ging auf Frau Doberstein zu.

„Frau Doberstein?"

„Ja."

„Kann ich kurz mit Ihnen sprechen?"

„Wer sind Sie?"

„Ich heiße Frau Katz und bin von der Kriminalpolizei Freiburg,"

„Oh."

„Die Ärzte gehen davon aus, dass Ihr Mann vergiftet wurde."

„Oh."

„Meinen Sie, Sie können mir ein paar Fragen beantworten. Wir wollen den Mörder Ihres Mannes finden."

„Mörder?"

„Ja, Ihr Mann wurde vergiftet. Wir wollen wissen, wer das getan hat."

„Vergiftet? Wer sollte Oliver vergiften wollen. Nein. Nein. Das kann nicht sein. Ich möchte nach Hause. Ich kann hier nichts mehr tun. Oliver wurde schon abgeholt. Es ist zu spät! Einfach zu spät! Ich war zu langsam. Verdammt noch mal, ich war zu langsam."

„Frau Doberstein, soll ich Sie nach Hause fahren?"

„Ja, gerne. Ich will nur noch nach Hause. In unsere Wohnung."

„Kommen Sie."

„Ja."

Irene Katz nahm Frau Doberstein am Arm und lenkte sie durch die Gänge bis zum Auto.

143

„Setzen Sie sich ins Auto. Ich muss noch schnell telefonieren."

Apathisch ließ sich Frau Doberstein auf den Sitz sinken. Sie blieb reglos sitzen.

Irene ging ein paar Schritte vom Auto weg und wählte.

„Hallo Jan", sagte sie. „Ich fahre jetzt Frau Doberstein nach Hause. Kannst du ins Labor fahren, in dem die Proben vom Krankenhaus ausgewertet werden. Vielleicht wissen die schon mehr."

„Mach ich."

„Gut. Bis später."

Irene stieg ins Auto.

„Wo wohnen Sie?"

„Muggardt. In-den-Matten 4."

Irene Katz trat das Gaspedal durch.

„Frau Doberstein, Sie haben doch sicher auch Interesse daran, dass wir den Mord an Ihrem Mann aufklären."

„Bringen Sie mich bitte schnell nach Hause. Die Wäsche muss noch in die Maschine."

„Okay. Wir sind bald da."

Irene Katz schwieg den Rest der Fahrt. Frau Doberstein schien so in ihrer eigenen Welt gefangen zu sein, dass ein Gespräch mit ihr in diesem Moment keinen Sinn machte. Sie konnte nur darauf hoffen, dass der Tatort sie in die Realität zurückriss. Sie endlich über das Vorgefallene reden konnte. Sie hatte es oft erlebt. Im Angesicht des Raumes, in dem die Katastrophe sich ereignet hatte, fingen die Betroffenen an zu reden. In der intimen Atmosphäre ihrer Wohnung würde auch Frau Doberstein berichten. Die Ereignisse – sie würde sie vor sich sehen, als passierten sie gerade eben. Und dann, dann würde ihr Bedürfnis, sich alles von der Seele zu reden, die Überhand gewinnen.

Es würde gelingen! Irene entspannte sich ein wenig. Sie betrachtete die Weinberge, die rechts und links der Straße lagen. Ihre Augen schweiften über die Hügelketten der Vogesen. In einem Teil ihres Gehirnes war sie unentwegt damit beschäftigt, wie sie am meisten aus dieser Frau neben sich herausholen konnte. Manchmal schien es ihr, als ob die Fahrt durch eine schöne Landschaft und dieses ruhige Schweifenlassen des Blicks ihre innere Beschäftigung mit einem Fall beflügelten. Oft kamen ihr beim Autofahren die besten Ideen.

Dann waren sie da. Sie stiegen vor einem großzügigen Zweifamilienhaus mit einem gepflegten Garten aus. Irene folgte Frau Doberstein ins Haus. Sie stiegen die Treppen in den ersten Stock hinauf und betraten die Wohnung. Sybille führte Irene zu einem großen Ess-Wohnbereich. Das Essen stand noch auf dem Tisch.

„Mein Gott, da hat er gerade noch gesessen und

sich über mein Essen beschwert."

„Neigte Ihr Mann zum Nörgeln?"

„Nein. Es hat ihm immer geschmeckt. Nur heute nicht. Er dachte, ich hätte zu viel Chili ins Essen getan. Es brennt so höllisch, hat er gesagt. Dabei hatte ich gar kein Chili im Essen. Es war wirklich nicht scharf."

„Sie dürfen das Essen nicht anrühren. Wir müssen es untersuchen. Haben Sie denn gleich an etwas Schlimmes gedacht, als es so höllisch im Mund brannte?"

„Nein, gar nicht. Ich wollte noch zum Arzt, aber Oliver meinte, doch nicht wegen so einer kleinen Magenverstimmung. Er schob alles auf die Muscheln, die er am Abend zuvor gegessen hatte."

„Muscheln?"

„Ach, da fällt mir ein: Wir wollten doch heute noch die Fliesen bei Götz und Moritz holen."

„Welche Fliesen?"

Sybille schaute auf. In ihrem Blick war ein entsetztes Begreifen zu erkennen.

„Fürs Bad. Ich werde nicht mehr mit Oliver zu Götz und Moritz fahren. Ich werde nie wieder mit ihm zu Götz und Moritz fahren. Nie wieder Fliesen holen."

Sie starrte ins Leere.

„Frau Doberstein, können Sie mir ganz genau erzählen, was heute Mittag passiert ist?"

„Ja. Ich werde es versuchen."

Sybille Doberstein erzählte alles, was geschehen war. Sie erzählte plastisch und detailversessen.

Sie konnte keine Einzelheit auslassen. Sie erzählte, wie sie die Hand auf Olivers Oberschenkel gelegt hatte und bemerkte, dass er eiskalt gewesen war. Als sei er schon tot! Die ganze Szenerie war ab diesem Moment der Erzählung in grelles Licht getaucht. Scharf, zackig, schrill. Erst als sie vom Eintreffen des Krankenwagens berichtete, dimmte das Licht über der Szene herunter, als sei es in der Dämmerung des Tages geschehen. Dabei war es am helllichten Mittag gewesen.

„Lassen Sie bitte das Essen stehen, bis die KTU da war."

„Warum das? Schauen Sie, da sind schon die Fliegen dran."

„Wie gesagt, wir gehen bei Ihrem Mann von einer Vergiftung aus. Wir müssen feststellen, ob das Gift im Essen war."

Verständnislos schaute Sybille hoch.

„Wer sollte meinen Mann vergiften wollen? Das kann nicht sein. Aber ja, natürlich lasse ich Ihnen das Essen stehen. Wenn es Ihnen hilft. Kann ich jetzt endlich die Wäsche waschen?"

„Wo steht denn Ihre Waschmaschine?"

„Im Keller."

„War Ihr Mann heute im Keller?"

„Ja. Er hat in dem kleinen Häuschen da hinten im Garten geduscht. Dann hat er die schmutzigen Joggingklamotten im Keller in die Waschmaschine gesteckt. Von da kam er zum Essen hoch."

„Dann müssen Sie leider noch warten, bis Sie in den Keller können."

„Also gut."

„Ach, ist das auf dem Foto hier Ihre Tochter?"

„Ja, das ist Ruth. Unsere Tochter."

„Wo ist sie jetzt?"

„Ich habe aus dem Krankenhaus die Mutter von Ruths bester Freundin angerufen. Sie hat unsere Kinder an der Schule abgeholt und Ruth mit zu sich genommen. Ich wusste ja nicht, wie lange es im Krankenhaus gehen würde. Ich wollte unbedingt bei Oliver sein, bis er über dem Berg ist."

Sybilles Augen füllten sich mit Tränen.

„Da dachte ich ja noch….

Mein Gott, jetzt hat Ruth keinen Vater mehr. Daran habe ich noch gar nicht gedacht. Ich habe nicht nur meinen Ehemann; sondern Ruth hat auch ihren Vater verloren! Wie soll ich das dem Kind nur beibringen?"

Kapitel 16   Freiburg und Au

„Jan, was haben wir?"

Jan stand an einem Flipchart und zeigte auf ein Bild.

„Herr Doberstein, 59 Jahre, vergiftet durch ein noch unbekanntes Gift, wahrscheinlich über das Essen aufgenommen."

„Warst du im Labor?"

„Ja, frühestens heute Nachmittag liegen die Ergebnisse vor."

„Die KTU braucht noch Zeit, um das Essen zu analysieren."

„Wie war dein Gespräch mit Frau Doberstein?"

„Sie ist immer noch ganz geschockt, dass die Ärzte das Leben ihres Mannes nicht retten konnten. Sie steht total neben sich. Hat die ganze Zeit an die Wäsche gedacht, die noch zu waschen ist. Kann sich überhaupt nicht vorstellen, wer ihrem Mann nach dem Leben trachtet. So etwas kommt in ihrer Welt nicht vor. Sie ist wohl eher ein Opfer als ein Täter. So sieht es jedenfalls heute für mich aus."

„Na, wir bleiben nach allen Seiten offen."

„Klar. Hast du die Verbindungsnachweise angefordert?"

„Ja."

„Gibt es etwas Auffälliges?"

„Ja, hier! Eine Frau Kannengießer hat Herrn Doberstein in den letzten Wochen häufig angerufen. Oft auch nicht erreicht. Aber es gab doch einige stattgefundene Telefonate. Heute rief sie ihn fünfmal an. Er ging aber nicht ein einziges Mal dran."

„Sie hat also heute noch versucht, ihn anzurufen. Muss ja wohl dringend gewesen sein. Um wieviel Uhr war das?"

„Das letzte Mal um halb elf."

„Da müssen wir unbedingt klären, was da so dringend war. Wie lange dauerten die stattgefundenen Anrufe?"

„Das ist unterschiedlich. Vor zwei Wochen z. B. haben sie schon mal zwanzig Minuten miteinander geredet. Aber in der letzten Woche nicht länger als zehn Minuten."

„Kümmere du dich um das Umfeld von Oliver Doberstein. Freunde, Familie, Kollegen. Ich fahre zu Frau Kannengießer. Kläre, was sie von Herrn Doberstein wollte."

„Vielleicht eine abgelegte Geliebte?"

Jan grinste anzüglich.

„Kümmere du dich um deinen Kram."

„Bin schon unterwegs." Jan grinste Irene unentwegt an, als er sich an ihr vorbeischob.

„Du weißt ja, Ehepartner und andere ganze nahe Personen aus dem Umfeld sind meistens die Täter."

„Jetzt mach dich an die Arbeit und verbreite hier keine wilden Hypothesen, für die wir keine

Grundlagen haben. Ordentliche Polizeiarbeit, Jan, das ist es, was wir jetzt brauchen. Einfache, solide Arbeit. "

Jan grinste immer noch, als er durch die Tür spazierte.

„Guten Tag, Frau Kannengießer. Ich bin Frau Katz von der Kripo Freiburg."

„Guten Tag. Kommen Sie wegen Oliver Doberstein?"

„Sie wissen es schon?"

„Ja. Wir haben hier untereinander enge Beziehungen. Was einen von uns betrifft, spricht sich schnell herum."

„Sie haben in den letzten Tagen sehr viel mit Herrn Doberstein telefoniert. Worum ging es da?"

„Es ging um das Haus."

„Um welches Haus?"

„Das Haus seiner Schwester Martha. Es liegt fast neben meinem. Sie müssen daran vorbeigelaufen sein. Vorne das Endhaus. Oliver hat ja so darauf gedrungen, dass es schnell verkauft wird. Wir, d.h. meine Tochter und ihr Mann, wollen es kaufen. Es ist optimal für uns."

„Wieso haben Sie sich an Herrn Doberstein gewendet, wenn das Haus doch seiner Schwester gehört?"

„Ja, das habe ich bis heute nicht verstanden. Wieso hat sich Martha bloß alles von ihrem Bruder gefallen lassen? Keine Ahnung. Ich war richtig enttäuscht von ihr."

„Wie meinen Sie das?"

„Na ja, zuerst als ich ihr erzählt habe, dass meine Tochter das Haus kaufen will, war sie Feuer und Flamme. Bente, meine Tochter, war doch eng mit Marthas ältester Tochter Silke befreundet. Was sag ich da, ist es bis heute. Wir hier in den Reihenhäuschen sind eine eingeschworene Gemeinschaft. Unsere Häuser sind immer offen. Solange die Kinder klein waren, waren sie überall willkommen. Sie sind ja fast wie Geschwister aufgewachsen. Als ich das erste Mal zu Martha sagte: Du, wir möchten gerne das Haus kaufen, damit meine Tochter wieder in meiner Nähe wohnen kann, da schien sie mir ganz begeistert. Außerdem hätte sie das Haus dann sogar auf eine gewisse Weise behalten können. Die Haustür bei meiner Tochter wäre jederzeit offen gewesen. Bente hätte diese Tradition fortgesetzt."

„Was ist passiert?"

„Wenn ich das wüsste! Ich bin heute noch sauer auf Martha. Oliver hatte plötzlich Interessenten für das Haus. Und Martha hat sich auf einen Besichtigungstermin eingelassen. Ich habe mehr und mehr gemerkt, dass ihr Bruder alles dirigiert und dass sie sich nicht gegen ihn wehrt. Als ich das begriffen habe-und Sie können mir glauben, das hat eine Weile gedauert- habe ich mich natürlich an Oliver gewendet und versucht, über ihn an das Haus ranzukommen. Martha kannte ich so gar nicht. Kleinbeigeben war früher nicht ihr Ding gewesen."

„Warum war das Haus so wichtig für Sie?"

„Das ist eine längere Geschichte."

„Sie scheint mir wichtig zu sein. Also, wir haben Zeit."

„Als mein Mann vor vier Jahren gestorben ist, waren die Kinder schon in Heidelberg. Unsere Tochter hat eine steile Karriere hingelegt und wir waren immer sehr, sehr stolz auf sie. Aber nun, ohne Michael war das Haus sehr leer. Ich reiste viel. War oft in Amerika. Habe mir Aufgaben gesucht und war immer beschäftigt. Aber in meinem Inneren blieb eine große Leere. Nichts konnte sie füllen. Die Kinder weit weg. Der Ehemann tot. Das Haus ohne Leben. Als meine Tochter ins Überlegen geriet, ob sie nach Au zurückkehren solle, ganz in meine Nähe, da war es mir gleich, als ob ich einen Teil meines früheren Lebens zurückbekäme. Schön war es gewesen, aber mit Michaels Tod spurlos verschwunden. Ich wollte mich nicht zu früh freuen, denn es konnte ja noch viel dazwischenkommen, aber es gelang mir nicht. Mit angehaltenem Atem freute ich mich, jubilierte ich innerlich und fragte vor lauter Vorfreude gar nicht nach den Gründen, die meine Tochter bewogen hatten, ihre Pläne zu ändern. Als ich dann hörte, Marthas Haus müsse verkauft werden, da dachte ich, perfekter kann es doch nicht laufen. Die Kinder ziehen dort ein. Dann ist nur ein einziges Haus zwischen uns. Optimal. Ich kann mich ohne Stress um meine Enkelkinder kümmern. Mein Gott, was für ein guter Plan. Nach so viel Zeit der Leere. Endlich wieder ein Leben, dass man auch so nennen kann. Endlich wieder einen Grund haben, um morgens aufzustehen. Etwas im Leben zu wollen und nicht immer nur so tun als ob."

„Als ob was?"

„Als ob man einen Grund zum Aufstehen hätte. Das hatte ich die ganzen vier Jahre nicht. Aber man funktioniert."

„Das Haus war Ihnen also sehr wichtig?"

„Ja. Es war so, als ob mir das Haus ein Stück meines Lebens zurückbrächte. Die Kinder, die Enkelkinder. Das macht Sinn."

„Hat Herr Doberstein Ihnen das Haus verkauft?"

„Wir standen noch in Verhandlungen. Er wollte sich noch entscheiden."

„Wie war denn der letzte Stand vor seinem Tod?"

Er hatte selbst Käufer gesucht. Ein Ehepaar mittleren Alters hatte das Haus bereits besichtigt und wollte es kaufen. Ich habe wieder einmal mit Oliver telefoniert und ihn gefragt, was das Ehepaar für das Haus bezahlen würde. Er sagte vierhundertvierzigtausend Euro. Ich fand das nicht viel für ein Reihenendhaus mit schön angelegtem Garten und in dieser Lage. Natürlich hatte ich mir längst eine Strategie überlegt. Ich bot ihm fünfzigtausend Euro mehr an. Und dachte, damit wäre ich auf der sicheren Seite. Aber Pustekuchen. Oliver wollte nicht. Verstehe einer die Menschheit."

„Können Sie sich das erklären? Ist ihm Geld nicht wichtig?"

„Im Gegenteil. Oliver hat immer zugesehen, dass er seine Schäfchen ins Trockene gebracht hat. Deshalb war ich mir ja so sicher, dass das mit dem Geld klappt."

„Denken Sie mal gründlich nach, vielleicht fällt Ihnen noch etwas ein?"

„Ja, irgendwie kam es mir manchmal so vor, als wolle er uns das Haus nicht verkaufen, weil er Martha damit eine Freude gemacht hätte. Als wolle er auf Teufel komm raus seiner Schwester wehtun. Da hat er sogar auf das Geld verzichtet."

„Eine Frage habe ich noch. Warum haben Sie ausgerechnet an diesem Tag so oft bei ihm angerufen?"

„Na, weil ich wusste, dass der Notartermin am nächsten Tag war. Da hätte er ja alles dingfest gemacht. Nach einem abgeschlossenen Vertrag hätten wir keine Chancen mehr gehabt."

„Und wieso mehrmals?"

„So leicht gebe ich nicht auf. Solange der Vertrag nicht unterschrieben war, hatten wir noch eine

Chance. Ich habe ihm später noch mehr Geld geboten."

„Hat er das Angebot angenommen?"

„Nein, aber bei der dritten Summe kam er endlich ins Schwanken."

„Hat er Ihnen das Haus zugesagt?"

„Nein. Aber er hat gesagt, er überlegt es sich und meldet sich dann. Ich habe aber nichts mehr von ihm gehört. Deshalb habe ich später nochmal angerufen. Ich wollte wissen, wie er sich entschieden hat. Aber er ging nicht ran."

„Und jetzt ist er tot."

„Ja. Schrecklich. Wie geht es denn jetzt mit dem Haus weiter?"

„Das wissen wir noch nicht. Danke. Das war es fürs Erste. Halten Sie sich bitte zu unserer Verfügung."

„Ja. Kein Problem. Ich bin sowieso hier."

Als sich Irene umdrehte und auf die Tür zustrebte, hörte sie, wie Frau Kannengießer murmelte:

„Vielleicht haben wir ja noch eine Chance!"

Kapitel 17 Au

Zehn Minuten später benutzte Irene Katz den Löwenklopfer an der Haustür von Frau Marthaler. Sie hob den goldenen Ring an, der durch das Maul des Löwen verlief und ließ ihn zurückfallen. Er fiel auf eine Platte aus Metall, die an der grünen Tür angeschraubt war. Ein metallisches Geräusch erklang. Kurz darauf ging ein Fenster neben der Tür auf. Eine Frau streckte ihren dunkelblonden Kopf aus dem Fenster.

„Bitte?" sagte sie wenig einladend.

„Ich bin Frau Katz von der Kripo Freiburg. Ich muss mit Ihnen über Ihren Bruder sprechen."

„Moment, bitte."

Der Kopf verschwand und kurz darauf ging die grüne Tür auf.

Irene betrat ein Wohnzimmer mit einem massiven Holztisch, dunkel getönt, der die eine Ecke des Zimmers dominierte. Ein richtiger Familientisch, dachte sie. Hinter ihr lag eine Küche samt Theke, die als Raumteiler fungierte. Vor ihr gingen Fenster und Terrassentür auf einen Garten hinaus. Die Einrichtung der Wohnung traf zwar nicht Irenes Geschmack, aber sie merkte wohl, wie harmonisch alles aufeinander abgestimmt war. Die Frau hatte ein Händchen fürs Einrichten.

„Frau Marthaler, Sie wissen sicher schon, dass Ihr Bruder ermordet wurde."

„Ja."

„Wie war denn Ihr Verhältnis zu Ihrem Bruder?"

„Oh, früher habe ich meinen Bruder geliebt. Aber in der letzten Zeit? Er hat sich so verändert. Ich wollte nichts mehr mit ihm zu tun haben."

„Was ist passiert?"

„Unser Leben lang war für uns Geschwister und meine Eltern klar, später bekommt Oliver das Haus in Muggardt und ich das Reihenhaus in Au. Mit dieser Gewissheit haben wir jahrzehntelang gelebt. Jetzt ist mein Bruder gierig geworden. Plötzlich will er das Haus in Muggardt, immerhin ein freistehendes Zweifamilienhaus mit großem Garten, und die Hälfte von diesem Reihenhaus."

„Gehört das Reihenhaus Ihnen?"

„Nein, mein Vater hat es damals gekauft und sich ins Grundbuchamt eintragen lassen. Obwohl wir später sehr viel ins Haus gesteckt haben, haben wir das nie geändert. Es war ja alles klar geregelt."

„Wie kommt jetzt Ihr Bruder ins Spiel? Oder wollte Ihr Vater, dass Ihr Bruder die Hälfte von diesem Haus erhält?"

„Bewahre. Nein, das nicht. Mein Vater hat sich stark verändert. Er wollte sich in der letzten Zeit überhaupt nicht mehr um Themen wie Finanzen kümmern. Er war wie abgetaucht, in eine andere eigene Welt. Mein Bruder hat dafür gesorgt, dass er alle Vollmachten bekam. Ich habe am Anfang nichts davon gewusst."

„Was geschah weiter?"

„Oliver hat die Ängste meines Vaters geschürt. Er

hat ihm immer wieder eingeredet, dass das Geld für seinen Heimplatz nicht mehr lange reicht."

„Stimmt das nicht?"

„Ich glaube das nicht. Papa hatte noch einiges an Bargeld und Wertpapieren. Außerdem: Meine Töchter und ich haben lange Zeit versucht, Papa wieder nach Hause zu holen. Meine Älteste hat ihm versprochen, den ganzen Umzug zu organisieren. Gemeinsam wollten wir uns um eine Pfegekraft aus Rumänien kümmern. Mir war der Gedanke nahezu unerträglich, meinen Vater im Heim zu wissen. Zu Hause hätte er es doch viel schöner gehabt."

„Wieso hat das nicht geklappt?"

„Oliver wollte das nicht. Ich weiß ja nicht, was er zu Papa gesagt hat. Er muss intensiv auf ihn eingeredet und seine Änste geschürt haben. Am Ende redete Papa ihm nach dem Mund. Plötzlich hatte er selbst Sorge, dass das Geld nicht reicht. Außerdem hat Oliver versucht, sowohl mich als auch die Kinder von Papa fernzuhalten. Silke hatte eine sehr enge Beziehung zu ihrem Opa und meine Jüngste, Rita Marie, auch. Sie hätten vielleicht etwas bewirken können. Wollten sie jedenfalls unbedingt."

„Sie wollten noch etwas zur Finanzierung des Heimes sagen."

„Ach ja. Irgendwann hat es meinem Vater gereicht mit den Diskussionen. Er hat sich definitiv festgelegt. Nein, er wolle nicht mehr nach Hause.

Er würde endgültig im Heim bleiben."

„Ein Sieg Ihres Bruders auf ganzer Linie."

„Ja. Aber ab da hätte man die Wohnung vermieten können. Hundert Quadratmeter eventuell mit Gartennutzung, da wäre Monat für Monat ein ganz schönes Sümmchen zusammengekommen. Da sieht man doch, dass Olivers Gründe vorgeschoben sind. Ich glaube schon, dass er andere Gründe hatte, den Verkauf des Reihenhauses so zu forcieren."

„Sie sagten, Sie glauben, dass es bei Ihrem Vater noch Bargeld und Wertpapiere gibt. Wissen Sie es nicht?"

„Nein, Oliver hat mir keinen Einblick gewährt. Er hat nur Gerüchte gestreut, dass mein Vater das Geld nicht so gut angelegt habe wie gedacht. Auch die Finanzierungspläne für das Reihenhaus seien alles andere als optimal gewesen."

„Sie hatten also gute Gründe, auf Ihren Bruder sauer zu sein."

„Ja. Ich wollte nichts mehr mit ihm zu tun haben. Der war für mich gestorben."

„Jetzt, da er tot ist, haben sich alle Probleme auf einen Schlag für Sie gelöst."

„Ja."

„Sie können nicht nur das Reihenhaus behalten, Sie erben jetzt wahrscheinlich auch noch das Haus in Muggardt."

„Oh mein Gott, daran habe ich noch gar nicht

gedacht. Und was wird aus Sybille? Das müssen wir in Ruhe bereden."

„Ausgerechnet am Tag vor dem Notartermin wird Ihr Bruder ermordet. Glauben Sie an Zufälle?" Martha schaute hoch. Sie begriff erst in diesem Moment, auf was Frau Katz hinauswollte.

„Sie glauben doch nicht, dass ich…"

„Na ja, es bringt Ihnen viele Vorteile. Ein Tag später und das Haus wäre weg."

„Niemals. Ich wollte mit meinem Bruder nichts mehr zu tun haben. Das war es aber auch schon. Er war nicht mehr Teil meines Lebens und, noch schlimmer, nicht mehr des Lebens meiner Töchter. Für die Kinder tut es mir besonders leid."

„Wie war das Verhältnis Ihrer Kinder zu ihrem Onkel?"

„Früher gut. Wir haben immer sehr viel zusammen gemacht. Er war der Patenonkel meiner Tochter Silke. Oliver hat sich immer tolle Ausflüge und Besichtigungen für Silke und ihre Familie einfallen lassen. Umso entsetzter sind wir alle, wie Oliver sich in den letzten Wochen entwickelt hat."

„Aber Ihre Töchter haben noch Kontakt zu ihm?"

„Nein, nur meine Jüngste, Rita Maria."

„Warum ausgerechnet Rita Maria?"

„Sie will immer vermitteln. Das wurde ihr in die Wiege gelegt."

„Ist es ihr gelungen?"

„Nein. Aber sie ist der Typ, der nicht aufgibt."

„Gut, das war es fürs Erste. Sie dürfen im Moment die Stadt nicht verlassen."

„Das habe ich auch nicht vor! Ich kann doch meine Kinder in dieser Situation nicht alleine lassen. Erst den Vater verloren und jetzt auch noch den Onkel."

„Gut."

„Sagen Sie mir Bescheid, wenn es etwas Neues gibt?"

„Natürlich."

„Hhmmm, dein Sekt ist lecker wie immer. Cremant d´Alsace ist einfach unschlagbar."

Lisa saß auf Marthas Sofa und betrachtete das Bild mit der Frau, die sie an Marilyn Monroe erinnerte.

„Ja. Das ist für mich auch der beste Sekt. Soll ich dir nachschenken?"

„Nein, für den Moment reicht es. Ich muss nachher noch fahren. Wir wollen doch noch nach Burkheim zu Angelique."

„Ich kann dir auch stattdessen mein Sofa anbieten."

„Bei dir übernachten?"

„Ja, warum denn nicht. Wenn du mit einem Sofa vorlieb nehmen kannst?"

Lisa betrachtete Martha nachdenklich. Sie schwieg eine Weile, behielt aber Martha im Auge. Dann sagte sie:

„Das Sofa ist nicht das Problem. Aber ich habe eine bessere Idee."

Sie schwieg bedeutungsvoll.

„Rück schon raus mit der Sprache. Was kommt jetzt wieder?"

Martha grinste. Sie genoss die theatralen Ankündigungen von Lisa.

„Ich habe es dir schon mal vorgeschlagen!"

„Hast du?"

„Ja."

„Na, dann jetzt ein zweites Mal."

Lisa runzelte unwillig die Stirn.

„Du erinnerst dich nicht?"

„Lisa, du hast so viele Ideen. Wie soll ich mich da an jede einzelne erinnern?"

Lisa schwieg. Sie wirkte unzufrieden. Dann gab sie sich einen Ruck.

„Du magst doch das Elsass?"

„Ja, klar. Wie oft sind wir an Feiertagen rüber gefahren, in den Supermarkt, haben Käse, Baguette und Cremant gekauft. Kurz hinter der Grenze kommt ja der erste Supermarkt."

„Kaufst du deinen Cremant immer noch in Frankreich?"

„Ja, klar!"

„Also pass auf: Ich möchte dich einladen. Statt hier auf dem Sofa zu übernachten, könnten wir eine Tour ins Elsass machen. Wir fahren zu dem Supermarkt, decken uns mit Käse, Baguette und Cremant ein. Dann fahren wir zu einer Hütte, auf der wir das alles genießen können. Wir übernachten dort. So kann jede voll genießen, ohne ans Fahren denken zu müssen."

„Lisa, du weißt, dass ich nur in dem Bett schlafen will, in dem ich mit Christoph geschlafen habe."

„Ja, das weiß ich. Aber es wird Zeit, dass du dich wieder auf Neues einlässt. Dass du wieder in die Welt gehst und dich nicht hier verbarrikadierst."

„Lisa, lass gut sein."

„Martha! "

Martha horchte auf. Da war plötzlich ein scharfer Ton in Lisas Stimme.

„Komm mit zu meiner Hütte."

„Du hast eine Hütte?"

„Ja, sage ich doch. Ich habe dich gerade eingeladen auf meine Hütte."

Lisa klang jetzt gereizt.

„Ich wusste doch nicht, dass du eine Hütte hast. Hast du nie erzählt. Ich dachte, du schlägst vor, wir mieten uns irgendwo ein."

„Nein, Martha. Ich habe eine Hütte in einer einzigartigen Lage. Mit Bach und Wiese. Wie geschaffen für uns. Komm, sag ja."

„Ich weiß nicht."

„Martha, es wird toll. Wir machen uns einen schönen Tag mit den gekauften Sachen. Am nächsten Morgen können wir unser Gesicht mit dem kühlen Bachwasser erfrischen. Ich mache dir ein göttliches Frühstück. Wenn das Wetter mitmacht, frühstücken wir auf der Wiese. Da wachsen Margeriten und Mädesüß. Später fahren wir in die Stadt. Es wird einfach toll."

„Klingt gut, Lisa."

„Na siehst du. Also sag ja. Dann können wir planen."

„Lisa. Ich möchte bei Christoph schlafen. Du weißt ja, auch meine Töchter haben es schon versucht. Sie wollen mit mir verreisen. Nach Kroatien in das

Haus einer Freundin von mir. Ich habe immer nein gesagt."

„Menschenskinder, Martha! Wie lange ist dein Mann schon tot? Du kannst dich doch nicht den Rest deines Lebens in deinem Schlafzimmer verkriechen. Komm, raff dich auf. Du musst deine Nase mal wieder in den Wind strecken!"

Martha schaute Lisa irritiert an.

Ihre Stimme war so hart und fordernd, so kannte sie Lisa gar nicht. Ihr blieb für einen Moment die Spucke weg.

Sie maßen sich mit Blicken. Manchmal schaute Martha zur Seite. Aber wenn sie den Blick wieder auf Lisa richtete, sah sie, dass diese ihre Augen unverwandt auf sie gerichtet hielt.

Endlich sagte Lisa:

„Versprich mir eins."

„Was?"

Lisa forschte in Marthas Augen, als wolle sie sie bis auf den Grund erkennen. Martha hielt ihrem Blick stand.

Endlich sagte Lisa:

„Versprich mir...",

Lisas Blick wurde noch eindringlicher.

„Versprich mir... ",

Sie setzte nochmal an:

„Versprich mir, dass du darüber nachdenken wirst."

Martha atmete auf. Dieses Versprechen konnte sie leicht geben.

„Lisa, ich verspreche dir, dass ich darüber nachdenken werde."

Lisa senkte den Blick.

„Gut", sagte sie leise.

Martha dachte wieder einmal, mit einem guten Gespräch kann man doch jedes Problem lösen. Wieder hatte es funktioniert. Sie konnte sich darauf verlassen.

„Ich muss los", sagte Lisa hastig.

„Wie, du musst los? Wir wollten doch noch zum Kaiserstuhl fahren? Zu Angelique."

„Ich habe etwas vergessen. Ich muss sofort aufbrechen. Tut mir leid, dass ich nicht früher daran gedacht habe. Mit dem Kaiserstuhl, das machen wir ein anderes Mal."

„Okay. Du weißt, dass ich die Tagesausflüge mit dir richtig genieße."

„Ja, ja, ich weiß. Aufgeschoben ist ja auch nicht aufgehoben. Ich ruf dich an."

"Okay!"

Lisa stürzte sich in ihre Jacke und sprintete aus dem Haus.

Merkwürdig, dachte Martha für einen Moment. Aber dann dachte sie daran, dass sie ihre Töchter noch anrufen wollte, um sich für das gemeinsame Sonntagsfrühstück zu verabreden. Sie tauchte in ihre Welt zurück und vergaß diese seltsame Episode mit Lisa.

Kapitel 19 Freiburg

Irene und Jan trafen sich am Flipchart in ihrem Büro. Irene Katz lenkte das Gespräch auf die neuen Fakten. Sie liebte es, effektiv zu handeln.

„Jan, was hat deine Befragung gebracht?"

„Frau Doberstein sagt, ihr Mann war fest entschlossen, nicht an Frau Kannengießer zu verkaufen. Egal, was sie geboten hat. Sie informierte mich auch darüber, dass Herr Doberstein Frau Kannengießer sehr wohl über diese Tatsache unterrichtet hatte. Bei seinem letzten Telefonat mit ihr. Danach ging er nicht mehr ans Telefon, wenn er ihre Nummer sah. Sie meinte, es grenze an Telefonterror, was Frau Kannengießer da aufs Parkett gelegt habe."

„Frau Kannengießer hat also gelogen."

„Ja."

„Das macht sie zu einer Hauptverdächtigen."

„Sehe ich auch so."

„Hast du Frau Doberstein noch nach dem Lebensmitteleinkauf gefragt?"

„Klar. Also einen Teil hat sie im Supermarkt und einen Teil auf dem Markt eingekauft. Da hatte sie die Einkäufe immer im Blick. Aber zu Hause sah es anders aus. Sie hatte mehrere schwere Einkaufstüten zu versorgen. Sie trug erst nur zwei nach oben. Sie ließ den Kofferraum offen, in dem noch weitere Tüten standen. Als sie in der

Wohnung im ersten Stock ankam, klingelte gerade das Telefon. Sie nahm ab und telefonierte ein paar Minuten."

„Da hätte also jemand an die Lebensmittel rankommen können."

„Ja. Aber dafür hätte derjenige das Haus beobachten müssen."

„Ja. Das ist richtig. Wir müssen uns mal umsehen, von wo aus man das Haus gut beobachten kann."

„Ja."

„Wir müssen sie auch fragen, ob sie regelmäßig zu diesem Zeitpunkt einkaufen ging. Und ob sie immer so viel einkaufte, dass sie einige Tüten unbeaufsichtigt im offenen Kofferraum stehen ließ."

„Ja, es wird immer wahrscheinlicher, dass jemand das Haus und seine Bewohner häufig beobachtete. Vielleicht finden wir dort Spuren."

„Hast du danach gefragt, ob Frau Marthaler die Gewohnheiten ihres Bruders kannte?"

„Ja. Frau Doberstein meinte, früher habe Frau Marthaler so grob ihre Tagesstruktur gekannt. Also, dass ihr Bruder noch vor dem Frühstück joggen ging, dass pünktlich um dreizehn Uhr das Essen auf dem Tisch steht. Dass Ruth abends früh ins Bett geht und dann mindestens einer von ihnen zu Hause ist. Ansonsten hätten sie früher andere Gesprächsthemen gehabt. Aber in der letzten Zeit war richtig Funkstille. Wenn überhaupt, wurde nur das Notwendigste geredet. Dass Oliver seine

Joggingrunde vom frühen Morgen auf die Zeit vor dem Mittagessen verlegt hatte, das wusste Frau Marthaler nicht."

„Also, wenn sie es war, muss sie die Familie ihres Bruders beobachtet haben."

„Ja, davon müssen wir ausgehen. Was hast du über Frau Marthaler herausgefunden?"

„Sie hat sehr offen über ihren Zwist mit ihrem Bruder gesprochen. Sie war total sauer auf ihn. Ich weiß aber nicht so genau, ist sie naiv oder spielt sie nur die Naive. Jetzt überlege mal. Der Konflikt mit dem Bruder war vielen bekannt. Frau Kannengießer zum Beispiel hat mir gleich beim ersten Gespräch davon erzählt. Es war also klar, die Spannungen würden so oder so auf den Tisch kommen. Verschweigen hätte sie nur verdächtig gemacht. Entweder ist sie tatsächlich naiv oder besonders raffiniert. Spielt uns das unschuldige Opfer vor in der Hoffnung, mit dem Mord durchzukommen. Sie hat jedenfalls ein starkes Motiv."

„Dass Frau Kannengießer so auf den Streit zwischen den Geschwistern hinwies, kann ja auch Ablenkung von sich gewesen sein. Jetzt, da sie im Verdacht steht, sieht es nochmal ganz anders aus. Sie wollte, dass Frau Marthaler in Verdacht gerät."

„Möglich."

„Hast du noch etwas über die Kinder erfahren?"

„Ja. Sie stehen emotional hinter ihrer Mutter. Die

gleiche Geschichte. Erst ein Herz und eine Seele mit dem Onkel. Aber als der sich so fies zur Mutter verhält, brechen sie den Kontakt ab. Außer der Jüngsten. Rita Maria ist die einzige, die noch Kontakt zu ihrem Onkel hatte."

„Da müssen wir noch mal genauer hinschauen."

„Definitv. Die Kinder müssen wir verhören."

„Hast du Frau Marthaler gefragt, ob sie Schierling kennt."

„Sie kannte Schierling wegen des Schierlingsbechers, mit dem Platon hingerichtet wurde. Aber sie bestritt, dass sie die Pflanze jemals gesehen hat und sagte, dass sie auch nicht wusste, dass sie in Deutschland wächst. Als ich ihr sagte, dass Schierling auf jeder Wiese wachsen könne, meinte sie, sie interessiere sich nicht für Kräuter und Wiesenpflanzen. Was da draußen wachse, sei ihr schnuppe. Sie liebe ausschließlich Gartenpflanzen."

"Lass uns nochmal zusammenfassen:

Wir haben Frau Kannengießer, die uns angelogen hat. Sie hat ein starkes Motiv.

Wir haben Frau Marthaler, die ebenfalls ein starkes Motiv hat, aber behauptet, Schierling nicht zu kennen.

Wir haben einen Zeitpunkt: einen Tag vor dem Notartermin.

Und wir haben das Objekt der Begierde: ein Reihenhaus in Au.

Wie gehen wir weiter vor?

Nachbarn befragen, ob sie zum Tatzeitpunkt etwas beobachtet haben. Die Kinder von Frau Marthaler befragen.

Und nicht zuletzt Frau Kannengießer mit ihrer Lüge konfrontieren."

Kapitel 20 Bollschweil

Irene betrachtete das Haus, auf das sie sich zubewegte. Zwei dreieckige Dachfenster ragten aus dem Giebel. Zwischen den Fenstern ein vorgezogenes Dach auf zwei weißen Holzsäulen, das den Eingangsbereich vor Regen schützte. Im Vorgarten zwei überdimensionale Terracotta-Töpfe, die den Eingangsbereich flankierten. Im einen Topf ein riesiger Rosmarin, der seinen Duft großzügig verströmte. Irene musste bei diesem Geruch sofort an einen Aufenthalt in Spanien denken. Da wuchs das Kraut wild und hüfthoch und blühte blau. Hoch über dem Meer und neben silbrig schimmernden Felsen. Dieser hier war unten sehr verholzt, hatte fast bizarr in die Luft gestreckte Zweige und stand oben in voller Blüte. Im anderen Topf wuchs eine rote Rosen an einem Gitter. Alles sah sehr gepflegt, modern und harmonisch abgestimmt aus. Das Haus strahlte noch die Frische und Aufbruchsstimmung eines neuen Besitzers aus. Der Balkon an der Seite mit Blumenkästen und Stoffschirmen wartete noch auf die Abendsonne, die ihn später bescheinen würde. Irene dachte, nun ist es aber genug mit den Betrachtungen. Sie schritt zur Tat und klingelte.

Silke Jäger öffnete die Tür mit einem Lächeln auf den Lippen. Ihre Augen ruhten freundlich auf der fremden Frau.

„Guten Tag, ich heiße Irene Katz. Ich möchte Ihnen gerne ein paar Fragen stellen. Darf ich hereinkommen?"

Frau Jäger öffnete die Tür vollständig und bat die Kommissarin mit einer einladenden Geste ins Haus.

„Darf ich Ihnen einen Kaffee anbieten", fragte sie, sobald sie ins Wohnzimmer traten.

Irene ließ ihren Blick schweifen in einen hübsch angelegten Garten mit einer Kinderschaukel und einem aufblasbaren Wasserbecken, in dem Spielzeugtiere schwammen. An den Garten schlossen sich Felder und Wiesen an. Ein Kinderparadies, dachte Irene. Keine Autos, nichts. Alles zum Herumstrolchen und Entdeckungen machen.

„Nein, danke. Ich muss bald weiter. Habe heute einen langen Tag vor mir. Also lassen Sie uns beginnen. Sie werden sich bereits denken, dass ich wegen Ihres Onkels da bin. Wie war denn Ihr Verhältnis zu ihm?"

„Wir hatten früher ein tolles Verhältnis. Hätte nicht besser sein können. Aber seit dem Vorfall im Pflegeheim will ich mit meinem Onkel nichts mehr zu tun haben. Sorry, ich merke es gerade selbst … wollte ich mit meinem Onkel nichts mehr zu tun haben, so muss es korrekt heißen. Er hat sich sehr verändert. Ich kann bis heute nicht nachvollziehen, warum er so ein fieses Verhalten an den Tag legte."

„Um welchen Vorfall handelt es sich denn?"

„Das ist eine lange Geschichte."

„Erzählen Sie alles. Es könnte für den Fall wichtig sein."

„Also, das war so: Mein Onkel hat uns mehr und mehr aus familiären Entscheidungen ausgeschlossen. Hat alleine wichtige Dinge entschieden und uns nicht informiert. Das waren wir gar nicht gewohnt. Früher wurden alle wichtigen Entscheidungen gemeinsam besprochen und getroffen. Es wurde aber noch krasser. Zunehmend ging Oliver nicht mehr ans Telefon, wenn wir anriefen. Er beantwortete weder Emails noch WhatsApp-Nachrichten."

„War das bei allen Familienmitgliedern so?"

„Nur zu Rita Maria hatte er sporadisch Kontakt. Über Whatsapp."

„Also zurück zum Vorfall im Pflegeheim."

„Mein Opa wollte einfach nicht glauben, dass Oliver nicht alles mit uns abspricht. Er hat sich das Verhältnis immer noch so vorgestellt, wie es früher war. Erst als Rita Maria, meine Mutter und ich immer wieder darauf hinwiesen, dass Oliver weder auf Telefonate reagierte noch E-mails oder WhatsApp-Nachrichten beantwortete, entschloss er sich, uns alle um sich zu versammeln. Er vereinbarte mit uns einen Termin im Pflegeheim. Meine Schwester Anja musste arbeiten. Sie wollte, ehrlich gesagt, auch nicht in den Konflikt mit reingezogen werden. Rita Maria war in München.

So war ich die einzige Enkelin, die zu dem Termin kam. Ich hatte mit meiner Mutter vereinbart, dass wir uns im Foyer des Pflegeheims treffen und dann gemeinsam zu Opas Zimmer hochgehen. Ausgerechnet an diesem Tag kam meine Mutter zu spät. Es hatte Probleme im Straßenverkehr gegeben. Ich kam also vor dem Pflegeheim an. Als mein Onkel mich sah, rannte er sofort mit ausgebreiteten Armen auf mich zu. Aber nicht, weil er mich freundlich begrüßen wollte, wie wir es vor den ganzen Konflikten getan haben - da haben wir uns immer zur Begrüßung umarmt - sondern eher wie ein Verkehrspolizist, der mit seinen ausgestreckten Armen ein Stopp für alles, was frontal auf ihn zukommt, symbolisiert. Als Oliver so auf mich zugestürmt kam und mit zur Seite gestreckten Armen vor mir stand, fühlte es sich sofort an, als wolle er mir sagen: Stopp. Bis hierhin und nicht weiter. Da war ich noch nicht mal im Pflegeheim drin, nur in der Nähe der Eingangstür. Ich habe noch immer jede Einzelheit von dem, was jetzt kommt, in meinem Kopf."

„Erzählen Sie alles."

„Es ist, als würde ich es nochmal erleben. Er fragte mich ganz aufgewühlt:

„Was machst du denn hier?"

„Ich möchte bei dem Gespräch dabei sein."

„Verschwinde. Aber plötzlich. Das geht dich nichts an."

„Es geht um meinen Opa, meinen Onkel und

meine Mutter. Das soll mich nichts angehen?"

„Hau ab oder ich mache dir Beine".

Ich dachte noch, Mama wo bleibst du? Ich hoffte, dass sie jeden Moment um die Ecke kommt. Aber sie kam nicht.

„Mama kommt gleich. Wenn sie da ist, gehen wir rein."

Oliver wurde immer aggressiver und lauter. Er schrie nahezu:

„Zisch endlich ab. Wenn du nicht sofort verschwindest, gehe ich zum Gericht und erwirke ein Besuchsverbot bei Opa gegen dich."

„Mir blieb die Spucke weg. Die Leute in den Rollstühlen drehten schon die Köpfe nach uns, schauten neugierig oder besorgt. Auch die Pfleger wurden auf uns aufmerksam. Ich war so erschüttert vom feindseligen Verhalten meines Onkels, Mama war immer noch nicht da, die Leute starrten uns an, sodass ich eingebrochen bin. Ich machte urplötzlich auf dem Absatz kehrt, rannte weg, setzte mich ins Auto und heulte los. Ich war so aufgewühlt, dass ich es nicht über mich brachte, nochmal auszusteigen und nach Mama Ausschau zu halten. Das Dumme daran war nur, auf diese Weise schickte ich meine Mutter alleine in die Höhle des Löwen. Ich startete das Auto und fuhr nach Bollschweil zurück. Ich war so verletzt und enttäuscht von meinem Onkel. Ich fand sein Verhalten so entsetzlich. Es ist einfach unmenschlich, wie er da reagiert hat."

„Ich habe gehört, Sie hatten früher ein gutes Verhältnis zu Ihrem Onkel."

„Ja. Einen besseren Patenonkel hätte man sich gar nicht wünschen können. Er war immer präsent. Als Kind ging er mit mir ins Planetarium, ins Kino, meistens waren wir im Friedrichsbau, wie viele tolle Filme haben wir da zusammen gesehen. Manchmal fuhren wir ins Laguna. Das Wellenbad war toll, die Rutschbahnen. Als ich dann meine eigene Familie hatte, hat er viel mit uns gemeinsam unternommen. Er organisierte Ausflüge auf den Baldenwegerhof oder den Mundenhof. Das Tollste war, es war so entspannt für uns, weil Oliver sich phantastisch um meine Kinder kümmerte. Er hat zu meiner Familie einfach dazugehört. Deshalb kann ich es ja überhaupt nicht verstehen, wie er sich verhielt."

„Seit wann war es so schwierig mit Ihrem Onkel?"

„Da muss ich kurz drüber nachdenken. Ich meine, wenn ich alles so Revue passieren lasse, ich glaube, es ist seit dem Tod meiner Oma."

„Herzliches Beileid. Wann ist Ihre Oma gestorben?"

„Das ist jetzt auch schon wieder eineinhalb Jahre her."

„Seit dem Vorfall vor dem Pflegeheim hatten Sie also keinen Kontakt mehr zu Ihrem Onkel?"

„Nein."

„Und zu Ihrer Tante?"

„Auch nicht."

„Zu Ruth wahrscheinlich auch nicht?"

„Nein. Bei mir dauert es lange, bis ich einen Kontakt aufgebe. Aber wenn, dann gründlich und unwiderruflich. Oliver hat unsere Familie zerstört. Ich habe schon keinen Vater mehr, aber jetzt habe ich auch keinen Onkel und keine Tante mehr. Und irgendwie hat er mir auch den Opa genommen."

„Sie hätten also ein Motiv."

„Ich kann Gewalt auf den Tod nicht ausstehen. Nichts rechtfertigt gewalttätiges Verhalten. Mir reicht es, wenn ich solche Taten aus meinem Leben ausschließe. Meine Kinder sollen unbeschwert aufwachsen. Den Tod habe ich Oliver zu keinem Zeitpunkt gewünscht. Denken Sie doch nur an Ruth. Was kann die Kleine dafür, dass ihr Vater so unmenschlich geworden ist. Sie braucht ihren Vater so oder so."

„Aber er wollte Ihrer Mutter das Haus wegnehmen."

„Ja. Das war fies. Vor allem der Druck, den er dauernd machte. Meiner Meinung nach hätte Mama das Haus auf Dauer sowieso nicht halten können. Das Haus ist alt. Da wären bald Reparaturen auf sie zugekommen, eine neue Heizung, die Erneuerung des Dachs. Ich habe ihr schon lange geraten, sich eine kleine Wohnung zu suchen. Aber sie will nicht."

„Glauben Sie, das Gespräch wäre anders gelaufen, wenn Sie dabei gewesen wären?"
„Vielleicht. Ich hatte immer ein gutes Verhältnis zu meinem Opa. Wir waren ja jedes Jahr mit den Großeltern zusammen im Urlaub, bevor wir die Kinder bekommen haben. Vielleicht hätte er meinen Standpunkt bedacht und in seine Entscheidungen mit einbezogen. Er hat mich schon als Kind ernst genommen. Als Jugendliche war er ein guter und interessierter Gesprächspartner für mich. Er hatte so eine ruhige Ausstrahlung. Man konnte mit jedem Problem zu ihm kommen. Man ging immer gestärkt aus einem Gespräch mit ihm hervor. Aber er hat sich verändert. Mein Onkel hat immer mehr Einfluss auf meinen Opa ausgeübt. Ich kann Ihnen das an einem Beispiel zeigen: Meine Mutter, meine Schwestern und ich haben noch lange probiert, den Opa wieder nach Hause zu holen. Als er mir sagte, wie mühsam ein erneuter Umzug vom Pflegeheim nach Hause sei, habe ich ihm versprochen, mich um alles Organisatorische zu kümmern. Auch mein Mann hätte da voll mitgemacht. Ich bin mir sicher, dass er in der Tiefe seines Herzens lieber zu Hause leben wollte. Da hatte er noch Freunde, die in besuchten, da hatte er seinen Weinkeller, die Erinnerungen an seine Frau. Meine Mutter wollte jeden zweiten Tag zu ihm kommen. Ich wäre auch mindestens einmal die Woche rausgefahren und meine Schwestern

auch. Ich weiß nicht, was Oliver meinem Opa erzählt hat. Jedenfalls wurde er immer ängstlicher und am Ende, als er die Diskussionen nicht mehr vertrug, beschloss er, im Heim zu bleiben. Da hat er nicht auf uns gehört."

„Nach diesem Ereignis haben Sie den Kontakt zu Ihrem Patenonkel abgebrochen?"

„Ja. Ich wollte mit ihm nichts mehr zu tun haben."

„Und zu Ihrem Opa?"

„Den habe ich nochmal angerufen. Ich habe mich bei ihm über Olivers Verhalten beklagt. Aber er wollte nicht eingreifen. Er hat sich die Dinge ein bisschen zurechtgelegt, wie es ihm passte. Er war früher so gerecht gewesen! Als mir meine Mutter erzählte, ihr Bruder habe sich vor ihr aufgebaut und ihr in drohendem Ton ins Ohr gezischt: "Pass nur auf! Wenn du so weiter machst, dann enterbt dich Papa noch!",da war es dann auch für mich gegessen. Ich wollte mit diesem Verhalten nichts mehr zu tun haben. Opa unternahm nichts. Er ließ es einfach zu. Das war nicht mehr mein Opa! Das war ein fremder Mann."

„Warum glauben Sie, dass Ihr Opa nicht eingegriffen hat?"

„Darüber habe ich mir auch schon Gedanken gemacht. Ich habe immer gedacht, Opa ist sehr gerecht. Mit seinen Kindern. Das eine bekommt das Haus in Muggardt. Das andere das Reihenhaus in Au. So hat er es immer gesagt, seit ich ihn kenne. Aber auch zu uns, seinen drei Enkelkindern, war er immer gerecht. Jede war ihm so viel wert wie die andere. Im Nachhinein denke ich manchmal, vielleicht hat meine Oma, an der ich nicht so hing wie am Opa, eine viel wichtigere Rolle gespielt als wir alle dachten. Wenn Oma noch leben würde, wäre das nicht passiert. Davon bin ich überzeugt. Sie hätte mit ihrem Sohn Tacheles geredet. Auch wenn sie eine enge Bindung an ihn hatte, so ein richtig gutes Mutter-Sohn-Verhältnis eben, aber das hätte sie ihm nicht durchgehen lassen. Sie hätte die Familie zusammengehalten. Aber es ist, wie es ist. Ich bin durch, mit beiden."

Kapitel 21 Freiburg

Irene Katz hatte sich im Laufe der Zeit ein immer gleiches Ritual angewöhnt. Sie trank jeden Freitagabend vor dem Schlafengehen einen Gin Tonic mit Garnitur. Sie freute sich diebisch auf ihren Drink. An manchen Tagen bevorzugte sie Suhl, einen Gin, der stark nach Wacholderbeeren schmeckte. Stärker als jeder andere Gin, den sie kannte. An anderen Abenden bevorzugte sie Gin mit fruchtigen Noten wie Zitrus, Orange oder Bergamotte. Und dazu ein Tonic Water von Fever-Tree. Diese trank sie, wenn sie Sehnsucht nach dem Süden und einer mediterranen Leichtigkeit hatte. Auch wenn sie über Schweres hinwegkommen wollte. Aber Suhl, der war am besten, um ihre verwirrten Gedanken zu klären. Es gab Tage, da stürmten so viele neue Fakten, Menschen, Gespräche auf sie ein, dass ihr davon das Hirn schwirrte. Satzfetzen, Fakten, Menschen mit ihren Gesten und Blicken – alles schoss wahllos durch ihr Gehirn. Dann trank sie Suhl. Er stand für Klarheit. Es war, als ob dieser Wacholdergeschmack ihr Gehirn reinigen und von den Schlacken ineffizienter Gedanken befreien könnte. Als würde der zentrale Gedanke herauskristallisiert und ihr deutlich und immer deutlicher vor die Augen gestellt. Sie kam - an guten Tagen - wieder im Wesentlichen an. So vorbereitet sank sie in den Schlaf, in der Hoffnung, dass der Schlaf sein Übriges beitragen werde und sie am Morgen sehr sortiert ihr Tagewerk beginnen könne. Der morgendliche Lauf an der Dreisam rundete dann ihre Vorbereitung auf ihren Berufsalltag ab.

So gerüstet erschien sie im Büro und traf auf einen freudig erregten Jan.

„Guten Morgen, Irene, gut, dass du kommst."

„Guten Morgen, Jan. Gibt es etwas Neues?"

„Das kannst du wohl laut sagen. Pass auf! Ich habe mich gestern näher mit Rita Maria Marthaler beschäftigt, weil sie doch die Einzige war, die noch Kontakt zu ihrem Onkel hatte. Jetzt kommt der Knaller."

„Mach es nicht so spannend!"

"Na ja, du sollst ja schon auf meine besondere Begabung beim Recherchieren aufmerksam werden."

„Raus mit der Sprache!"

"Rita Maria ist als Kind im Krankenhaus wegen einer Vergiftung mit Schierling behandelt worden."

„Meine Güte, das ist ja eine Neuigkeit."

„So etwas vergisst eine Mutter doch nicht."

„Also lügt Frau Marthaler auch. Was ist denn damals passiert?"

„Das Kind hat auf einer Wiese gespielt. Es muss

dabei eine Schierlingspflanze angefasst haben.
Rita Maria hatte richtige Blasen an den Händen.
Sie musste schnell behandelt werden. Sie wurde in
die Uniklinik Freiburg gebracht."

„Anfassen reicht, um sich zu vergiften?"

„Ja. Die Hand zeigte die typischen Symptome, die
auftreten, nachdem man einen Schierling
angefasst hat."

„Du meine Güte. Nein, so etwas vergisst eine
Mutter nicht!"

„Wir können also davon ausgehen, dass Frau
Marthaler weiß, wie Schierling aussieht."

„Mit Sicherheit. Jede Mutter wüsste nach so einem
Ereignis, wie Schierling aussieht. Allein, um zu
verhindern, dass so etwas wieder passiert."

„Um das Kind zu schützen."

„Ja."

„Da bin ich ja gespannt, was sie sagt, wenn wir sie
damit konfrontieren."

„Gibt es noch etwas Neues?"

„Ja. Ich kann die Information noch nicht richtig
einschätzen. Aber zwei Nachbarn haben einen Tag
vor dem Mord ein Auto beobachtet. Es kam ihnen
seltsam vor, dass es stundenlang vor dem Haus
der Dobersteins stand und die ganze Zeit ein
junger blonder Mann darin saß. Das Auto fuhr
gegen Mittag wieder weg. Kam aber ein paar
Stunden später wieder. Die Zeugen hatten das
Auto nie zuvor gesehen. Es hatte kein Freiburger
Kennzeichen. Deshalb war es auch in ihren Fokus

geraten."

„Haben sie sich das Autokennzeichen gemerkt?"

„Nein, leider nicht. Aber der eine Nachbar hat noch gesehen, wie der junge Mann ausstieg, auf das Haus zulief und am Gartentor zögerlich stehen blieb. Er lungerte eine Weile am Tor herum, drehte plötzlich dem Haus den Rücken, stieg in sein Auto und verschwand in der Abenddämmerung. Danach wurde er nicht mehr gesehen."

„Gibt es eine Beschreibung von ihm?"

„Nur sehr rudimentär. Der Zeuge meinte, es sei ein großer, schlaksiger Mann gewesen. So um die dreißig. Kurzhaarschnitt. Blaue Jeans und hellrotes T-Shirt. Das wars. An mehr konnte sich der Zeuge nicht erinnern."

„Okay. Schreibe mal den jungen blonden Mann auf unserem Flipchart dazu. Vielleicht spielt er eine Rolle bei dem Verbrechen. Wir sollten nichts außer Acht lassen."

„Und du?"

"Ich habe beim Grundbuchamt angerufen, um herauszufinden, wem denn nun das Zweifamilienhaus in Muggardt letztendlich gehört. Eingetragen ist Herr Doberstein. Die Schenkung liegt schon mehr als zehn Jahre zurück. Ich habe mir sagen lassen, dass diese zehn Jahre eine Rolle spielen. Denn Schenkungen innerhalb der letzten zehn Jahre vor dem Tod des Erblassers werden voll auf das Erbe angerechnet. Aber so gehört das Haus bereits Herrn Doberstein und gehört nicht zur Erbmasse. Er ist damit schon auf der sicheren Seite."

„Also erbt Frau Marthaler das Zweifamilienhaus gar nicht."

„Nein. Wahrscheinlich erbt es Herrn Dobersteins Frau."

„Die hätte damit auch ein Motiv."

„Sieht so aus."

„Was hast du über die Töchter von Frau Marthaler erfahren?"

„Frau Jäger ist einmal heftig mit ihrem Onkel aneinandergeraten. Sie sagt, sie und Rita Maria Marthaler hätten auf den Opa eingeredet, er müsse etwas unternehmen. Es gehe nicht, wie der Onkel mit ihrer Mutter umspringe. Herr Doberstein senior habe sich das lange angehört und dann alle zu einem Gespräch ins Pflegeheim einbestellt. Anja Marthaler musste arbeiten und Rita Maria Marthaler war zu diesem Zeitpunkt in München. Frau Jäger fuhr also als einzige der Schwestern zum Pflegeheim. Sie wollte sich dort mit ihrer Mutter treffen. Der Onkel habe sie am Eingang des Heimes direkt abgepasst und so rüde traktiert, dass sie unverrichteter Dinge und wegen der Widerwärtigkeit des Onkels weinend nach Hause fuhr. Nach diesem Ereignis habe sie den Kontakt abgebrochen."

„Sie hat also auch ein Motiv."

„Ja. Eigentlich schon. Aber ich glaube ihr. Sie gehört zu der Sorte Frauen, für die es nichts Wichtigeres gibt als ihr Nest zu beschützen und zu behüten. Sie hat alles Rohe und Aggressive aus ihrem Leben ausgeschlossen, damit ihre zwei Jungen unbeschwert aufwachsen können. Ich denke schon, dass ihr das reicht. Sie hat etwas Klares. Eine ruhige Sanftheit. Mein Instinkt sagt mir, sie hat mit Gewalt nichts zu tun und schon gar nicht mit einem so grausamen Mord."

„Sie kommt aber an die Pinnwand?"

„Klar, wir müssen natürlich alles auf dem Schirm behalten. Manchmal erfährt man etwas, das alles im neuen Licht erscheinen lässt. Im Grunde, denke ich, kann jeder, wirklich jeder in eine Situation kommen, in der er mordet. Aber unser Fokus ist im Moment ein anderer. Frau Jäger ist übrigens der Meinung, dass ihre Mutter das Haus auf Dauer sowieso nicht hätte halten können. Sie meinte, es sei ja auch viel zu groß für eine einzelne Person. Vielleicht brauchen wir ja diese Information irgendwann. Notiere das mal am Flipchart."

„Ay ay, Käptn! Was war mit den anderen Töchtern?"

„Anja Marthaler hat sich ziemlich aus den Streitigkeiten herausgehalten. Sie steht hinter ihrer Mutter. Sie fing sie auf, wenn der Bruder ihr einen erneuten Tiefschlag versetzt hatte. Sie tröstete sie und versuchte, ihre Gedanken in neue Bahnen zu lenken. Aber aktiv wurde sie weder ihrem Onkel noch ihrem Opa gegenüber. Ab und zu hat sie den Opa besucht. Dabei aber nichts Weltbewegendes besprochen. Sie hält sich aus dieser Ebene raus. Außerdem verreist sie viel, geht klettern und wandern. Macht Dinge wie Bungee Jumping etc.. Sie ist oft nicht da, wenn bei Frau Marthaler die Emotionen hochkochen.

Rita Maria ist zur Zeit in München. Mit ihr konnte ich noch nicht sprechen. Sie kommt nächste Woche."

„Bei ihr müssen wir auch noch mal genauer hinsehen. Die ganze Familie weiß ja, seit sie sich als Kind mit dem Schierling vergiftet hat, wie gefährlich er ist."

„Stimmt, über dieses Wissen verfügt jedes Familienmitglied. Auch die erweiterte Familie. Da waren sie ja alle noch ein Herz und eine Seele."

„Was mir da noch einfällt zu den Besitzverhältnissen. Wie sieht es eigentlich mit der Wohnung von Herrn Doberstein senior aus?"

„Der Vater hat lebenslanges Niesrecht. Juristisch gesehen ist er aber nicht mehr der Besitzer. Dem Vater gehört aber das Reihenhaus, in dem Frau Marthaler lebt. Juristisch steht Herrn Doberstein die Hälfte des Reihenhauses zu."

„Ganz schön verwirrend!"

„Wir müssen den Vater fragen, ob er sein Erbe ändern und nun dem Sohn mehr zukommen lassen wollte oder ob das unter der Hand passiert ist."

„Okay. Also, da kriegt man doch echt einen Schock, wenn man hört, wie Geschwister sich verändern, wenn es ans Erben geht."

„Ja. Da wird oft schmutzige Wäsche gewaschen."

„Hoffentlich passiert uns das nicht."

„Gott bewahre. Für meine Schwester kann ich die Hand ins Feuer legen."

„Wer weiß, ob Frau Marthaler das nicht auch von ihrem Bruder gedacht hat."

„Mal nicht den Teufel an die Wand, Jan. Meine Eltern sind noch quicklebendig. Das soll auch noch eine Weile so bleiben. Und für meine Schwester…"

„…legst du die Hand ins Feuer. Ich weiß, Frau Hauptkommissarin."

„Genau."

„Hörst du auch dieses himmlische Geräusch? Ich glaube, da kommt ein Fax. Das könnten endlich die Werte vom Labor sein."

Jan stand auf und ging pfeifend zum Faxgerät. Er nahm das Fax in die Hand und begann zu lesen.

„Das gibt es doch gar nicht", entfuhr es ihm. „Das kann doch einfach nicht wahr sein."

„Sag schon. Was steht drin?"

„Das ist ja ein Ding." Jan kam aus dem Staunen gar nicht mehr raus.

„Jan. Hallo, könntest du mich mal informieren, was los ist?"

„Stell dir vor, Irene, im Essen war überhaupt kein Schierling drinnen. Mit dem Essen ist alles in

Ordnung."

„Verdammt, das kann doch nicht sein."

„Ja, ich kann es auch nicht glauben. Aber hier, lies selbst, da steht es schwarz auf weiß."

Irene überflog das Papier.

„Verflixt, dann haben wir einen Teil der Recherche in den Sand gesetzt. Ich war so überzeugt…"

„Ja. Wir haben gar nicht über Alternativen nachgedacht."

„Die Frage ist doch: Wie zum Teufel ist dann das Gift in den Körper des Mordopfers gelangt?"

„Ja, das ist hier die Frage. In dieser Hinsicht stehen wir wieder ganz am Anfang."

Kapitel 22 Freiburg und Au

Irene Katz war früh aufgestanden. Sie wusste, es lag ein langer Tag vor ihr. Ein Tag, der sie hoffentlich der Lösung ihres Falles näherbrachte. Heute würde sie keine Zeit haben, am frühen Nachmittag an der Dreisam entlang zu joggen. So viel war sicher. Heute würde es spät werden. Also war sie lieber eine Dreiviertelstunde früher aufgestanden, um in aller Herrgottsfrühe joggen zu gehen. Ein durchtrainierter Körper würde ihr über den Stress des Tages hinweghelfen. Sie kannte das schon: Das Joggen versorgte ihr Gehirn mit frischem Sauerstoff. Das machte ihre Gedanken klar. Wenn sie am Wasser entlanglief, das Licht auf dem Wasser betrachtete, das Wellenspiel sah, das Murmeln des Wassers hörte, wenn es an die Ufer schlug und eigentlich gar nichts dachte, sondern nur alles intensiv wahrnahm, dann sortierte sich etwas in ihr. Unterirdisch und unbemerkt von ihrem Verstand. Als ob alle Informationen, Gedanken und Fragezeichen ihres Falles zu einer inneren Landkarte zusammenschmölzen, die sie immer deutlicher sehen konnte. Das machte sie handlungsfähiger. Deshalb wollte sie auf das morgendliche Ritual auch in arbeitsintensiven Zeiten nicht verzichten. Der Haken war nur, dass sie dafür deutlich früher aufstehen musste. Das frühe Aufstehen fiel ihr schwer. Ihr innerer Schweinehund war Morgen für Morgen zu vernehmen. Bleib lieber liegen, sagte er etwa. Ihr Trick war, sich ganz genau auszumalen, wie gut sie sich nach dem Joggen fühlen würde. Wie klar ihre Gedanken sortiert wären. Wie viel besser sie mit einem durchgepusteten Kopf ihre Arbeit durchführen könnte. Ja, sie wollte den Fall lösen. Ja, sie wollte ihr Bestes geben. Wenn sie soweit war, ging es fast von alleine. Ihre Füße setzten sich auf den warmen Holzfußboden. Sie zog sich Kleider und ihre Turnschuhe an und rannte los. Schon beim ersten Blick auf die Dreisam war sie froh, dass sie es einmal mehr geschafft hatte, sich zu überwinden. Sie ließ den Blick gleiten. Obwohl sie alles, was vor ihr lag, schon hunderte Male gesehen hatte, erkaltete ihr Blick nicht. Sie erfreute sich jedes Mal an diesem immer gleichen Weg. Die Natur, dachte sie, bleibt spannend. Es ist, trotz aller Läufe, nie gleich. Die Lichtverhältnisse sind von Tag zu Tag anders, der Wasserstand, die Strömung und damit auch die Geräusche, die das Wasser hervorbringt. Der Wind, der durch die Bäume streicht und ihre Blätter erklingen lässt als Säuseln oder Zischen, sanft oder heftig. Sie nahm es jeden Tag auf. Sie genoss das Licht auf dem Wasser: Sommerlicht, verspielt, genauso wie die Nebel, die im Herbst über dem Wasser standen. Sie genoss den Regen, der im Wasser konzentrische Kreise hervorbrachte, die immer größer wurden. Sie genoss den erdigen Geruch und das anschwellende Brausen des Wassers. Schlechtes Wetter gibt es nicht. Es gibt nur falsche Kleidung. Das hatte sie schon als Kind gelernt. Wie schön die Natur im Regen sein kann, das wusste sie nur, weil sie sich immer an diese Regel gehalten hatte. Sie kannte das Frösteln, wenn es draußen unfreundlich war und schon die ganze Zeit vor sich hin regnete. Aber dann hörte sie die Stimme ihrer Mutter. Schlechtes Wetter gibt es nicht. Es gibt nur schlechte Kleidung. Sie zog sich also entsprechend an und überwand den Wunsch, gemütlich zu Hause zu bleiben und mit einem Buch die Zeit zu vergessen. Sie überwand sich, und noch jedes Mal war die Belohnung groß. Schön war sie. Die Natur. Manchmal majestätisch, wenn sich riesige graue Wolkengruppen über den Himmel schoben und sich entleerten. Manchmal romantisch. Jedenfalls kam sie frisch und erfüllt nach Hause zurück. Die Youngsters dachte Irene, die lernen das gar nicht mehr. Sie haben keine Überwindung geübt in ihrer Kindheit. Schade eigentlich. So einer wie Jan blieb bei Regen mit Sicherheit zu Hause. Apropos Jan, ich muss ihn unbedingt anrufen.

Sie hatte ihre Strecke heute flott bewältigt, gar nicht bemerkt, wie die Zeit verflog. Sie kramte ihr Handy aus dem kleinen Beutel, den sie sich um die Hüfte gebunden hatte. Geld und Handy hatte sie immer dabei. Wer wusste schon, wann man das brauchte.

„Hallo Jan, ich hole dich in einer halben Stunde ab. Wir fahren erst ins St. Josefskrankenhaus, um zu klären, wie das Gift in den Körper des Toten gelangen konnte. Dann fahren wir nach Au. Und später noch nach Muggardt. "

Wieder einmal hatte sich ihr morgendliches Ritual, während einer intensiven Arbeitsphase früh morgens joggen zu gehen, bewährt. Der Plan hatte sich in ihr gebildet, ohne dass sie bewusst darüber nachgedacht hatte. Sie konnte sich auf sich und ihre Fähigkeiten verlassen.

Keine Stunde später standen sie vor Herrn Dobersteins behandelndem Arzt.

„Guten Morgen, Professor Wirsching. Mich kennen Sie ja bereits. Das hier ist mein Kollege, Herr Sparschuh."

„Guten Morgen Frau Katz, Herr Sparschuh."

„Wir müssen nochmal mit Ihnen sprechen, weil das Labor kein Gift im Essen gefunden hat. Andererseits wurde es eindeutig im Körper des Toten nachgewiesen. Wie können Sie sich das erklären?"

„Bei Schierling handelt es sich um ein sogenanntes Kontaktgift. Das heißt, das Gift wird gut über die Haut aufgenommen. Die Symptome sind fast gleich, ob man das Gift über den Mund und den Magen oder über die Haut verabreicht bekommt. Das langsame Absterben der Gliedmaßen. Die

Lähmung, die von unten nach oben steigt. Aber es gibt auch typische Anzeichen, wenn es durch die Haut aufgenommen wird. In der Literatur wird von einem starken Brennen im Mund gesprochen."

Irene warf Jan einen vielsagenden Blick zu. Hatte Frau Doberstein nicht wieder und wieder von einem Brennen im Mund gesprochen?

„Das ist ja erstaunlich! Man sollte doch meinen, ein Brennen im Mund geht mit einer Aufnahme über den Mund einher."

„Ja. Das erscheint logisch. Aber im Falle einer Einnahme über den Mund tritt kein Brennen auf."

„Schade, dass wir das nicht vorher wussten. Wir hätten uns einige Arbeit ersparen können."

„Das tut mir leid. Aber es kommt extrem selten vor, dass jemand mit einem Kontaktgift vergiftet wird. Ich habe nicht gleich an diese Möglichkeit gedacht."

„Hatten Sie schon mal so einen Fall mit Schierling?"

„Nein."

„Kennen Sie einen Kollegen, der so einen Fall hatte?"

„Nein, leider nicht. Ich habe in der Literatur nachgeschaut. Der Fall ist eindeutig. Was ich schon öfter selbst gesehen habe, sind Kinder, die Schierling aus Versehen oder weil sie nicht wussten, wie gefährlich er ist, angefasst haben. Aber diese Fälle sind nicht tödlich. Unangenehm für das Kind, aber nicht lebensgefährlich."

„Nochmal zurück zu unserem Toten. Wie kann ich

mir das vorstellen? Wie kann man ganz konkret einer Person Gift über die Haut zuführen?"

„Man könnte an ihren Kleidern Schierling aufbringen. Im Schlaf auf die Haut bringen. Man könnte jemand in eine Grube voller Schierling werfen, so tief, dass derjenige nicht mehr herauskommt."

„Man muss einen Weg finden, wie es auf die Haut gelangt?"

„Ja."

„Angenommen, man hätte es Herrn Doberstein nachts auf die Haut aufgebracht, hätte er dann bis zum Mittagessen symptomfrei bleiben können?"

„Nein, dazu wirkt das Gift zu schnell. Es kann zwar Stunden dauern vom ersten Symptom bis zum Tod. Das Gift wirkt langsam im Vergleich zu anderen Giften. Aber die ersten Symptome treten kurz nach der Aufnahme auf."

„So ist das also. Da fällt mir noch ein anderes Szenario ein. Könnte man ein tödliches Schierlingsbad herstellen? Eine Badewanne voller Schierling, wäre das möglich?"

„Ja, das würde gehen. Schierling färbt das Wasser grün. Man müsste also unbedingt ein grünes Schaumbad dazugeben, damit der Badende nicht merkt, dass etwas nicht stimmt. Fichtennadelschaumbad zum Beispiel. Besser noch Eukalyptus, der hat neben der grünen Farbe auch noch einen starken Geruch. Der übertönt den Geruch von Schierling mit Sicherheit."

„Wie ist es mit Sonnenmilch?"

„Ja, auch das ist möglich."

„Vielen Dank, dass Sie sich Zeit für uns genommen haben."

„Gerne. Aber jetzt muss ich tatsächlich los. Meine Patienten warten."

Im Auto, auf dem Weg nach Au, fiel Irene etwas ein, was Frau Doberstein gesagte hatte, dem sie aber bisher keine Beachtung geschenkt hatte.

„Jan, als ich Frau Doberstein zum ersten Mal befragt habe, hat sie erwähnt, dass ihr Mann von einem kleinen Häuschen im Garten zum Esstisch gekommen ist. Ich habe das nicht weiter beachtet, weil wir ja dachten, das Gift sei im Essen. Sie hat erzählt, dass sie dieses kleine Gartenhäuschen zu einer Art externem Bad umgebaut hatten und dass ihr Mann nach dem Joggen immer dort duschen ging, bevor er ins Haus kam. Vielleicht haben sie dort auch eine Badewanne eingebaut? Wir müssen der Sache auf jeden Fall nachgehen."

„Ja, das trifft sich. Wir wollten ja eh nach Muggardt. Ich finde, es wird auch immer klarer, dass es einen Beobachtungsplatz gegeben haben muss. Woher sonst sollte der Täter alle diese Einzelheiten wissen?"

„Wir bleiben dran. Wir müssen herausfinden, ob es eine Möglichkeit gibt, dass das Gift in diesem Häuschen in Kontakt mit der Haut des Toten kam und wer von diesem Häuschen wusste. Dann habe ich noch ein anderes Thema. Jan, ich habe eine Bitte an dich, was Frau Marthaler betrifft."

„Rück raus mit der Sprache!"

„Wenn wir sie damit konfrontieren, dass sie gelogen hat, wird sie sehr auf der Hut sein. Ich möchte aber gerne noch etwas über ihre Töchter erfahren. Speziell über Rita Maria."

„Wo ist das Problem?"

„Kannst du dich so lange mit dem Thema Vergiftung in der Kindheit von Rita Maria zurückhalten, bis ich meine Befragung bezüglich der Kinder beendet habe?"

„Ich halte mich doch immer zurück."

„So siehst du dich also."

„Ja."

„Kannst du dich erinnern…, Irene Katz seufzte, stoppte sich selber und sagte:

„Das hat jetzt doch keinen Zweck. Das müssen wir später klären."

„Ich habe davon nicht angefangen."

„Außerdem sind wir gleich da. Ich kann mich also auf dich verlassen?"

„Wie immer!" Jan strahlte Irene unbeschwert an. „Wir sind da!"

Als Jan und Irene vor der kiefergrünen Tür standen, fragte Irene:

„Willst du es mal probieren?" Sie deutete auf den massiven goldenen Ring.

„Warum nicht."

Jan hob den Ring an und ließ ihn zünftig zurückfallen. Das metallische Geräusch musste im ganzen Haus zu hören sein.

Kurz darauf ging die Tür auf.

„Guten Tag, Frau Marthaler. Mich kennen Sie ja schon und das ist mein Kollege, Herr Sparschuh. Wir haben noch ein paar Fragen an Sie."

„Kommen Sie herein."

Im Wohnzimmer angekommen, eröffnete Irene Katz das Gespräch.

„Ich habe noch ein paar Fragen zu Ihren Kindern. Speziell zu Rita Maria. Soweit ich gehört habe, hatte sie bis zuletzt Kontakt zu ihrem Onkel."

„Ja, hatte sie. Manchmal hat Oliver sie sogar benutzt, um mir eine Nachricht zukommen zu lassen. Ich glaube, der Kontakt zu ihr hat meinen Bruder sehr bestärkt. Meine beiden anderen Töchter hatten da schon den Kontakt zu ihm abgebrochen. Aber Rita Maria wollte uns auf Teufel komm raus versöhnen und das Unglück von mir abwenden."

„War sie nicht sauer auf ihren Onkel? Die Geschichte, wie er sich im Pflegeheim gegenüber ihrer Schwester verhielt, hat doch sicher in der Familie die Runde gemacht?"

„Ja, sie war sauer auf ihn. Aber sie war auch überzeugt davon, dass sie ihn umstimmen könnte."

„Ach, sie versuchte ihn umzustimmen?"

„Ja, Rita Maria kann Ungerechtigkeiten schwer

ertragen. Sie hatte schon immer einen sehr ausgeprägten Gerechtigkeitssinn. Schon als Kind hat sie sich für ihre Freundinnen eingesetzt, wenn diese jemand mit fiesen Tricks über den Tisch zog."

„Ist sie eine Art Gerechtigkeitsfanatikerin?"

„Worauf sind Sie jetzt schon wieder aus? Nein, natürlich nicht. Rita Maria will nur helfen."

„Und glauben Sie, es wäre gelungen?"

„Schwer zu sagen. Sie hat es auch über ihren Opa probiert. Sie ist auf jeden Fall hartnäckig. Aber sowohl mein Vater als auch mein Bruder haben sich so verändert. Ich habe keine Ahnung, ob sie etwas hätte ausrichten können, wenn Oliver länger gelebt hätte."

„Wie fanden Sie es eigentlich, dass Rita Maria noch Kontakt zu Ihrem Bruder hatte? Empfanden Sie das nicht als eine Art Verrat?"

„Nein, ganz und gar nicht. Oliver war ihr Onkel. Ich habe meine Kinder so erzogen, dass sie das im Leben tun sollen, was sie als richtig empfinden. Rita Maria hatte doch das Recht, ihre Beziehung zu ihrem Onkel auf ihre Weise zu gestalten."

„Wann hat eigentlich Ihre mittlere Tochter die Beziehung zu ihrem Onkel abgebrochen?"

„Anja? Das war eine Weile nach dem Vorfall im Pflegeheim. Anja hat sich schon länger von allen kritischen Vorfällen eher distanziert. Sie hat ja immer Kurztrips gemacht, war über verlängerte Wochenenden weg, ging klettern. Anja braucht sportliche Herausforderungen. Das ist ihr Leben. Sie wollte sich nicht direkt in die Konflikte einmischen. Aber sie war immer für mich da. Das Kind tut mir so gut. Aber als sich die Geschichten über Olivers unfaires Verhalten mehrten, wollte sie auch meinen Vater und meinen Bruder nicht mehr besuchen."

Irene Katz gab Jan ein Zeichen, dass sie jetzt mit der Befragung fertig sei.

Der griff den Ball sofort auf.

„Frau Marthaler, Sie haben uns belogen!"

„Wie bitte?"

„Sie haben meiner Kollegin erzählt, Sie kennen keinen Schierling und wissen nicht, dass er hier in den Wiesen wächst."

„Ja und?"

„Ihre Tochter Rita Maria hatte als Kind eine Schierlingsvergiftung. Also wussten Sie sehr wohl, dass Schierling auf den Wiesen wächst."

„Mein Gott, das ist ja Ewigkeiten her. Zwanzig Jahre oder länger."

„Aber Sie wissen, dass Schierling in den Wiesen wächst und wie gefährlich er ist. Warum haben Sie uns das nicht erzählt?"

„Das spielt doch überhaupt keine Rolle."

„Und ob das eine Rolle spielt. Im Übrigen entscheiden wir, was in diesem Fall entscheidend ist. Sie haben uns Ihr Wissen verschwiegen und das macht Sie verdächtig."

„Ich habe das nur verdrängt. Schließlich war es

keine schöne Erfahrung. Die arme Rita Maria mit ihren Blasen an den Händen."

„Sie erinnern sich also."

„Jetzt, da Sie es sagen."

Irene Katz hatte die ganze Zeit ruhig zugehört und versucht, sich in diese Frau hineinzuversetzen.

„Haben Sie mir nicht das letzte Mal gesagt, dass es für Sie sehr schmerzlich war, dass Ihre Kinder keinen Kontakt mehr zu einem Teil Ihrer Familie hatten."

„Ja, das fand ich sehr traurig für sie."

„Aber Sie glauben daran, dass man alles besprechen und gemeinsam eine Lösung finden kann."

„Ja."

„Vielleicht sind Sie ja nach Muggardt gefahren und haben es nochmal versucht. Vielleicht besonders wegen der Kinder. Um den Familienfrieden wieder herzustellen. Ich male Ihnen mal ein Szenario, wie es sich meiner Meinung nach abgespielt hat."

Irene sah die Szene direkt vor sich. Sie sah, wie Frau Marthaler den Mund öffnete und zu ihrem Bruder sagte:

„Lass uns reden, lass uns gemeinsam eine Lösung finden. So wie wir es früher getan haben."

„So wie früher", höhnte Oliver. „Früher hast du immer deinen Willen durchgesetzt, alles von Papa bekommen, was du wolltest. Und ich ging leer aus. So war es früher."

„Aber das stimmt doch nicht, Oliver. Weißt du noch nach deiner Scheidung, als du dich nicht getraut hast, es den Eltern zu sagen…"

„Ja, klar! Wenn der Bruder gescheitert war, konntest du großzügig ein paar Almosen abgeben und mir helfen. Aber auch dann hat Papa immer nur dich gesehen und deine ach so perfekte Ehe."

„Oliver, wir sind doch zwei erwachsene Menschen. Reicht es dir denn nicht, wenn du das Zweifamilienhaus erbst? Lohnt es sich wegen des Geldes das Verhältnis zur Familie zu zerstören? Wir haben uns doch immer gut verstanden. Die ganzen schönen Events mit deinem Patenkind Silke. Kinobesuche, Planetarium, Spaßbad. Du warst so ein guter Patenonkel. Das kannst du doch nicht alles in den Wind schießen."

„Martha, begreifst du denn nicht, mein ganzes Leben lang bin ich zu kurz gekommen. Jetzt hole ich mir, was mir zusteht. "

Martha starrte ihren Bruder schweigend an.

„Und du immer mit deinem Harmoniebedürfnis. Hast doch alles unter den Tisch gekehrt. Dein toller Christoph!"

„Lass Christoph aus dem Spiel", schrie Martha.

„Dein toller Christoph ist in Wahrheit der absolute Looser. Was wäre der denn ohne Papa gewesen? Eine verkrachte Existenz!"

„Und dann", schloss Irene Katz die Szenerie ab „sind Sie gegangen, haben Gift besorgt, auf eine günstige Gelegenheit gewartet und Ihrem Bruder das Gift untergejubelt."

„Das trauen Sie mir zu?"

„Mörder sind oft im nahen Umfeld zu suchen."

„Sind Sie jetzt fertig?"

„Ja, fürs Erste."

„Darf ich Sie dann bitten zu gehen?"

„Sie dürfen die Stadt in der nächsten Zeit nicht verlassen."

„Ich habe nicht vor zu verschwinden."

„Na dann."

Irene Katz konnte nicht erkennen, ob die Empörung, ja fast moralische Entrüstung, die sie in Frau Marthalers letztem Satz deutlich heraushörte, echt oder gespielt war.

„Glaubst du ihr?", fragte Jan, als sie vom Vorgarten in einen schmalen, asphaltierten Weg einbogen.

„Sie hat ein starkes Motiv. Sie liebt das Haus, in dem sie so viele glückliche Jahre mit ihrem Mann verbracht hat. Und wegen der Kinder kann ich mir schon vorstellen, dass sie versucht hat, die Familie zusammenzuhalten. Dann kommt dazu, dass es nicht schlau war, den Grundbucheintrag auf den Vater zu lassen, wenn er sich jetzt nicht mehr für ihre Interessen einsetzt. Sie war ganz schön in die Enge getrieben. Also vorstellen kann ich es mir."

„Ja. Es ist ja auch eine schwache Begründung, sie habe das Ereignis mit der Vergiftung ihres Kindes verdrängt. Hält sie uns für blöd?"

„Scheint so."

„Wie kamst du eigentlich auf die Idee, dass sich der Bruder zu kurz gekommen fühlt?"

„Na ja, sein Verhalten ist ja wirklich extrem unfair. Seiner eigenen Nichte mit einem Besuchsverbot beim Opa zu drohen. Das kann man nicht rational erklären. Da muss ein uralter Geschwisterkonflikt dahinter stecken. Und von vielen Fallbeispielen weiß ich, dass sich oft eines der Geschwister benachteiligt fühlt. Das wird beim Erben dann wieder nach oben gespült. Es ist dann völlig egal, wie die tatsächlichen finanziellen Verhältnisse sind, die alten Verletzungen sind stärker. Das Gefühl, zu kurz gekommen zu sein, hat sich in der Kindheit so eingebrannt, dass es sich gegen die Realität behauptet."

„Gut gefolgert. Hut ab! Und wie kamst du darauf, in deinem Szenario Christoph von Oliver als Looser bezeichnen zu lassen?"

„Na ja. Erstens war er ja in Olivers Augen ein Looser. Einer, der sich nicht rechtzeitig die Schäfchen ins Trockene gebracht hat. Zudem vom Schwiegervater abhängig. Da fand Oliver sich selbst doch schlauer. Er hatte sich gleich beim Grundbuchamt die Schenkung eintragen lassen. Aber eigentlich habe ich von Martha her gedacht. Was könnte sie so auf die Palme bringen, dass sie sich vergisst und jemanden vernichten will? Die Kinder? Nein, das glaube ich nicht. Aber wenn jemand ihre große Liebe angreift, ihren über alles geliebten Ehemann, dann könnte etwas in ihr so in Hass umschlagen, dass sie zur Furie wird. Christoph ist ihr wunder Punkt. Ansonsten habe ich mal hier und mal dort etwas aufgeschnappt und ins Szenario einfließen lassen."

„Genial. So wie du es erklärst, ist es logisch."

„Ja, manchmal sehe ich intuitiv eine Szene vor mir. Für den Fall reicht es ja, wenn etwas davon zutrifft und der Befragte unsicher wird. Dann macht er Fehler. Was denkst du über Rita Maria?"

„Na ja, deine Frage, ob sie eine Gerechtigkeitsfanatikerin ist, hat ja schon auf ein Motiv hingedeutet. Da müssen wir noch mal hinschauen. Wenn ihr klar geworden ist, dass ihre Mission gescheitert ist? Könnte sie dann ausflippen? Da müssen wir die Befragung abwarten. Interessant, dass sie als Einzige den Kontakt aufrechterhalten hat. Nächste Woche, wenn sie aus München zurück ist, wissen wir mehr."

Kapitel 23 Au und Scherzingen

„Frau Kannengießer, Sie haben uns belogen."
Jan stand vor einem ausladenden Sofa und behielt
Frau Kannengießer aufmerksam im Visier.
„Wie?"
„Sie haben behauptet, dass Oliver Doberstein noch
nicht entschieden war, ob er Ihnen das Haus
verkauft. Sie hätten noch eine Chance gehabt."
„Ja."
Frau Kannengießer war ganz blass und kleinlaut
geworden. Sie wusste noch nicht, welche neuen
Informationen die Polizei besaß. Das verunsicherte
sie. Das hielt aber nur kurz an, dann straffte sie
entschlossen die Schultern und richtete sich
kerzengerade auf.
„Frau Doberstein sagt, dass ihr Mann zu keinem
Zeitpunkt bereit gewesen wäre, an Sie zu
verkaufen. Er hätte Ihnen das am Tag vor seinem
Tod klipp und klar am Telefon mitgeteilt. Ab da sei
er nicht mehr ans Telefon gegangen, wenn er Ihre
Nummer sah. Es gab nichts mehr zu sagen. Die
Würfel waren gefallen. Warum haben Sie uns das
verschwiegen?"
„Ich wollte mich nicht verdächtig machen."
„Genau das ist jetzt passiert. Weil Sie uns das
nicht erzählt haben, gehören Sie jetzt zu den
Hauptverdächtigen!"
„Ich bringe doch keinen um, weil er mir ein Haus
nicht verkauft. Das ist doch Unsinn."

„Es wurde schon aus weniger starken Motiven gemordet."

Irene Katz mischte sich in die Befragung ein.

„Sie wollen doch auf Teufel - komm - raus Ihre Enkelkinder und Ihre Tochter in der Nähe haben. Sie erklärten mir beim ersten Gespräch, Sie wollten weg von einem Leben voll sinnloser Aktivitäten und hin zu einem vertrauten Familienleben, das für Sie Sinn stiftet. Das ist schon ein starkes Motiv. Dazu kommt Ihr Verschweigen, dass Herr Doberstein sich bereits endgültig gegen Sie entschieden hatte. Da kommt Einiges zusammen. Wusste jemand außer Ihnen, dass sich Herr Doberstein gegen Sie entschieden hatte?"

Frau Kannengießer wrang nervös die Hände. Sie kämpfte offensichtlich mit sich. Dann gab sie sich einen Ruck.

„Ich habe mit meinem Schwiegersohn telefoniert. Er wusste davon."

„Herr Wellington aus Heidelberg?"

„Ja. Genau."

„Wissen Sie, wie giftig der Schierling ist und dass er hier in den Wiesen wächst?"

Wieder schwieg Frau Kannengießer einen Moment. Man sah den Kampf in ihrem Gesicht. Dann war die Entscheidung gefallen. Entschlossen öffnete sie den Mund:

„Ja, das weiß ich. Wir haben doch alle damals das Unglück mit der kleinen Marthaler mitbekommen.

Meine Güte, Rita Maria hat ein paar Tage schlimm gelitten."

„Sie haben ein Motiv und das Wissen."

„Sie glauben wirklich, ich fahre zu Oliver und mische ihm ein paar Kräuter einschließlich eines Bundes Schierling ins Essen?"

„Wo waren Sie eigentlich am Dienstag zwischen zwölf und dreizehn Uhr?"

„Ich war zu Hause. Ich esse Punkt dreizehn Uhr. Ab zwölf Uhr stehe ich in der Küche und koche."

„Gibt es Zeugen?"

„Nein. Mein Mann Michael ist verstorben. Meine Tochter Bente lebt mit ihrer Familie in Heidelberg, wie sie ja bereits wissen! Ich war alleine am Herd.

„Haben Sie vielleicht in dieser Zeit telefoniert?"

„Nein. Ich habe ungestört gekocht und mich auf mein Essen gefreut. Schierlingsfrei übrigens."

„Sie habe also kein Alibi."

Jan, der das Gespräch lange schweigend verfolgt hatte, nahm den Faden wieder auf.

„Sie haben uns doch vorhin erzählt, dass Ihr Schwiegersohn davon wusste, dass Herr Doberstein das Reihenhaus nicht an Ihre Familie verkauft. Wahrscheinlich hat er es seiner Frau erzählt."

„Nein. Nein. Ich habe ihn darum gebeten, es nicht Bente zu erzählen. Es sollte eine Überraschung sein. Bente hatte genug geschuftet die letzten Jahre. Die Kinder haben lange damit gerungen, ob sie tatsächlich nach Au ziehen sollen. Immerhin bedeutete das für beide, eine berufliche Veränderung einzuleiten. Aber am Ende war es die einzige Lösung, die sie sahen. Lars und ich wollten Bente mit dem Kauf des Hauses überraschen. Sie sollte organisatorisch damit gar nichts zu tun haben. Sie war ja knapp an einem Burn – out entlanggeschrammt."

„Und Ihr Schwiegersohn? Hat er sich daran gehalten? Normalerweise besprechen Ehepaare doch so entscheidende Fragen. "

„Lars wusste ja, wie intensiv Bente für Karriere und Familie geschuftet hatte. Er war sich sehr bewusst, dass er es nicht geschafft hatte, die gemeinsamen Pläne einzuhalten. Deshalb war es ihm ein großes Anliegen, einen Beitrag zum Wohl seiner Familie zu leisten und Bente damit zu überraschen. Er wollte sie in Bezug auf den Kauf des Hauses total entlasten."

„War Ihr Schwiegersohn in Freiburg und hat mit Herrn Doberstein verhandelt?"

„Nein. Die Kinder haben auch so Stress genug! Ich habe mich um alles gekümmert! Und Lars zeitnah informiert."

„Haben Sie ein Foto von Ihrem Schwiegersohn?"

„Ja, natürlich."

Frau Kannengießer holte ein Foto und reichte es Irene.

Irene Katz warf einen Blick auf das Foto und

machte Jan ein Zeichen, dass es Zeit zum Aufbruch sei.

„Frau Kannengießer, Sie dürfen im Moment Au nicht verlassen."

„Verflixt. Ich habe Herrn Doberstein nicht umgebracht."

„Wir werden sehen. Halten Sie sich jedenfalls zu unserer Verfügung."

Kaum waren sie aus dem Haus, hielt Irene Jan das Foto hin.

„Sieh dir das an. Denkst du, was ich denke?"

Jan stieß einen überraschten Laut aus.

„Das ist ja ein Ding."

*Ich bin endlich so weit. Das Gift ist bereitet. Die Abläufe bei **Ihm** sind mir so vertraut wie meine eigene Hosentasche. Ich habe **Ihn** lange genug beobachtet, um alle seine Gewohnheiten zu kennen. Es war nicht so schwer. **Er** hat etwas von einem Uhrwerk an sich. Ich habe gründlich recherchiert, mir genügend Wissen über das Gift angeeignet. Die perfekte Art der Anbringung ausgetüftelt.*

*Ich könnte vor Freude in die Luft springen, wenn ich daran denke, dass **Er** mir sehr dabei behilflich sein wird. **Er** wird das Gift selbst auf sich bringen. Besser geht es doch gar nicht. **Er** richtet sich selbst. Natürlich ahnt **Er** es nicht. **Er** glaubt sogar, **Er** tue sich etwas Gutes. Gut so! **Er** wird mehr und mehr Gift auf seinen Körper bringen. Und ich habe eine diebische Freude daran. Ich bin zutiefst befriedigt bei dem Gedanken, dass es bald einen dieser skrupellosen, übergriffigen Männer weniger auf der Welt gibt. Und ich habe dafür gesorgt. Ein erhebendes Gefühl. Einer weniger, der über die Erde läuft und Frauen quält! Ich könnte Luftsprünge machen bis hoch hinauf zum Himmel. Und **Er**, **Er** wird nicht im Himmel landen! Völlig ausgeschlossen. **Er** wird in der Hölle schmoren. Ich sorge schon dafür, dass **Er** dort landet. Es war jetzt aber auch höchste Zeit! Der Notartermin rückt näher. Den muss ich berücksichtigen. Sonst ist es zu spät. **Er** wird nicht ein zweites Mal seine*

Schäfchen ins Trockene bringen. Wochenlang habe ich mir ausgemalt, wie **Er** leiden wird. Wochenlang mich befriedigt bei dem Gedanken, dass **Er** sich wieder und wieder fragen wird, warum **Er** sterben muss. Ich wäre so gerne dabei gewesen. So gerne. Ich hätte **Ihm** so klare Antworten geben können. Das Begreifen in seinen Augen! Ich hätte viel dafür gegeben, um das live zu sehen. Aber die Entscheidung ist gefallen. Ich brauche für alle Fälle ein Alibi. Falls ich jemals ins Visier der Ermittler gerate. Eigentlich glaube ich das nicht. Mein Plan ist zu klug. Dennoch, jedes erdenkliche Risiko ausschalten, das ist mein Credo.

Aber jetzt kommt etwas dazu, dem ich bisher zu wenige Gedanken geschenkt habe. Ich werde das Begreifen in seinen Augen nicht sehen. Aber das Begreifen in den Augen eines anderen Menschen. Wenn dieser Mensch begreift, was ich für ihn getan habe, wird unsere Verbindung unauflöslich sein! Mein Gott, dem habe ich bisher viel zu wenig Beachtung geschenkt. Ja, das ist die zweite große Belohnung für mich. Ich erlöse jemanden, der viel zu schwach ist, es selbst zu tun. Schade eigentlich, dass ich es alleine machen muss! Wie viel schöner wäre es zu zweit gewesen. Sein Sterben zusammen zelebrieren. Ich habe schon den einen oder anderen Satz fallen lassen. Aber mein Gegenüber hat nicht angebissen. Völlig *ahnungslos gespielt. Egal, später wird die Freude um so größer sein! Die Bewunderung, wie klug, hartnäckig und tatkräftig ich vorgegangen bin. Ja, endlich wird mich jemand so sehen, wie ich bin! Wenn ich an das Begreifen in diesen Augen denke, bin ich schon wieder fast ausgesöhnt mit der Tatsache, dass ich **Ihm** nicht beim Sterben zuschauen kann. In zwei Tagen ist es so weit. Bald, bald habe ich dich erlöst, Liebe.*

Kapitel 24 Muggardt

Irene Katz fuhr gerne Auto. Ganz besonders durch das Markgräfler Land. Sie kannte hier jede einzelne Abzweigung, war in ihrer Freizeit in jedem kleinsten Dörfchen mit einer erstaunlichen Besonderheit gewesen. Alles das war präsent, während sie durch die Weinberge fuhr, und der Clou war immer, während ihre Augen über Vertrautes schweiften, sortierte sich innerlich etwas und spitzte sie auf die nächste Aktion zu. Deshalb ließ sie Jens nicht so gerne fahren. Es gab ihr das Gefühl, selbst das Steuer in der Hand zu haben im weitesten Sinn. Jens war meist zufrieden mit dieser Rollenverteilung. Er ließ sich gerne fahren, gehörte nicht zu den Männern, die sich auf dem Beifahrersitz unwohl fühlen. Und was sie ganz besonders an ihm schätzte, er kommentierte beim Autofahren nicht ihren Fahrstil. Das vertrug sie gar nicht. Einen Beifahrer, der besser als sie zu wissen meinte, wie sie sich im Verkehr verhalten sollte. Das war am Anfang zwischen ihr und ihrem Mann ein heikles Thema gewesen. Wenn Boris sie ans Steuer gelassen hatte, kommentierte er jede einzelne Kleinigkeit ihrer Fahrentscheidungen. Er wies sie auf Gefahren hin, die sie längst wahrgenommen hatte. Er schimpfte, wenn sie bei Orange noch schnell über eine Ampel preschte. Er kritisierte, dort hättest du besser links abbiegen sollen, das wäre kürzer gewesen. Es hatte eine

Weile gedauert, bis Irene eine feste Regel durchgesetzt hatte. Der, der fuhr, entschied, wie er sich im Verkehr verhielt. Der andere schwieg dazu. Als das so langsam funktionierte, hatten sie sich viel Zündstoff für Konflikte erspart. So gesehen war Jan ein unglaublich angenehmer Beifahrer. Er kam nie auf die Idee, sich in ihren Fahrstil einzumischen. Er war meist mit sich selbst oder anderen Dingen beschäftigt. Sie fühlte sich nicht im Geringsten von ihm beobachtet und schon gar nicht gegängelt. Gut war auch, er stieg schon automatisch auf der Beifahrerseite ein. Nur in seltenen Fällen war es anders. Urplötzlich konnte es für ihn wichtig werden, dass er das Polizeiauto fuhr. Er sagte es nicht direkt, eher in Sätzen wie: „Du kannst mir heute mal den Autoschlüssel zuwerfen!" Oder „Meinst du nicht auch, dass ich schon viel zu oft auf dieser Seite des Autos eingestiegen bin?" Am Anfang hatte Irene das ignoriert. Aber dann wurde Jan mürrisch und abweisend wie ein Teenager. Sie hatte zügig begriffen, in diesen Phasen war es gut, ihm das Auto schnell zum Fahren zu überlassen. Dann ging die Phase flott vorüber. Sie dauerte ein paar Tage. Dann fielen sie für Monate in ihr altes Ritual zurück. Obwohl Irene das schon kannte, blieb sie die ganze Zeit als Beifahrerin nervös. Sie hielt sich schwer mit Kommentaren zurück. Aber sie fühlte sich nie wohl, wenn Jan fuhr. Ihre Gedanken sortierten sich nicht, auch die Landschaft konnte sie nicht genießen.

„Wir sind da", sagte Jan in ihre Gedanken hinein. Irene war sofort präsent. Sie hatte den Wagen automatisch vor dem Haus geparkt und war nun für die nächste Vernehmung gerüstet.

„Na dann, auf in den Kampf!"

Frau Doberstein schien nicht überrascht, dass Irene Katz mit einem Kollegen bei ihr aufkreuzte. Sie empfing sie mit einer Gleichmut, als ob es ein festgelegtes Protokoll gäbe, dem sie Folge zu leisten habe. Nachdem Irene Katz Jan vorgestellt hatte und alle Höflichkeitsfloskeln ausgetauscht waren, ging Irene Katz in medias res.

„Sie hatten erwähnt, dass Ihr Mann nach dem Joggen in das kleine Häuschen im Garten ging, um zu duschen und sich umzuziehen."

„Ja. Das hat er immer so gemacht."

„Können Sie uns genau schildern, wie der Ablauf war?"

„Wozu brauchen Sie das?"

„Im Essen Ihres Mannes wurde kein Gift gefunden. Wir müssen herausfinden, wie er damit in Berührung gekommen ist. Schildern Sie bitte jede Kleinigkeit. Jedes Detail könnte wichtig sein!"

Frau Doberstein schaute ungläubig auf.

„Nicht im Essen? Aber wie denn sonst?"

„Genau das wollen wir gerade klären. Wie war der genaue Vorgang nach dem Joggen?"

Frau Doberstein schaute auf. Es sah aus, als wollte sie etwas fragen. Dann gab sie sich einen Ruck und sagte:

„Das fing eigentlich schon vor dem Joggen an. Er ging an seinen Kleiderschrank und suchte sich die Kleider aus, die er nach dem Joggen anziehen wollte. Er legte sich eine Hose, ein Hemd oder T-Shirt und frische Unterwäsche zurecht und brachte sie direkt vor dem Laufen in unser Duschhäuschen. Da lagen sie dann, bis er vom Rennen zurück war."

„Wie lange ging er gewöhnlich joggen?"

„Meist so eine Dreiviertelstunde."

„Lief er direkt vor dem Haus los?"

„Ja."

„Immer?"

„Immer! Wenn er vom Joggen kam, duschte er und zog die bereitgelegten Kleider an. Anschließend brachte er die schmutzige Wäsche in die Waschküche in den Keller. Vom Keller aus kam er zum Essen hoch in unsere Küche."

Irene bemerkte, wie emotionslos Frau Doberstein alles erzählte. Wie eine aufgezogene Uhr, die einfach weiterlief. Sie weinte nicht mehr, machte sich keine Vorwürfe mehr, dass sie möglicherweise zu langsam gewesen war. Sie sprach so, als würde sie das alles gar nichts angehen. Irene hatte schon öfter erlebt, dass Menschen nach dem Verlust eines geliebten Menschen in eine Art Gefühlsstarre fielen und einfach weiter funktionierten.

„Wenn er das Häuschen zum Joggen verließ, schloss er es dann ab?"

„Nein. Normalerweise nicht. Wir leben auf dem Dorf. Da vertraut man den Nachbarn. Wir haben nur nachts abgeschlossen."

„Wer hatte einen Schlüssel?"

„Oliver hatte seinen am Schlüsselbund. Meiner hängt am Haken hinter der Tür."

„Da hatte jeder Zugang?"

„Ja. Jeder unserer Besucher hätte den nehmen können."

„Sind Sie sicher, dass er da hängt?"

„Ich kann ja zur Sicherheit nachsehen. Ich habe ihn seit dem Tod meines Mannes nicht benutzt."

„Machen Sie das."

Nach kurzer Zeit kam Frau Doberstein mit dem Schlüssel in der Hand zurück.

„Er war da, wo er hingehört."

Jan mischte sich in die Befragung ein.

„Frau Doberstein, während Ihr Mann joggen war, hätte doch jemand jederzeit unbemerkt in das Duschhäuschen gelangen können, oder?"

„Ja, wenn ich koche, habe ich den Garten nicht im Blick. Nur ab und an, wenn ich vorher vergessen habe, mir Kräuter aus dem Garten zu holen, springe ich schnell hinunter und schneide Schnittlauch und Liebstöckel ab. Aber das passiert selten."

„Und am Dienstag?"

„Da hatte ich mir alle benötigten Kräuter geschnitten, direkt als ich den Einkauf versorgt hatte. Ich habe gekocht, bis ich die Schritte meines Mannes auf der Treppe hörte."

„Das heißt, Sie hätten es nicht bemerkt, wenn jemand durch den Garten geschlichen und im Häuschen verschwunden wäre?"

„Nein. Sie denken, da hat sich jemand im Duschhäuschen zu schaffen gemacht?"

„Ja, das wäre eine Möglichkeit."

„Oh Gott. Ich habe nichts bemerkt."

Irene Katz mischte sich ein.

„Frau Doberstein, Sie sagten, Sie haben gekocht, bis Sie die Schritte Ihres Mannes gehört haben. Ist Ihnen an den Schritten etwas aufgefallen? Waren sie schon schleppend?"

„Nein, ich glaube, es klang wie immer. Aber ich war viel zu beschäftigt, um genauer hinzuhören. Ich musste ja noch den Tisch decken, nichts anbrennen lassen, das Essen heiß, aber nicht verkocht servieren und alles schön anrichten."

„Das erste Symptom, das Sie wahrnahmen, war also das Brennen im Mund Ihres Mannes."

„Ja. Aber da konnte ich es noch nicht einordnen."

An dieser Stelle übernahm Jan wieder die Befragung:

„Ist Ihnen an den Tagen vor dem Mord etwas aufgefallen. War etwas ungewöhnlich?"

„Hmmmm, wie meinen Sie das?"

„Stand zum Beispiel ein fremdes Auto vor dem Haus oder haben Sie sich beobachtet gefühlt?"

„Nein. Nein. Es war wie immer."

„Und Ihr Mann? Hat er mal erwähnt, dass er sich beobachtet fühlte oder jemand auffällig häufig in der Nähe des Hauses parkte?"

„Jetzt wo Sie es sagen. Oliver hat erwähnt, dass er sich in der Wohnung manchmal beobachtet fühlte. Oder wenn er zum Joggen ging. Es befiel ihn dann ein Unbehagen. Aber wenn er zum Fenster ging oder sich umschaute, war da niemand. So hat er es mir erzählt."

„Ihnen ist wirklich nichts aufgefallen? Denken Sie nochmal kurz nach."

„Nein."

„Gut, dann müssen wir jetzt das Duschhäuschen näher in Augenschein nehmen."

„Wenn es nicht unbedingt sein muss, möchte ich da nicht mitgehen. Ich will den Ort nicht sehen, an dem mein Mann wahrscheinlich vergiftet wurde."

„Das ist okay."

„Nehmen Sie für alle Fälle den Schlüssel mit. Es müsste offen sein. Aber man weiß ja nie."

Jan Sparschuh und Irene Katz betraten einen vollständig gekachelten Raum mit einer Dusche, einer Kleiderablage und zwei Fenstern, durch die die Sonne ihre Strahlen schickte. Warmes

Nachmittagslicht.

„Jan, kannst du mal deine coole Jacke ausziehen und auf die Kleiderablage legen?"

„Natürlich, Frau Oberkommissarin."

Jan grinste, zog seine Jacke provozierend langsam aus. Mit einem sexy Hüftschwung drehte er sich um.

„Soll das jetzt eine Striptease-Nummer für dich werden?"

„Sei nicht albern."

„Na ja, gönnen würde ich dir das schon. Muss nur nicht gerade ich sein, der es ausführt."

„Jetzt leg schon deine Jacke dahin."

Jan bewegte sich in Slowmotion auf die Ablage zu und legte in aller Seelenruhe die Jacke auf die Ablage.

„Sonst noch Wünsche?"

Irene versuchte ihre Ungeduld zu zügeln. Sie biss sich auf die Lippen, um sich eines zynischen Kommentars zu enthalten. Am besten ignorieren, dachte sie. Am besten auf die sachliche Ebene zurück.

„Was sagte Frau Doberstein, wie lange pflegte ihr Mann joggen zu gehen?"

„So etwa eine Dreiviertelstunde."

„Da hätte jemand genügend Zeit gehabt, die Kleider zu präparieren. Gift auf Hose, Hemd oder Unterwäsche zu bringen."

„Ja. Gar kein Problem, wenn das Gift vorbereitet

ist."

„Hast du gesehen, dass das Häuschen fast an der Grundstücksgrenze steht. Da hätte jemand leicht unbemerkt darin verschwinden können. Er müsste nicht mal quer durch den Garten gehen."

„Ja, das schon. Aber hätte Herr Doberstein es nicht bemerkt, wenn seine Kleider mit Schierling behandelt worden wären? Man muss doch etwas sehen oder auch riechen?"

„Daran habe ich noch gar nicht gedacht. Ja tatsächlich, das ist ein Problem. Guter Gedanke. Aber wie hätte der Täter es noch anstellen können? Baden fällt ja leider flach, weil es hier keine Badewanne gibt. Lass uns das Prozedere nochmal genau vor Augen führen. Herr Doberstein kommt herein. Er zieht Schuhe und Kleider aus und steigt in die Dusche."

„Das Duschzeug!"

„Das Duschzeug! Ja, klar."

„Zwei Köpfe - ein Gedanke. Wir sind eben ein gutes Team."

„Steht es noch da?"

„Ja."

Irene hatte den Satz „Gib es mal her" schon auf der Zunge. Aber nach ihrem kleinen Scharmützel vorhin wollte sie nicht nochmal Jans Widerstand hervorrufen. Stattdessen holte sie ihre Latexhandschuhe aus der Hosentasche und zog sie an. Sie griff nach der Plastikflasche mit dem

Duschgel und nahm sie unter die Lupe.

„Verflixt, wo ist meine Brille?"

Irene kramte die Brille aus ihrer Tasche, setzte sie auf und untersuchte die Flasche nochmal gründlich.

„Was machst du?"

Irene drehte die Flasche um und hielt sie sich ganz nah vor die Augen.

„Ich habe ihn gefunden. Tatsächlich, da ist er!"

„Wer ist da?"

„Schau mal da, ein winziger Einstich. Ich hatte gehofft, ihn zu finden und voila, hier ist er."

„Ein Einstich?"

„Ja, der Täter hat das Gift mit einer Spritze in das Duschzeug gespritzt."

„Riecht man es?"

Irene roch am Duschbad.

„Nein. Es riecht so stark nach Eukalyptus, das übertönt alles."

„Herr Doberstein hätte es nicht riechen und sich somit nicht schützen können."

„Nein. Im Gegenteil. Auf diese Art hat er es gründlich auf seinem gesamten Körper verteilt. Die meisten Jogger seifen sich nach dem Sport ordentlich ein, um den Schweiß und auch den Schweißgeruch herunterzubekommen. So war es wahrscheinlich auch bei unserem Opfer. Der Täter ist wirklich intelligent."

„Das Shampoo! Vielleicht ist es ja auch im

Shampoo?"

„Gut möglich. Der Arzt hat ja von einer ungewöhnlich hohen Dosis gesprochen. Einem Overkill. Das würde das erklären."

„Ich untersuche mal das Shampoo."

„Jan, wir sollten jetzt hier drinnen nichts mehr anfassen. Der Mörder muss hier gewesen sein. Kannst du bitte die Spurensicherung anrufen? Wir können nur hoffen, dass unser intelligenter Täter Fehler gemacht und Spuren zurückgelassen hat. Wir sind ganz nah an ihm dran!"

Kapitel 25   Muggardt

„Jan, wir können hier nichts mehr tun. Die Spurensicherung macht ihre Arbeit. Lass uns den nächsten Punkt auf unserer To-do-Liste abarbeiten."

„Okay. Der Beobachtungsposten."

„Genau."

Irene Katz und Jan Sparschuh verließen das Duschhäuschen, in dem hektische Aktivitäten ausgebrochen waren, gingen durch den Garten und blieben vor dem Grundstück der Dobersteins einen Moment stehen. Das Haus lag in ihrem Rücken.

„Nur Felder und Baumgruppen und Brachland, auf dem wilde Pflanzen wachsen. Wenn es nicht um Mord ginge, könnte man hier die reine Idylle sehen."

„Ja, es sieht alles so friedlich aus. Aber jetzt betrachten wir das Ganze mal aus der Perspektive des Täters. Das Gebüsch da hinten zum Beispiel, da könnte man sich gut verborgen halten."

„Schau, der Baum da vorne ist total geeignet. Den schau ich mir mal näher an." Jan lief eifrig auf einen Baum zu, der in einer kleinen Baumgruppe am Rande des Feldes stand.

„Schau mal, seine Zweige fangen so weit unten am Stamm an, dass jeder, wirklich jeder gut hinaufklettern kann. Also auch Frauen. Sogar

Kinder könnten hier locker hoch. Ich probier dann mal."

„Tu dir keinen Zwang an."

Jan kletterte gut gelaunt in die Höhe. Männer, dachte Irene. Männer bleiben doch ihr Leben lang kleine Jungs, die nichts als Spielen im Kopf haben. In diesem Fall kam ihr Jans Spieltrieb zugute.

„Von hier aus kann man das Wohnzimmer gut einsehen", rief Jan aus den Zweigen.

„Ich klettere mal weiter!"

„Tu das."

„Phantastisch. Von hier aus sehe ich das ganze Schlafzimmer perfekt."

„Welche Zimmer siehst du nicht? Siehst du das kleine Häuschen im Garten?"

„Ja, ich sehe es. Es ist weit weg. Am Ende des Grundstücks. Es hat sehr kleine Fenster. Ich kann nicht durch die Minischeiben ins Innere schauen. Ich sehe das Häuschen nur von außen."

„Okay. Ich schaue mich mal hier unten genauer um!"

„Das hier muss einfach der Beobachtungsplatz des Mörders sein! Man hat einen phantastischen Blick auf Wohnzimmer, Küche und Schlafzimmer. Das Kinderzimmer, Bad und WC sind nicht zu sehen, Sie müssen auf der anderen Seite des Hauses liegen. Aber alles Wichtige für den Mörder ist von hier einsehbar. Super zum Auskundschaften."

Jans begeisterte Worte klangen aus der Baumkrone, während Irene das Umfeld genauer inspizierte. Als Jan endlich aus dem Baum sprang, war auch Irene fündig geworden.

„Sieh nur, unter dem Baum liegen Pistazienschalen. Vielleicht hat der Täter vor sich hingegessen, wenn er das Haus lange beobachtete."

"Das ist möglich. Es kann aber auch eine andere Erklärung geben. Vielleicht waren es spielende und in die Bäume kletternde Kinder, die so eine Art Baumpicknick veranstaltet haben."

„Kann natürlich sein. Auf jeden Fall kommt es an das Flipchart. Vielleicht hilft es uns später weiter."

„Klar! Im Übrigen halte ich es sowieso für das Beste, ins Büro zu fahren und alle neuen Informationen und Fakten zu sortieren. Mir schwirrt schon der Kopf."

„Ja. Wir sind hier draußen fertig. Wir fahren zurück."

Kapitel 26   Freiburg

„Was haben wir? Kannst du mal das Foto von Herrn Wellington aufhängen?"

„Ja."

„Es ist erstaunlich, wie gut es zu den Beschreibungen der Zeugen passt, die das Auto vor dem Haus stehen sahen. Auch die Aussage des einzelnen Zeugen, der ihn vor dem Haus herumlungern sah, deutet auf Herrn Wellington hin."

„Ja, er könnte es sein!"

„Dann hätte Sabine Kannengießer nochmal gelogen."

„Das Lügen häuft sich ganz schön bei ihr."

„Lass uns jede noch so unwahrscheinliche Lösung ins Auge fassen. Was, wenn Lars Wellington ohne das Wissen seiner Schwiegermutter nach Muggardt gefahren ist? Nachdem er erfahren hatte, dass sich Oliver Doberstein endgültig für ein anderes Paar entschieden hatte?"

„Das ist wirklich unwahrscheinlich. Immerhin steckten doch beide unter einer Decke, bevor die endgültige Absage kam. Aber unmöglich ist es nicht."

„Stimmen denn die Zeitpunkte?"

„Das unbekannte Auto mit dem jungen Mann stand am Montag vor dem Haus."

„Das würde also passen. Vielleicht kam Lars

Wellington später noch ein drittes Mal, ohne dass ihn jemand gesehen hat. Er hat sich endlich in die Höhle des Löwen getraut und eine herbe Absage einstecken müssen. In seiner Verzweiflung..."

„Was hat er sich denn von Oliver Dobersteins Tod versprochen?"

„Frau Marthaler war ja von Anfang an bereit, an die junge Familie zu verkaufen. Er hätte auf diesem Weg sein Ziel erreichen können. Denk nur daran, wie sehr er unter Druck war, seiner Frau zu beweisen, dass er gut für die kleine Familie sorgen kann. Nachdem er sich so tief bei ihr in die Nesseln gesetzt hatte. Der Notarstermin saß ihm im Nacken. Der war am Mittwoch. Er musste schnell handeln."

„Aber das Haus gehört doch Frau Marthaler gar nicht."

„Das stimmt. Aber das wusste weder Sabine Kannengießer noch Lars Wellington oder seine Frau."

„Klingt einleuchtend."

„Kannst du mit dem Foto zu den Zeugen fahren? Vielleicht gibt es doch jemanden, der ihn noch ein drittes Mal gesehen hat."

„Aye, aye, Käptn."

„Ich kümmere mich um eine Vorladung von Herrn Wellington. Ich muss mir unbedingt selbst ein Bild von ihm verschaffen."

„Das Gespräch wird sicher erhellend."

„Ich bin auch sehr gespannt, was dabei

Kapitel 27   Freiburg

Lars Wellington betrat den Raum und füllte ihn
sofort mit einem fröhlichen Optimismus. Er ging auf
Irene Katz zu und streckte ihr die Hand entgegen.
Er wirkte sehr offen. Er hatte noch immer etwas
von einem spitzbübischen Jungen, der gerade
einen Streich ausgeheckt und begangen hatte und
doch sicher wusste, wegen seines jungenhaften
Charmes würde ihm keiner böse sein. Im
Gegenteil, was Sympathie anbetraf, würde er noch
punkten können. Irene reichte ihm die Hand. Lars
Wellingtons Händedruck war äußerst angenehm.
Nicht so lasch, als habe man einen Fisch in der
Hand, der sich aus derselben wieder
herauswinden möchte, nicht so stark, als wolle
einem jemand sämtliche Knochen brechen. Seine
Hand war warm, weich und doch mit jener
Spannung versehen, die Leichtigkeit mit einer
prickelnden Elektrizität verband. Irene Katz dachte,
die Frau hat Glück, die diesen Mann abbekommen
hat.
„Guten Tag, Frau Katz. Sie wollten mich
sprechen?"
Irene hatte noch nicht herausgefunden, woran es
lag, dass man Wohlerzogenheit und eine gute
Kinderstube schon an den ersten Sätzen erkannte.
Sie ordnete oft Menschen speziellen Milieus zu,
nachdem diese ein paar Sätze gesprochen hatten.
Meistens hatte sie mit ihrer Einschätzung Recht

behalten.

„Guten Tag, Herr Wellington. Lars Wellington, ein interessanter Name."

„Meine Mutter stammt ursprünglich aus Norwegen und mein Vater aus England. Lars ist nicht sehr englisch. Das ist meiner Mutter geschuldet. "

„Sie sprechen ausgezeichnet deutsch."

„Ich spreche vier Sprachen fließend. Das ist bei Diplomatenkindern nichts Besonderes. Aber sie wollen sicher nicht über meine familiäre Herkunft mit mir sprechen."

„Nein. Sie wissen ja sicher, dass Herr Doberstein ermordet wurde."

„Ja. Wie schrecklich."

„Wir haben erfahren, dass es für Sie und Ihre Familie sehr wichtig war, das Reihenhaus von Herrn Doberstein zu kaufen."

„Ja, das hätte viele unserer Probleme gelöst."

„Welche Probleme?"

„Meine Frau Bente und ich hatten den Plan, Kinder und Karriere unter einen Hut zu bringen. Das lief auch sehr gut. So ungefähr vier Jahre lang. Aber dann habe ich es nicht mehr geschafft, alle Termine einzuhalten. Der Zeitdruck in einem Architektenbüro ist enorm."

„Sie sind Architekt?"

„Ja. Jedenfalls wurde alles zu viel. Als Bente dann ihre Mutter in Au und ihre alte Schulfreundin Silke Jäger in Bollschweil besuchte, entstand die Idee, zurück nach Freiburg und Umgebung zu ziehen. Und dann erfuhren wir, dass ein Haus ganz nah am Haus meiner Schwiegermutter verkauft werden sollte. Das war eine geniale Gelegenheit."

„Wusste Ihre Frau von diesem Haus?"

„Natürlich! So etwas muss man doch gemeinsam entscheiden."

„Ihre Schwiegermutter sagte, Ihre Frau wisse nichts davon, es sollte eine Überraschung sein."

„Das war erst später. Am Anfang schien ja alles zu klappen. Martha wollte uns das Haus verkaufen. Wir mussten es nicht mal besichtigen. Bente ist als Kind dort aus und ein gegangen. Ich kenne den Grundriss auch. Er ist ja haargenau so wie bei meiner Schwiegermutter. Später gab es Probleme. Der Bruder von Martha hat plötzlich alles in die Hand genommen. Ich weiß bis heute nicht warum. Er wollte nicht an uns verkaufen. Bente war enttäuscht und entnervt. Als meine Schwiegermutter versuchte, Oliver zu überreden und ihm zudem mehr Geld bot, um den Zuschlag zu bekommen, haben wir Bente nichts davon erzählt. Sabine wollte das mit mir zusammen in die Hand nehmen."

„Wieso haben Sie dabei mitgemacht?"

„Bente hatte so viel geschuftet. Immerhin war ich es gewesen, der es nicht schaffte, die Kinder gewissenhaft abzuholen. Bente hat immer alle Termine eingehalten! Sie ist eine tolle Anwältin und vergisst keinen einzigen Termin der Kinder. Meine

Schwiegermutter meint wohl auch, dass ich mehr für Bente tun könnte."

„Ist es für Sie beide nicht schwierig, sich beruflich neu zu orientieren? Das bedeutet ein Umzug in diese Gegend wohl?"

„Doch. Es ist schwierig. Aber besser das, als dass die Familie auseinanderfällt. Bente hätte mich sicher nicht länger attraktiv gefunden, wenn ich zum Hausmann mutiert wäre. Meine Unzuverlässigkeit hätte sie auch nicht mehr lange ertragen. Bente muss Freiraum für ihre Arbeit haben. Dann ist sie exzellent. Freiraum, den hätte sie hier! Meine Schwiegermutter ist absolut zuverlässig. Und ich hätte auch mehr Ruhe für meine Arbeit."

„Herr Wellington, waren Sie in Muggardt und haben versucht, Herrn Doberstein zu überreden, Ihnen das Haus zu verkaufen?"

Lars Wellington schaute Irene Katz direkt in die Augen, schwieg aber.

„Wir haben Zeugen, die einen Mann vor dem Haus der Dobersteins am Tag vor dem Mord gesehen haben. Die Beschreibung der Person passt genau auf Sie."

„Ja. Ich war da."

„Können Sie uns genauer schildern, was Sie dort gemacht haben?"

„Meine Schwiegermutter hatte mich angerufen und gesagt, sie hätte Herrn Doberstein so viel Geld geboten, dass er es sich überlegen wollte, ob wir das Haus bekommen. Als er ihr absagte, rief sie mich ganz verzweifelt an und flehte mich an, ich solle es versuchen. Ich müsse unbedingt mit ihm reden. Ich war erst gar nicht angetan von der Idee. Sie sagte immer wieder: „ Am Mittwoch ist der Notartermin. Du musst sofort kommen, sonst ist es zu spät." Sie klang wirklich sehr verzweifelt. Ich war schon halb und halb bereit nachzugeben, da sagte sie noch: „Du musst es für Bente tun. Bente braucht dich jetzt. Du musst es ihr zuliebe tun. Sie hat genug gestemmt die letzten Jahre. Jetzt bist du dran, etwas für deine Familie zu tun. " Sie verstehen vielleicht, dass ich meiner Schwiegermutter helfen musste."

„Ihre Schwiegermutter hat sie ganz schön unter Druck gesetzt. Was ist passiert?"

„Mir blieb gar nichts anderes übrig. Ich musste nach Muggardt fahren. Wegen Bente. Auf der Fahrt habe ich mir alle möglichen Argumente zurechtgelegt. Als ich dort ankam, schien es mir immer noch absurd, da jetzt reinzugehen und mit Herrn Doberstein zu reden. Der war ja entschieden. Ich wusste, ich sollte es tun. Ich sollte es besonders für Bente tun. Aber ich konnte mich nicht aufraffen. Ich kämpfte und kämpfte mit mir. Irgendwann gab ich auf und fuhr weg."

„Wohin?"

„Ich fuhr an den Waldrand. Tigerte dort unruhig hin und her. Ich sagte mir, tu es für Bente, tu es für deine Familie. Tu es für dich. Eine Scheidung ist undenkbar für mich. Und Bente war schon auf dem Weg von mir weg."

„Sind Sie noch einmal hingefahren?"

„Ja. Ich bin drei Stunden durch den Wald getigert. Dann hatte ich mich soweit. Ich fuhr wieder hin. Dieses Mal, sagte ich mir, steigst du wenigstens aus, gehst auf das Haus zu. Der Rest kommt von alleine. Gesagt. Getan. Ich stieg aus, lief auf das Gartentor zu. Aber Pustekuchen. Da ging nichts von alleine. Wieder zauderte ich. Ich blieb noch ein bisschen am Gartentor, immer in der Hoffnung, ich könnte mir einen entsprechenden Kick versetzen und klingeln. Aber tatsächlich habe ich es einfach nicht geschafft. Stolz bin ich nicht darauf."

„Sind Sie später nochmal wiedergekommen?"

„Nein. Danach habe ich aufgegeben."

„Jetzt sage ich Ihnen mal, wie das Ganze auf mich wirkt."

„Bitte."

„Sie standen sehr unter Druck. Einerseits war da Ihre kleine Familie, die Sie zusammenhalten wollten und ohne Entlastung ging das nicht. Auf der anderen Seite war da Ihre Schwiegermutter, die Sie nicht enttäuschen wollten. Aber ganz besonders wollten Sie bei Ihrer Frau punkten. Sie sollte sie endlich wieder mit einem stolzen Blick anschauen. Ich glaube Ihnen, dass es sich so abgespielt hat, wie Sie es geschildert haben. Aber gegen Abend sind Sie nochmal hingefahren. Herr Doberstein hat Ihnen eine ultimative Absage erteilt. Sie sind völlig aufgewühlt zu Ihrer Schwiegermutter gefahren und haben mit ihr alles besprochen. Sie haben bei ihr übernachtet und am nächsten Tag alles Notwendige getan. Sie haben Herrn Doberstein ermordet."

„So war es nicht."

„Wie war es dann?"

„Ich habe aufgegeben."

„Das heißt, Sie sind noch am Montagabend nach Heidelberg zurückgefahren? Kann das Ihre Frau bestätigen?"

„Nein. Ich habe in einer Pension übernachtet."

„Das sollen wir Ihnen glauben?"

„Ich wollte es zuerst am nächsten Tag nochmal probieren. Bei der Schwiegermutter wollte ich nicht übernachten. Sie hätte mich den ganzen Abend vollgeredet. Ich musste alleine sein, um nachzudenken. Wie sollte es weitergehen? Ich habe am Abend noch bemerkt, es ist einfach nicht mein Ding, einen Menschen zu missionieren, der fest entschlossen ist."

„Wieso fuhren Sie nicht nach Heidelberg zurück, nachdem das entschieden war?"

„Ich konnte Bente nicht unter die Augen treten. Ich hatte sie enttäuscht. Sie wusste es zwar nicht, aber ich war mir dessen um so mehr bewusst. Ich brauchte die eine Nacht, um mich dem stellen zu können."

„Wusste Ihre Schwiegermutter von Ihrer Entscheidung, nicht mit Herrn Doberstein zu sprechen."

„Ja. Ich habe sie am Montagabend noch angerufen."

„Wie hat sie reagiert?"

„Sie sagte: „Du enttäuschst mich zutiefst. Am Ende muss man doch alles selbst in die Hand nehmen." Danach legte sie auf."

Kapitel 28   Freiburg

„Glaubst du ihm?" fragte Jan.

„Ich glaube ihm, dass es ihm schwer gefallen ist, mit Herrn Doberstein zu reden. Bei seiner Erziehung ist man eher diplomatisch als dass man jemand die Pistole auf die Brust setzt. Dennoch, Lars Wellington stand ganz schön unter Druck. Es ist schon möglich, dass er es für seine Familie getan hat."

„Aber wie hätte er an all die Informationen herankommen können? Wie Oliver Dobersteins Lebensgewohnheiten erforschen?"

„Heidelberg ist nicht aus der Welt. Er hätte ab und zu kommen können. Außerdem hat er genug Geld. Er hätte auch jemand zum Auskundschaften der Lebensgewohnheiten von Oliver Doberstein schicken können. Eine Begründung ist da schnell erfunden. Zum Beispiel eine Geburtstagsüberraschung inszenieren zu wollen."

„Und seine Frau hätte nichts gemerkt?"

„Die war zu sehr mit ihrem Fall beschäftigt."

„Mir gefällt die Theorie besser, dass er sich mit seiner Schwiegermutter zusammengetan hat. Die hätte Familie Doberstein in Ruhe ausspionieren und ihm alle Fakten zuschustern können."

„Also gut, lass uns das Szenario mal durchspielen. Aber bevor wir das tun, kläre ich noch schnell etwas."

Irene Katz tippte zügig etwas in den Computer. Sie

griff zum Telefonhörer und erfuhr binnen weniger Minuten, dass Herr Wellington in der von ihm angegebenen Pension abgestiegen war und übernachtet hatte.

„Er hat also tatsächlich in der Pension übernachtet."

„Aber warum sollte er das tun, wenn er gemeinsame Sache mit seiner Schwiegermutter Sabine Kannengießer macht?"

„Das muss dann zu dem gemeinsam ausgetüftelten Plan gehören. Sie wollen uns damit in die Irre führen. Also gehen wir das Szenario mal durch. Ich denke, wir sind uns einig, dass Frau Kannengießer die treibende Kraft war."

„Auf jeden Fall!"

„Das würde heißen, sie hat schon länger Plan B ausgetüftelt für den Fall, dass Herr Doberstein, dessen Gier sie erkannt hatte, ihr höheres finanzielles Angebot ausschlägt."

„Sie beobachtet die Dobersteins, bis sie die Gewohnheiten der Eheleute bis ins kleinste Detail kennt."

„Genau! Dann ruft sie ihren Schwiegersohn völlig verzweifelt an."

„Du meinst, das war gespielt?"

„Na ja. Ihr Plan ging nicht auf. Da war sie sicher schon aufgelöst. Aber ich denke dennoch, ein gutes Stück Manipulation war mit dabei. Lars Wellington fällt es schwer, einer Frau, die zu seinem nahen Umfeld gehört, einen Wunsch abzuschlagen. Das hat sie gehörig genutzt."

„Irgendwie ist er ein Weichei! Er will keinem weh tun und dann…."

„Jan! Was ist denn das für eine Kategorie? Das ist eine unzulässige Bewertung - so etwas hat in unserer professionellen Arbeit nichts verloren!"

„Ay, ay, Käptn."

Jan grinste spöttisch.

„Jedenfalls bearbeitet sie ihn, macht ihm ein schlechtes Gewissen, weil er zu wenig für Bente tut."

„Sag ich doch!"

„Ist ja gut. Sie hat bereits alles organisiert. Das Gift ist schon in zwei Spritzen. Muss nur noch ins Duschzeug und ins Shampoo gespritzt werden."

„Das schafft dann sogar ein Lars Wellington."

„Bleib mal sachlich, verflixt, Jan."

„Weichei passt doch wie die Faust aufs Auge."

„Jan, deine Sprache, also wirklich, deine Ausdrucksweise lässt zu wünschen übrig."

„Im Grunde sage ich das gleiche wie du, nur in anderen Worten."

„Die Grenze deiner Sprache ist die Grenze deiner Welt."

„Was ist denn das jetzt?"

„Ein Zitat."

„Von wem?"

„Also nicht nur deine Sprache, auch deine Allgemeinbildung lässt zu wünschen übrig. Das

Zitat ist übrigens von Wittgenstein. Was hast du eigentlich in der Schule gemacht?"

„Mir überlegt, mit welchem Mädchen ich als nächstes ausgehen will und wie ich es dazu kriege. Glaub mir, dass lief echt gut."

„Du siehst ja, was dabei herausgekommen ist!"

„Ein sympathischer Bursche, der sich nicht mit der Bürde eines riesigen Wissens belastet. Wozu gibt es Google?"

„Für den Moment gebe ich auf. Aber ich bleibe am Ball. So – was ist jetzt das Fazit in unserem Fall?"

„Ich finde es wahrscheinlicher, dass beide unter einer Decke stecken. Schwiegermutter und Schwiegersohn."

„Da ist schon was dran. Denn ohne das Anfeuern durch die Schwiegermutter, hätte vielleicht die zögerliche Seite von Lars Wellington überwogen."

„Und die Pension?"

„Das sollte ein kluger Schachzug sein. Ein Schwiegersohn, der in einer Pension statt bei der Schwiegermutter übernachtet, wird sicher nicht mit ihr unter einer Decke stecken."

„Hmmmm. Möglich."

„Sie stehen also beide im Verdacht!"

„Ja. Das sehe ich auch so."

„Sag mal Jan, mal was ganz anderes. Wann hast du eigentlich Geburtstag?"

„Im September. Wie kommst du denn plötzlich darauf?"

„Ich überlege gerade, ob ich dir zum Geburtstag einen Sprachkurs schenken soll. So in der Art, wie drücke ich mich elegant und angemessen aus."

„Wag dich."

„Ja. Dieses Wagnis gehe ich gerne für dich ein."

„Na warte."

„Wie? Was meinst du?"

„Das wirst du bei Gelegenheit schon merken. Wenn du gar nicht mehr daran denkst, kommt meine Retourkutsche."

„Oh Gott. Du machst mir Angst."

Irene grinste Jan übermütig an.

„Wart´s ab! Die Zeit spielt mir in die Karten."

Auch Jan konnte sich ein freches Grinsen nicht verkneifen.

Kapitel 29 Heidelberg

„Sag mal, wieso musstest du eigentlich zur Vernehmung?"

„Weil ich zum Tatzeitpunkt in Freiburg war."

„In Freiburg? Ich denke, du warst bei meiner Mutter."

„War ich ja auch. Am Tag davor. Aber abends habe ich mir ein Zimmer genommen und in Freiburg übernachtet."

„Lars?"

Bente schaute ihren Mann ungläubig an.

„Bente, ich muss dir jetzt etwas beichten."

„Die Sekretärinnennummer?", schoss es ungewollt aus Bente heraus.

„Nein, nein Bente. Das nicht. Da kannst du dich völlig auf mich verlassen. Ich trage in meinem Herzen keine andere Frau. Da bist nur du! Aber ich muss dir beichten, dass ich damals nicht zu deiner Mutter gefahren bin, um Küchenschränke aufzubauen."

„Du hast mich angelogen?"

Bente war nun vollständig irritiert. Für einen Moment schoss es ihr durch den Kopf, was, wenn die Sekretärinnennummer die weniger schlimme Variante wäre? Hier stimmte etwas nicht. In einem Umfeld, in dem sie bisher blindes Vertrauen an den Tag legen konnte. Jetzt hatten sie gleich zwei Menschen hintergangen.

„Nein, das war nur ein Vorwand."

„Du hast mich wirklich angelogen. Lars? Ich fasse es nicht."

„Ich wollte dich überraschen. Ich wollte dir deine Wünsche erfüllen. Ich habe es schon vor mir gesehen, wie ich dir die Schlüssel für das Reihenhaus übergebe."

„Wie Schlüssel für das Reihenhaus? Was hast du wirklich in Au gemacht? Ich will es jetzt ganz genau wissen."

„Es fing damit an, dass deine Mutter völlig aufgelöst bei mir angerufen hat. Sie hatte Oliver viel Geld geboten, hatte ihr Angebot noch mal erhöht, aber Oliver biss nicht an. Sie war völlig verzweifelt. So habe ich sie noch nie erlebt. Sie war am Boden zerstört."

„Wieso hat sie nicht mich angerufen?"

„Sie wollte dich schonen. Deine Mutter fand, dass du dich ungemein für unsere Familie einsetzt und dass es höchste Zeit sei, dass ich auch mal einen Beitrag leiste. Es sei an der Zeit, dass ich dich mal entlaste. Du kannst dir vorstellen, dass sie da offene Türen bei mir eingerannt hat."

„Nein, Lars, das kann ich nicht."

„Bente, glaubst du etwa, dass ich nicht damit gehadert habe, dass ich nicht mehr alles unter einen Hut bekommen habe? Ich habe dich bewundert, wie du das durchziehen konntest. Ich habe es versucht und am Anfang habe ich wirklich gedacht, das seien nur kleine Schnitzer, wenn ich die Kinder mal vergessen hatte. Aber als ich es beim besten Willen gar nicht mehr hinbekommen habe und als ich gesehen habe, welche Wirkung das auf dich und auf unsere ganze Familie hatte, da habe ich mir innerlich schwere Vorwürfe gemacht."

„Davon hast du dir nie etwas anmerken lassen."

„Erinnere dich mal, du hattest damals nur noch den Fall im Kopf. Selbst das kleinste private Gespräch war dir zu viel. Wir haben nur über das allernotwendigste Organisatorische gesprochen. Später, sagtest du immer. Später ist Zeit. Nach dem Prozess. Und nach dem Prozess bist du zu deiner Mutter gefahren."

„Stimmt."

„Jedenfalls wollte sie unbedingt, dass ich komme und nochmal mit Oliver rede."

„Was hat er gesagt?"

„Darauf bin ich jetzt gar nicht stolz. Bente, ich konnte nicht. Ich bin zwar zu ihm hingefahren, aber ich konnte mich nicht aufraffen, reinzugehen. Oliver hatte die Absage an deine Mutter deutlich formuliert. Er war entschieden. Es gab nichts mehr zu reden. Ich fuhr nochmal weg, dachte an dich und wie ideal die Lösung wäre. In meinem Kopf hämmerte es dauernd, du musst mit ihm reden, du musst mit ihm reden, du musst einfach… Und so sprach ich mir Mut zu. Ich fuhr nochmal hin, stieg aus. Aber das war es schon. Ich habe nicht mal geklingelt."

„Das wäre mir nie passiert."

„Ich weiß. Deshalb schämte ich mich um so mehr. Du kannst dir vorstellen, dass ich unter diesen Umständen deiner Mutter nicht mehr unter die Augen treten konnte."

„Und warum bist du nicht nach Hause gefahren?"

„Dir konnte ich noch weniger unter die Augen treten. Jedenfalls nicht gleich."

„Aber ich wusste doch gar nichts davon."

„Aber ich wusste es. Ich hatte versagt. Ich musste eine Nacht darüber schlafen, um damit zurechtzukommen. Ich war enttäuscht von mir. Es war schlimm, dass ich dir den Wunsch nach dem Haus nicht erfüllen konnte. Nichts mit Schlüsselübergabe. Nichts mit leuchtenden Augen."

Bente schaute ihren Mann lange an. Sie war hin und hergerissen zwischen dem Gefühl der Enttäuschung und diesem langsamen Dämmern, dieser schwache Mann liebte sie auf seine Art immer noch aus tiefstem Herzen. Er hatte es lange nicht mehr gezeigt. Sie hatte ihn lange abgewehrt. Wenn er nur nicht so viele Schwächen hätte! Er hatte sie verraten. Aber er wollte sich ganz und gar für seine Familie einsetzen. Der Haken war nur, er konnte es nicht.

„Und wieso musstest du jetzt zum zweiten Mal zur Vernehmung? Um das zu klären, hätte einmal doch gereicht."

„Das Problem war, ich habe nicht gleich erzählt, dass ich am Haus von Oliver Doberstein war. Man hat mich aber dort beobachtet. Die Polizei hat es erfahren. Und jetzt denkt sie, ich könnte Oliver ermordet haben, weil Martha uns ja bereitwillig das Haus geben wird."

„Oh Gott, Lars. In was bist du da hineingeraten? Wann ist Oliver ermordet worden?"

„So um die Mittagszeit."

„Aber bist du nicht schon am Vormittag losgefahren? Oder war das auch gelogen?"

„Nein, Bente. Das war nicht gelogen. Ich habe dich nur ein einziges Mal im Leben belogen, Nämlich über den Zweck meiner Fahrt nach Freiburg. Wie gesagt, das habe ich getan, um dich zu überraschen."

„Du hast mich auch darüber belogen, wo du übernachtet hast."

„Nein, Bente. Das habe ich nicht. Ich habe es dir verschwiegen. Du hast einfach angenommen, dass ich bei deiner Mutter geblieben bin. Aber ich habe dir das nicht erzählt. Da habe ich streng darauf geachtet. Wenn du mich gefragt hättest, hätte ich dir die Wahrheit gesagt."

„Lass uns mal über diesen plötzlichen Verdacht sprechen. Aber wenn du am Vormittag gefahren bist, dann kann die Polizei dich nicht verdächtigen."

„Das Problem ist, ich habe keinen Zeugen dafür.

Als ich hier ankam, warst du schon auf der Arbeit und die Kinder im Hort. Ich blieb zu Hause, ich hatte mir ja zwei Tage frei genommen."

„Hast du nicht unterwegs getankt?"

„Nein, ich hatte am Tag zuvor bereits in Freiburg getankt."

Lars staunte. So war seine Frau. Er bewunderte sie. Er wusste, sie hatte an seiner Lüge schwer zu knabbern. Er wusste auch, es war nicht klar, ob sie eine Beziehung weiterführen würde, in der sie hintergangen worde war. Es musste ihr wie ein doppelter Verrat erscheinen. Und doch waren und blieben sie ein unzerstörbares Team. Ihrer Loyalität als Freundin konnte er sich gewiss sein. Den Rest seines Lebens. Das spürte er plötzlich. Auch wenn sie sich trennen würden, als Freundin stände sie ihm jederzeit loyal zur Seite. Was für eine tolle Frau!

„Überleg nochmal, gibt es nichts, was dich entlastet. Hast du vom Auto aus telefoniert?"

„Nein."

„Was zu essen gekauft und den Beleg noch in der Tasche?"

„Nein."

„Lars, schau mich an."

Die Dringlichkeit in Bentes Stimme ließ Lars aufhorchen. Er sah Bente aufmerksam an.

„Bente?"

Bente schwieg. Sie forschte in seinen Augen.

„Lars, hast du etwas mit dem Mord zu tun?"

Lars hielt ihrem Blick stand.

„Nein, Bente, natürlich nicht."

Bente forschte weiter in seinen Augen.

Nach einer Weile sagte sie: „Lars, ich frage dich jetzt zum letzten Mal, und wenn du mich jetzt belügst, gibt es keinen Weg mehr zurück zu mir. Hast du etwas mit dem Mord an Oliver Doberstein zu tun?"

„Nein, Bente. Überleg doch mal, ein Mann, der sich nicht mal in die Höhle des Löwen traut, um für seine Familie zu kämpfen, wie viel weniger wird der einen Menschen umbringen. Selbst wenn ich gewollt hätte, ich hätte es nicht gekonnt. Meine Werte verbieten es mir."

Bente schaute ihren Mann noch eine Weile an. Dann wandte sie den Blick ab und sagte:

„Gut."

Sie schwieg. Lars überließ es ihr, den Faden wieder aufzunehmen. Er hatte gesagt, was zu sagen war. Dem gab es nichts hinzuzufügen. Er hatte ihr Leid zugefügt und keine Ahnung, wie sie reagieren würde. Früher wäre es ihm nicht im Traum eingefallen, seiner Frau eine Unwahrheit aufzutischen. Aber es war passiert. Er konnte es nicht mehr rückgängig machen.

„Dann lass uns mal diese ganze verfahrene Situation betrachten und überlegen, was zu tun ist", sagte Bente in seine Gedanken hinein.

Kapitel 30   Heidelberg

„Meine Mutter hat vorhin angerufen. Sie meint, die Polizei verdächtige sie, Oliver umgebracht zu haben."

„Du meine Güte, was sagt die Polizei, warum sie unter Verdacht steht?"

„Sie hat herausgefunden, wie wichtig es für meine Mutter ist, sich um die Enkelkinder kümmern zu können. Sie finden, das ist ein gutes Mordmotiv. Ohne Oliver kriegen wir das Haus."

„Erstaunlich. Weißt du noch, wie wir immer dachten, deine Mutter sei froh, so frei in der Weltgeschichte herumfliegen zu können? Endlich etwas von der Welt zu sehen. Sie hatte doch immer Pläne und Projekte."

„Ja, ich dachte auch, dass sie froh ist, dass sie keine starken familiären Verpflichtungen mehr hat. Ich dachte, sie sei nicht die Art Mutter wie Martha es ist. Bei der gehen die Enkelkinder immer vor."

„Wir waren beide verblüfft, dass sie sich heimlich nichts mehr als ein nahes Familienleben gewünscht hat. Sie hat es nie durchblicken lassen. Hat nur von ihren tollen Reisen erzählt."

„Ja, sie wollte sich uns nicht aufdrängen. Wir sollten frei und unbeschwert unser Leben führen. Wir sollten uns nicht verpflichtet fühlen, sie oft einzuladen. Oder sie zu besuchen. Sie weiß schon, dass wir bei unserer Arbeitsbelastung kaum

Zeit haben."

„Sie hätte ruhig mal was sagen können!"

„Du Lars. Du hast doch gesagt, sie war letztens so ganz anders als du sie kennst."

„Ja, sie war so aufgelöst."

„Schildere mir das mal genauer!"

„Als sie mich angerufen hat, da ging ihr Atem stoßweise: „Lars, du musst kommen." Ich hörte ihren erregten Atem zwischen jedem Wort. Ich fragte immer wieder, was ist denn passiert. Sie konnte keinen klaren Gedanken fassen. „Oliver...", stieß sie hervor und dann immer wieder: „Du musst kommen, du musst kommen, du musst helfen, ..." Egal, was ich sagte, ich konnte sie nicht beruhigen. „Das Haus, du musst das Haus retten", brachte sie irgendwann hervor. Ich antwortete ihr: „„Ich kläre das mit Bente." „Nein, nicht Bente. Bloß nicht Bente. Du darfst ihr nichts sagen. Jetzt musst du dich mal kümmern. Es wird Zeit, dass du mal was auf die Beine stellst." Sie fing sich beim Gedanken an dich ein wenig. „Lars, du musst sofort kommen. Sonst ist das Haus weg!" Ich fragte deine Mutter, was ich denn da tun könne, was sie nicht selbst hinkriegen würde. Sie atmete wieder laut und erregt:„Lars du musst kommen, du musst einfach. Du musst das schaffen." Sie war wieder ganz aufgelöst. Mir blieb gar nichts anderes übrig. Ich musste hinfahren, um ihr helfen. Zum Glück konnte unser Babysitter meinen Part übernehmen, sodass die organisatorische Frage schnell geregelt war."

„Meine Güte. So habe ich meine Mutter noch nie erlebt. Das ist ja erschreckend. Wie war sie denn, als du bei ihr ankamst?"

„Sie war verbissen. Sie atmete nicht mehr stoßweise. Sie redete wie ein Wasserfall. Sie erklärte mir alle Details ihrer Gespräche. Erst mit Martha, dann mit Oliver. Sie erzählte, wie häufig sie Oliver nicht erreicht hatte, wie sie ihr Angebot immer wieder erhöht hatte und Oliver sie nur hinhielt. Es war unmöglich, über etwas anderes mit ihr zu reden. Sie hatte sich ganz und gar auf Oliver und das Haus eingeschossen. Sie schimpfte über Oliver und klagte, wie sehr er sich verändert hatte. Und auch über Martha zog sie her. Wieso wollte sie ihr das Haus nicht verkaufen? Wieso überließ sie es ihrem Bruder, sie abblitzen zu lassen. Sie habe Martha immer für eine Freundin gehalten. Aber jetzt? Was solle sie davon halten, dass Martha sie nicht unterstützte, ihre Enkelkinder herzuholen. Wo sie doch selbst so versessen auf ihre Enkel war."

„Meine Güte, es ist so fremd, was du von meiner Mutter erzählst. Sie hat schon immer alles gründlich gemacht. Wenn sie etwas anpackte, hat sie es immer gut und mit ganzer Kraft getan. Aber so verbissen, so fixiert habe ich sie noch nie erlebt."

„Vielleicht kannst du dir jetzt vorstellen, warum ich

nicht bei deiner Mutter übernachten wollte. Sie hätte den ganzen Abend auf diese Weise auf mich eingeredet. Ich hatte mit mir genug zu tun. Jedenfalls hat sie mich dann zu Oliver geschickt und mich vorher noch richtig gebrieft."

„Du hast ihr doch wohl Bescheid gegeben, was bei Oliver passiert ist?"

„Ja."

„Wie hat sie da reagiert?"

„Da hat sie mich endgültig als Looser gesehen. Und dass ihre Tochter was Besseres verdient hätte. Am Ende hat sie etwas Merkwürdiges gesagt."

„Was denn?"

„Erst noch: „Du enttäuschst mich zutiefst." Aber dann: „ Am Ende muss man doch alles selbst in die Hand nehmen." Den letzten Satz murmelte sie nur noch, als würde sie schon mit sich sprechen. Es klang, als habe sie schon Plan B."

„Lars!"

„Bente?"

„Und wenn sie…"

„Bente, nein nie, doch nicht deine Mutter."

„Sei ehrlich, hättest du je gedacht, dass sie so aufgelöst und fixiert sein könnte."

„Nein, das hätte ich mir vorher nicht vorstellen können."

„Siehst du. Und wenn sie noch mehr Abgründe in sich hat? Nicht auszudenken."

„Bente. Es kann einfach nicht sein."

„Früher hätte ich auch meine Hand für sie ins Feuer gelegt. Aber früher hätte ich auch darauf schwören können, dass du mich nie im Leben anlügst."

Lars schaute Bente betroffen an. Er hatte gewusst, dass sie noch keine Entscheidung über ihre Beziehung getroffen hatte. Aber jetzt noch einmal diese tiefe Verletzung, den Verrat aus ihrem Mund zu hören, das traf ihn bis ins Mark.

„Wir können nur hoffen, dass das Schlimmste nicht eingetreten ist."

Kaum hatte Lars diesen Satz gesagt, merkte er, dass für ihn gar nicht klar war, ob er sich auf seine Schwiegermutter bezog oder auf seine Beziehung zu Bente. Es war alles offen. Er musste die Ungewissheit aushalten und Bente in Bezug auf ihre Mutter loyal zur Seite stehen.

„Oh Jan, mein Schwager hat mir einen göttlichen Gin geschenkt. The Foxtale aus Portugal. Ich sag dir, der ist einfach umwerfend."

„Du hast mir doch erst kürzlich von einem phantastischen Gin vorgeschwärmt."

Jan betrachtete Irene belustigt. Diese so korrekte Frau, die ihre Pflichten sehr ernst nahm, viel zu ernst seiner Meinung nach, sie hatte einen Faible für Gin?

„Ja, das war der Tanqueray Rangpur. Der ist echt klasse. Tolle Bergamottnote. Herrlich fruchtig."

„Ja, stimmt. Von Bergamotte hast du das letzte Mal schon verzückt gesprochen."

„Ja, der war bisher mein Lieblings-Gin. Super ist auch der Bombay Sapphire London Dry Gin. Aber der Foxtale toppt das noch. Dann ein gutes Tonic Water dazu. Einfach genial. The Foxtale geht gut mit Fentiments. Das holt die Zitrusnote raus."

„Fentiments? Nie gehört. Ich dachte immer Tonic Water ist Tonic Water ."

„Du Banause. Dass du es nicht so mit Goethe hast, wusste ich bereits. Aber bei Getränken habe ich mehr von dir erwartet. Es ist eine große Kunst, einen Gin mit dem richtigen Tonic Water zu kombinieren. Es soll den Gin nicht erschlagen, sondern harmonisch ergänzen."

„Wie kommt das eigentlich, dass dein Schwager dir

Gin schenkt? Wieso nicht Rotwein, Sekt oder Whisky?"

„Das hat sich im Laufe der Zeit so entwickelt. Ich habe Gin erst sehr spät kennengelernt. Noch mit 39 Jahren hatte ich keine Ahnung davon. Pflaumenschnaps, ja klar, den kenne ich seit meiner Kindheit. Pauli haben wir den unter uns genannt. Selbstgebrannten, der wurde bei uns oft getrunken. Immer im Wettstreit. Hier, probier meinen Pflaumenschnaps, der ist besser als deiner. Aber als ich auf Gin bzw. Gin Tonic aufmerksam wurde, war ich gleich Feuer und Flamme. In meiner Familie gibt es nur zwei Gin-Liebhaber. Meinen Schwager und mich. Wir schenken uns die neuen Entdeckungen und tauschen uns über die Geschmacksrichtungen aus. Wir entdecken immer wieder neue Tonic Waters. Es macht richtig Spaß."

„Wie kam es, dass du Gin erst so spät entdeckt hast? Gin kennt doch jeder! Ich zum Beispiel kannte ihn schon als Jugendlicher."

„Das ist eine lange Geschichte. Die erzähle ich dir ein anderes Mal. Außerdem war meine Sozialisation ganz anders als deine. Aber jetzt lass uns arbeiten. Wir haben genug zu tun."

Innerlich grinste Jan. Das war Irene, wie sie leibte und lebte. Es war schon viel, dass sie ein wenig ihres Privatlebens preisgab. Kleine Einblicke gewährte. Aber dann verschloss sie sich wieder, beharrte darauf, zu arbeiten. Sie dosierte sehr genau, wie viel sie von sich zeigte. Ein Laster? War ihre Gin-Leidenschaft ein Laster? Er wusste nicht, wie oft sie trank. Er hatte sie noch nie betrunken erlebt, schon gar nicht mit einer Fahne. Aber es reichte ja, dass der Gin-Genuss in gewisser Weise in Irenes Augen ein Laster war, um nur kleine Gucklöcher in diesen Faible zuzulassen. Bei Gelegenheit musste er das Thema unauffällig auf den Tisch bringen. Er war jetzt wirklich neugierig geworden, welche Gewohnheiten Irene bezüglich des Gins hatte. Seine korrekte, kontrollierte Kollegin - konnte es sein, dass sich bei ihr bei näherer Betrachtung Abgründe auftaten? Aber jetzt musste er ihr erstmal von seinen neuesten Erkenntnissen berichten.

„Irene, ich habe etwas Neues herausgefunden!"

„Das sagst du erst jetzt! Und wir verschwenden unsere Zeit mit Gesprächen über Gin."

„Och, so verschwendet war das doch gar nicht. Ich fand es interessant. Ein neuer Aspekt an meiner Kollegin."

„Rück raus mit der Sprache. Der Fall braucht unsere Aufmerksamkeit. Der Fall und nicht mein Privatleben."

„Also gut. Du wirst staunen."

„Jan!"

„Okay, okay. Das Alibi von Sabine Kannengießer hat mir keine Ruhe gelassen. Deshalb bin ich gestern nochmal nach Au gefahren. Und tatsächlich, ich habe etwas Sensationelles erfahren. Halt dich fest, sonst reißt es dich vom Hocker."

„Jan, mach es nicht so spannend."

„Sie gehört ja zu unseren Hauptverdächtigen."

„Das weiß ich selbst. Also, was hast du herausgefunden?"

„Sie kann es nicht gewesen sein. Sabine Kannengießer war zum Tatzeitpunkt zu Hause."

„Du meinst, in der Zeit von etwa elf bis dreizehn Uhr?"

„Ja."

Irene Katz fuhr wie von der Tarantel gestochen hoch.

„Wie bitte? Woher weißt du das? Ist das sicher? Oder veralberst du mich nur. Ist das jetzt deine Retourkutsche?"

„Immer mit der Ruhe. So viele Fragen auf einmal kann ich nicht beantworten. Also, ich bin nochmal rausgefahren und habe die Nachbarn befragt. Du weißt doch, zwischen den Reihenhäuschen von Martha Marthaler und Sabine Kannengießer liegt nur ein einziges Reihenmittelhaus. Das Paar, das da wohnt, habe ich gestern befragt."

„Wie gestern? Das war doch längst deine Aufgabe?"

„Ja, schon. Aber die beiden sind am Mittwoch in aller Herrgottsfrühe zu einem Kurztrip aufgebrochen. Erst gestern Abend waren sie zurück. Jedenfalls hat die Nachbarin gleich ausgesagt, Frau Kannengießer sei am Dienstag bis zum frühen Nachmittag auf jeden Fall zu Hause gewesen."

„Wie kann sie sich sicher sein?"

„Sie hat gesehen, wie sie sich bis etwa 11 Uhr im Garten zu schaffen machte. Dann ging sie ins Haus und staubsaugte."

„Woher weiß die Nachbarin das?"

„Die Wände in dem Reihenhaus sind so dünn. Man hört alles! Gegen zwölf kam Sabine Kannengießer in den Garten, um Kräuter zu schneiden. Danach hörte die Nachbarin die Küchenmaschine, später den Mixer. So gegen dreizehn Uhr hat sie im Garten gegessen. Zu dem Zeitpunkt hatte aber Herr Doberstein schon die ersten Symptome."

„Genau in unserem Zeitfenster hat Frau Kannengießer also ein Alibi?"

„Ja. Genau."

„Sie ist also raus?"

„Sieht so aus."

„Verflixt, sie hat ein verdammt gutes Motiv."

„Du fluchst?"

„Verflixt noch eins. Das hier ist ein guter Grund. Unsere Hauptverdächtige ist raus aus der Sache."

„Und jetzt?"

„Jetzt fangen wir wieder von vorne an."

„Nächster Schritt?"

„Wir wollten noch die jüngste Tochter von Martha Marthaler verhören."

„Stimmt. Diese Gerechtigkeitsfanatikerin mit Betonung auf Fanatikerin."

„Ja, das könnte sie sein. Ich rufe gleich mal an, ob sie doch schon früher kommen kann."

Kapitel 32 Freiburg

„Guten Morgen, Irene. Du bist ein bisschen spät heute. Kenne ich gar nicht von dir?"
Jan schaute seine Kollegin amüsiert an. Er war gespannt, welche Begründung Irene auf den Tisch legen würde und versuchte schon mal, sich ein wenig auf sie einzuschießen. Irene ging auf seinen frozzelnden Ton nicht ein. Sie wirkte gestresst.
„Ja. Stell dir vor, meine Tochter hat mir in allerletzter Minute einen Mathetest mit der Note 5 am Frühstückstisch präsentiert. Den sollte ich schnell unterschreiben. Natürlich musste ich mir die Arbeit erstmal gründlich anschauen. Gestern Abend hätte sie mir in aller Ruhe ihren Test zeigen können. Aber nein, in letzter Minute! Sie dachte wohl, sie kommt ungeschoren davon. Aber da kennt sie mich schlecht. So etwas lasse ich nicht durchgehen. Heute Abend wird Tacheles geredet! Eine Fünf in Mathe! Ich glaube es einfach nicht."
„Nicht so einfach, Kinder in dem Alter."
„Beileibe nicht. Jetzt aber zu unserem Fall. Gibt es etwas Neues?"
„Ja. Die jüngste Tochter von Frau Marthaler, Rita Maria Marthaler, ist schon da. Wartet im Vernehmungsraum."
„Oh super, dann lege ich gleich mal los."
„Glaubst du wirklich, dass sie ein bisschen fanatisch ist?"

„Möglich ist es schon. Nachher weiß ich mehr. Kannst du noch mal zu Frau Doberstein fahren und sie fragen, wie das Verhältnis von Rita Maria Marthaler zu ihrem Onkel war. Wir müssen jeden Stein umdrehen."

„Klar, mache ich. Ich schaue mir auch noch mal den Beobachtungsposten an. Vielleicht fällt mir noch etwas auf. Fragst du mal Rita Maria, ob sie gerne Pistazien isst?"

„Ja. Das sollte ich nicht vergessen. Vielleicht lande ich ja einen Treffer. Also bis später hier im Büro."

Irene Katz betrat den Vernehmungsraum. Rita Maria Marthaler saß ruhig auf einem Stuhl. Ihre braunen Augen drückten eine gewisse Neugier aus. Sie strich sich gerade die Haare aus dem Gesicht. Strähnen, die über ihr rechtes Auge gefallen waren, steckte sie hinter ihr Ohr. Bei einer Drehung ihres Kopfes fielen sie in ihr Gesicht zurück. Sie wischte sie erneut weg.

„Guten Morgen, Frau Marthaler. Schön, dass Sie schon da sind. Wir müssen Sie unbedingt zu Ihrem Onkel befragen."

„Guten Morgen, Frau Katz. Warum ist es plötzlich so dringend. Es war doch ausgemacht, dass ich nächste Woche komme."

„Es sind Ereignisse eingetreten, die wir nicht vorhersehen konnten. Aber wir können mit Ihnen nicht darüber sprechen. Auf jeden Fall mussten wir daraufhin den Zeitplan ändern."

„Okay."

„Sie waren die Einzige in der Familie, die zu Herrn Doberstein noch Kontakt hatte. Warum haben Sie sich nach dem schäbigen Verhalten Ihres Onkels nicht von ihm zurückgezogen?"

„Na ja, ich hatte immer noch die Hoffnung, dass ich etwas ausrichten kann. Ich wollte der Mama helfen, aber auch meinem Onkel. Ein Bruch mit der Familie, das kann doch nicht glücklich machen. Die arme Ruth, wie sollte sie verstehen, dass wir uns alle plötzlich nicht mehr sehen? Ich dachte, ich kann etwas bewirken."

„Und? Konnten Sie?"

„Jetzt hat mir ja jemand die Möglichkeit genommen. Oliver ist tot. Also kann ich gar nichts mehr bewegen. Aber ich war fest davon überzeugt, dass Oliver nach weiteren Gesprächen irgendwann eingelenkt hätte. Wir sind doch eine Familie. So etwas reißt man doch nicht auseinander."

„Was fanden Sie besonders gemein von Ihrem Onkel?"

„Wie er meine Schwester am Pflegeheim behandelt hat. Wie übergriffig war das denn? Aber das Schlimmste war, dass er Mama das Haus wegnehmen wollte. Das fand ich richtig fies. Das wollte ich unbedingt verhindern."

„Warum war das für Sie das Schlimmste?"

„Mama liebt den Ort so sehr, an dem sie mit Papa

gelebt hat. Manchmal hatte ich das Gefühl, das Haus und der Garten lägen wie ein schützender Mantel um sie. Als ob er sie vor der nackten Wahrheit schützen wollte."

„Sie haben ein sehr enges Verhältnis zu Ihrer Mutter?"

„Ja. Wir telefonieren täglich. Mama meint, das liegt daran, weil bei mir schon als Kleinkind ein Herzfehler entdeckt wurde. Sie musste immer sehr auf mich aufpassen. Das verbindet stark."

„Sie wollten den Verkauf des Hauses verhindern?"

„Auf Teufel komm raus. Mama sagte immer wieder: „Wenn ich das Haus verlassen muss, fühlt es sich so an, als würde Christoph nochmals sterben. Ich verliere alles. Den Ort, den seine Füße noch betreten haben. Ausgelöscht seine Handschrift im Garten. Sein Werk. Die Bilder an der Wand! Ich werde nie wieder ein Bild besitzen, das von Christophs Hand aufgehängt wurde. Nie wieder! Nie wieder in seinen Handwerkerkeller gehen, in dem seine Hände das Werkzeug sortiert haben. In dem er Leisten akkurat anbrachte, um Hämmer, Meisel, Schraubenzieher, Lineale aller Größen etc. akkurat an der Wand aufzuhängen. In all dem ist Christoph noch anwesend. Spüre ich ihn. Das soll ich jetzt auch noch verlieren?" So in etwa hat sie von dem Verlust des Hauses gesprochen."

„Sie haben in diesem Punkt Ihre Mutter verstanden?"

„Am Anfang nicht. Da versuchte ich ihr eine kleinere Wohnung schmackhaft zu machen. Einmal war eine Freundin meiner Mutter dabei, als ich ihr die Vorteile einer kleineren Wohnung aufzählte. Lisa ergriff Partei für meine Mutter. Sie erklärte mir, wie es auf einen Menschen wirkt, wenn er nicht nur den Geliebten, sondern auch den gemeinsamen Ort verliert. Sie hat sich echt ins Zeug gelegt. Ich habe meine Mama nach diesem Gespräch besser verstanden. Und die Mama ist hinterher mehr aus sich heraus gegangen und hat gezeigt, was in ihr vorging. Ich verstand sie immer besser und spürte ihre starke Verwurzelung mit dem Haus und seiner Geschichte."

„Wer ist Lisa?"

„Lisa ist eine Freundin meiner Mutter. Die beiden haben sich in der Trauergruppe vom Hospiz kennengelernt."

„Ist diese Lisa häufig bei Ihrer Mutter?"

„In der letzten Zeit sehr oft. Sie reden viel. Machen Ausflüge zusammen. Wir haben es immer noch nicht geschafft, mit der Mama mal in Urlaub zu fahren. Nicht mal mit kleinen Ausflügen ist sie einverstanden. Aber Lisa schafft das."

„Stört Sie das?"

„Nein. Nein. Ganz im Gegenteil. Erstens freuen wir uns für Mama, wenn sie mal rauskommt. Aber manchmal kommt es auch direkt uns zugute. Einmal hat Lisa sie mit in den Kaiserstuhl genommen. In Burkheim waren sie in einem tollen Laden von Angelique. Sie hat lauter ausgefallene Möbel, Schmuckstücke und hübsche Accessoires. Dann waren sie noch auf dem Kräuterhof. Anschließend hat Mama mit uns den gleichen Ausflug gemacht. Das war super. Den verdanken wir Lisa."

„Sie ist also eine wichtige Person für Ihre Mutter?"

„Ja. Kann man so sagen."

„Kennen Sie den Nachnamen von dieser Lisa."

„Ja. Zufällig haben wir vor kurzem über Nachnamen und ihre Bedeutung gesprochen. Sie heißt Lisa Pawlak."

"Kennen Sie Bekannte von Frau Pawlak?"

"Nein, eigentlich nicht. Doch warten sie. Lisa macht eine Therapie in Freiburg. Das kam mal zur Sprache, weil sie meine Mutter zu einer Therapie überreden wollte."

"Hat es geklappt?"

"Was?"

"Konnte sie Ihre Mutter überzeugen?"

"Da kennen Sie meine Mutter schlecht."

„Also gut. Jetzt aber zurück zu Ihnen. Sie haben also mit Ihrem Onkel geredet?"

„Ja. Was mich am meisten empört hat, war, dass er es schamlos ausnutzte, dass meine Mutter nach dem Tod meines Vaters so schwach war. Mama war immer eine starke Frau gewesen. Aber nach Papas Tod versank sie in einer tiefen Trauer.

Nichts und niemand kam mehr an sie ran. Oliver nutzte das schamlos aus."

„Wann und wo haben Sie sich mit ihm getroffen?"

„Ich bin zu ihm raus nach Muggardt gefahren."

„Wie verlief das Gespräch?"

"Er war total uneinsichtig, Er sagte immer wieder: „Du hast doch keine Ahnung, wie es in unserer Kindheit lief. Halt dich da raus. Das geht dich nichts an." Als ob mich Mamas Kindheit nicht interessiert!"

„Sie sind also unverrichteter Dinge gegangen?"

„Ja."

„Hat Sie das nicht extrem wütend gemacht?"

„Nein. Ich habe ja damit gerechnet, dass ich ihn nicht beim ersten Mal überzeuge. Sonst hätten meine Schwestern das längst geschafft. Ich wusste schon, da brauche ich einen langen Atem. Ich bin nicht wie Silke, die sich heulend ins Auto setzt, abhaut und damit meine Mutter im Stich lässt. Ich bleibe am Ball."

„Haben Sie sich immer in Muggardt getroffen?"

„Meistens, aber nicht immer. Einmal haben wir uns im Altstadt-Café in Freiburg getroffen. Da war mein Onkel weicher. Da hat er die ganze Zeit nach mir gefragt, was mein Studium in München macht. Wie ich mit den Leuten in der WG klar käme. Wie ich überhaupt auf die Idee gekommen sei, in München zu studieren. Er erzählte mir, was er und Sybille alles mit Ruth unternommen hatten. Wir sprachen gar nicht von der Problematik um das Haus. Es war ein bisschen wie früher. Oliver wirkte im Gespräch irgendwie erleichtert. Warte, dachte ich, warte, ich krieg dich noch dazu, der Alte zu werden. Ich war zuversichtlich."

„Wann war Ihr letztes Treffen?"

„Das war eine Woche vor seinem Tod."

„Wo haben Sie sich getroffen?"

„Wir haben uns zufällig im Pflegeheim getroffen. Am Bett meines Opas. Oliver hat mich gleich auf eine Tasse Kaffee eingeladen. Ich nahm die Einladung an. Eine günstige Gelegenheit, dachte ich. So kann ich ihn weiter bearbeiten."

„Und?"

„Steter Tropfen höhlt den Stein."

„Waren Sie in den letzten Wochen bei Sabine Kannengießer zu Besuch?"

„Bei unserer Nachbarin?"

„Ja."

„Klar, ich bin immer dort, wenn ich Mama besuche. Wir waren früher eine einzige große Clique. Also schlüpfe ich immer auch kurz bei ihr rein."

„Wussten Sie, dass Frau Kannengießer das Haus Ihrer Mutter kaufen wollte?"

„Mama hat es mal nebenbei erwähnt."

„Haben Sie mit Frau Kannengießer über den Verkauf des Hauses gesprochen?"

„Nein, eigentlich nicht."

„Hat sie Sie nicht aufgefordert, sie bei ihrem Anliegen zu unterstützen?"

„Nein. Sie wusste ja, dass ich dafür war, dass

Mama das Haus behält."

„Wussten Sie, dass das Haus Ihrem Opa gehört?"

„Nein."

„Aber Sie wussten von dem Notartermin?"

„Ja."

„Noch eine Frage: Essen Sie gerne Pistazien?"

„Ich mag Pistazien. Wieso?"

„Das kann ich Ihnen aus ermittlungstechnischen Gründen nicht sagen. Knabbern Sie zum Beispiel vor dem Fernseher gerne Pistazien?"

„Nein. Da stehe ich mehr auf Oliven und Schafskäse."

„Liebe Frau Marthaler, ich sehe die Sache so: Bei Ihrem letzten Besuch hat Ihnen Ihr Onkel klipp und klar gesagt, dass er das Reihenhaus so schnell wie möglich verkaufen werde. Immer sei er zu kurz gekommen und es sei an der Zeit, sich endlich zu nehmen, was ihm zustehe. Er dachte keinesfalls daran, auf Sie zu hören. Die Hälfte des Hauses gehöre ihm. Das sei Fakt."

„Mein Gott, war er übergriffig."

"Genau. Er war so übergriffig, dass Sie ihn stoppen mussten."

„Um Gottes Willen, nein!"

„Sie mussten ihn stoppen, bevor das Haus weg war! Der Dienstag war die letzte Gelegenheit, das Haus für Ihre Mutter zu retten! "

„So war es nicht!"

„Wie war es denn?"

„Keine Ahnung."

„Aber Schierling kennen Sie?"

„Klar kenne ich Schierling. Die Geschichte von meiner Vergiftung ging ja wieder und wieder um. Ich weiß gar nicht so genau, ob ich mich noch daran erinnern kann oder ob ich alles nur aus den Schilderungen der anderen kenne. Meinen Onkel jedenfalls habe ich nicht getötet. Ich töte doch nicht! Auch nicht für das Haus meiner Mutter."

„Wie oft haben Mörder schon diese Sätze gesagt. Wohnen Sie die nächsten Tage bei Ihrer Mutter?"

„Nein. Ich habe mir bereits im Vauban eine kleine Wohnung gemietet. Ich will nach dem Studium vielleicht nach Freiburg zurück. Habe in München meine Familie sehr vermisst. Ich fahre noch für die letzten Prüfungstage nach München und dann entscheide ich, wo ich endgültig wohnen will."

„Halten Sie sich zu unserer Verfügung."

„An den Prüfungstagen muss ich in München sein. Ich kann jetzt meine Prüfung nicht gefährden."

„Ja, das sehen wir ein. Aber ansonsten verreisen Sie nicht."

„Nein. Das habe ich nicht vor. Ich will meiner Mutter zur Seite stehen."

Kapitel 33   Freiburg

„Was hattest du für einen Eindruck von Rita Maria Marthaler?"

„Für mich ist immer noch alles möglich. Verbissen genug ist sie ja. Es müsste allerdings einiges zusammenkommen. Wenn Oliver Doberstein ihr eiskalt die Wahrheit ins Gesicht gesagt hätte. Er würde auf jeden Fall verkaufen. Sie könne gar nichts daran ändern. Zuzutrauen war es ihm ja, er konnte wohl sehr uncharmant sein. Dann noch eine kleine Provokation seinerseits, da hätte sie sich schon vergessen können."

„Klingt aber eher, als wäre das eine spontane Tat gewesen. Das können wir in diesem Fall ausschließen. Der Täter hat die Tat akribisch vorbereitet."

„Systematisch geht sie schon vor. Ich habe aber keine weiteren Anhaltspunkte finden können. Wir müssen sie auf dem Schirm behalten, aber nach allen Seiten offen bleiben."

„Hast du Rita Maria gefragt, ob sie Pistazien mag?"

„Ja, sie mag Pistazien. Ich konnte aber nicht herausfinden, ob sie sie häufig zwischendurch knabbert. Das muss ja eine eingefleischte Gewohnheit des Täters sein. Sonst setzt sich nicht jemand in deinen Baum, beobachtet Leute und knabbert vor sich hin."

„Sie kommt also auf jeden Fall in Frage!"

„Das sind die seltenen Momente, in denen wir uns einig sind. Sollte man direkt darauf anstoßen."

„Von wegen anstoßen! Es gibt einen neuen Hinweis, dem wir nachgehen müssen."

„Wow, du hast etwas Neues erfahren?"

„Ja, klar."

Irene grinste Jan zufrieden an. Fuhr aber gleich fort:

„Frau Marthaler hat eine enge Freundin, Lisa Pawlak, von der wir bisher nichts wussten. So wie ihre Tochter es geschildert hat, haben sich die beiden Frauen viel gegenseitig anvertraut. Außerdem ist es dieser Frau Pawlak gelungen, Frau Marthaler zu Tagesausflügen zu überreden. Sie hat sie ein wenig aus ihrer Isolation geholt. Was den Kindern zugutekam. Die Mutter wiederholte die Ausflüge mit ihnen."

„Meine Güte, dass wir nicht früher auf diese Freundin gestoßen sind!"

„Wie auch. Frau Marthaler lebt sehr zurückgezogen. Nur die jüngste Tochter ist häufig bei ihr und bekommt am meisten mit. Sie war aber die letzte Zeit in München. Jedenfalls wird uns Frau Pawlak einiges zum Verhältnis zwischen Frau Marthaler und ihrem Bruder sagen können. Kannst du dich um die Adresse kümmern?"

„Ist das jetzt eine echte oder eine rhetorische Frage?" Jan feixte.

„Jan, du bist ein Spielkopf. Los, mach dich an die

Arbeit. Das hier ist eine Dienstanweisung."

„Aye, aye, Käptn."

Betont langsam griff Jan zum Telefon.

„Ich habe die Adresse!", rief er kurz danach. „Ein Hoch auf das Einwohnermeldeamt."

„Endlich kommen wir voran. Also los, worauf warten wir."

Jan sprang auf und griff nach seiner Jacke.

„Fährst du oder fahre ich?"

Jan schaute erstaunt auf.

„Hat dir deine Tochter heute Morgen so zugesetzt, dass du mir freiwillig das Fahren anbietest?"

Irene schwieg.

„Heute fahre ich besser", sagte Jan schnell, bevor es sich Irene anders überlegen konnte. „Es ist mal wieder an der Zeit, dass ich das Steuer in meinen Händen halte."

Irene versuchte erst gar nicht, Jan in seiner Dynamik zu stoppen. Wenn man es genau betrachtete, war Jan doch ihr bestes Rennpferd im Stall. Und das sollte sein Zuckerstückchen bekommen. Das Gefühl, das Steuer in der Hand zu halten. Zufrieden glitt sie auf den Beifahrersitz.

Die Wohnung von Lisa Pawlak lag in Landwasser. Irene überfiel jedes Mal ein Gefühl der Beklemmung, wenn sie die vielen Namensschilder der Klingelanlage an einem Hochhaus betrachtete. Was hatten sie und ihre Familie doch für ein Glück gehabt! Sie lebten in einer geräumigen Wohnung, die sie sich leisten konnten. Es gehörte sogar ein kleiner Garten dazu. Sie hatte den Tipp bekommen, bevor die Wohnung in der Zeitung stand. Einmal mehr hatte sich das Netz von Aussiedlern bewährt, die sich nach der Aussiedlung gegenseitig halfen, in der neuen Heimat zurechtzukommen. Nach dem Besichtigungstermin erhielt sie gleich eine Zusage. Der Vermieter hatte kein Interesse daran, viele unbekannte Menschen durch seine Wohnung hindurchzuschleusen. Es war wirklich ein Glücksfall gewesen. Die Dreisam lag in der Nähe, an der sie ihr tägliches Joggen absolvierte.

Sie klingelte beim Namen Pawlak. Nichts rührte sich. Als ein junger Mann mit einer schief auf dem Kopf sitzenden Baseballmütze und Springerstiefeln die Haustür öffnete und ins Treppenhaus lief, schlüpften Irene und Jan hinter ihm ins Haus. Im dritten Stock klingelten sie an der Wohnungstür von Frau Pawlak. Wieder rührte sich nichts.

„Jan, klingelst du mal bei den Nachbarn gegenüber?"

„Aye, aye, Käptn." Jan grinste sich einen. Er kannte Irene gut. Lange konnte sie das Steuer nicht aus der Hand geben. Er bewegte sich fast provokativ langsam. Er richtete sich lässig auf, warf Irene einen belustigten Blick zu, drehte sich im Zeitlupentempo um.

„Na dann", sagte er, ging die zwei Schritte über

den Flur und drückte auf die Klingel.

Recht schnell öffnete eine kräftige Frau mit dunkelblondem Haar, das zu einem Pferdeschwanz zusammengebunden war.

„Bitte?"

„Ich bin Herr Sparschuh von der Kripo Freiburger und das ist meine Kollegin Frau Katz."

Lässig wedelte er mit der Hand in Irenes Richtung.

„Kennen Sie Ihre Nachbarin, Frau Pawlak?"

„Ja."

„Wissen Sie, wo sie sich aufhält? Sie scheint nicht zu Hause zu sein?"

„Ich habe keine Ahnung, wo sie ist. Ich habe sie das letzte Mal vor zwei Tagen gesehen. Im Treppenhaus, als sie vom Einkaufen kam. Früher hätte ich gewusst, wo sie ist. Aber was ist los? Ist etwas passiert?"

„Nein, nein. Es ist eine reine Routinebefragung."

„Sie sagten, früher hätten Sie es gewusst?" mischte sich Irene unvermittelt ins Gespräch ein.

„Was meinen Sie damit?"

„Na, ja, wir waren mal eng befreundet. Da hat man sich einfach alles erzählt. Aber das ist schon eine ganze Weile her."

„Was ist passiert?"

„Sie hat von einem auf den nächsten Tag die Beziehung zu mir abgebrochen. Seitdem sehe ich sie nur noch im Treppenhaus. Wie gesagt, vor zwei Tagen zum letzten Mal."

Irene hatte wieder einmal Witterung aufgenommen. Bei den Worten „früher hätte ich es gewusst" hatte ihr Instinkt angeschlagen. Sie hätte nicht sagen können, warum. Das blieb ihrem Bewusstsein verborgen. Aber oft hatte sie dieser Instinkt zum Erfolg geführt. Jan besaß einen solchen Instinkt nicht. Das wusste sie. Seine Stärken lagen auf anderem Gebiet. Der Impuls war vorbei. Sie überließ wieder Jan das Feld. Er übernahm sofort. Woher er wusste, dass sie fertig war, da hatte sie keine Ahnung. Sie waren eben doch ein eingespieltes Team.

„Wenn Sie Frau Pawlak sehen, sagen Sie ihr bitte, dass sie sich bei uns melden soll. Falls Ihnen noch etwas einfällt, wo sie sein könnte, hier ist meine Karte."

Als Irene und Jan das Hochhaus verließen, checkte Irene automatisch ihr Handy.

„Rita Maria Marthaler hat angerufen. Ich rufe sie schnell zurück. Vielleicht ist es ja wichtig. Du kannst schon mal zum Auto gehen, aber wag nicht, dich ans Steuer zu setzen. Ich fahre."

Irene warf Jan ihren perfektesten Chefinnenblick zu.

„Denk dran, ich bin weisungsbefugt." Obwohl Irene das im Brustton der Überzeugung ausdrückte, wusste Jan, dass es ein vertrautes Spiel zwischen ihnen war.

„Ja, klar Chef."

„Chefin."

„Alles klar, Chef. Ich gehe dann mal. Gutes Telefonat wünsche ich auch."

Irene lächelte leise vor sich hin. Meine Güte, wie viel mehr Spaß die Arbeit mit Jan in der Regel machte als alles alleine durchzuziehen. Das hatte sie erst in den letzten Monaten gelernt. Umso mehr genoss sie es jetzt. Entschlossen öffnete sie den verpassten Anruf und ließ das Handy die dort eingespeiste Nummer anwählen.

„Guten Tag, Frau Marthaler. Hier ist Frau Katz. Sie haben versucht, mich zu erreichen?"

„Ja, mir ist da noch etwas eingefallen, Lisa Pawlak betreffend. Ich weiß allerdings nicht, ob es wichtig ist."

„Ob etwas wichtig ist, stellt sich oft erst im Nachhinein heraus. Deshalb ist es gut, jede Beobachtung, jeden Fakt zu melden. Vielleicht ist gerade Ihre Information das fehlende Puzzlestück, um das Gesamtbild zu erkennen. Also erzählen Sie mir ruhig alles."

„Ah, so ist das. Also, ich habe Ihnen ja schon gesagt, dass Lisa Pawlak in Therapie war. Sie versuchte nämlich, meine Mutter dazu zu überreden, ebenfalls ihre Therapeutin aufzusuchen. Meine Mutter und Therapie, da kannte Lisa meine Mutter aber schlecht."

„Sie biss auf Granit?"

„Ja, aber wie! Wo Lisa sie doch sonst oft zu Dingen brachte, die uns Kindern nicht gelangen. Aber in Bezug auf Therapie ist Mama sich treu geblieben. Das bringt nichts, das war ihr Credo."

„Erinnern Sie noch etwas bezüglich dieser Therapie?"

„Ja, es war das erste Mal, dass Mama etwas Negatives über Lisa verlauten ließ. Sonst war ja Lisa immer wie ein vom Himmel gefallener Engel. Direkt in ihr Leben hinein. Aber bei diesem Thema war Mama genervt. Sie klagte darüber, wie penetrant Lisa das Thema verfolgte. Deshalb ist es mir im Gedächtnis geblieben."

„Wissen Sie denn, wie Lisas Therapeutin heißt?"

„Nein, das nicht. Aber ich weiß, dass die Therapeutin ihre Praxis in der ehemaligen Villa Ambiente in Freiburg hat. Ein Haus, das meine Mutter früher sehr mochte. Aber seit dem Tod meines Vaters geht sie gar nicht mehr in die Stadt. Das muss Lisa doch gewusst haben."

„Interessante Informationen. Danke, Frau Marthaler. Falls Ihnen noch etwas einfällt, bitte rufen Sie mich gerne an. Ich kann diese neuen Tatsachen noch nicht einordnen. Aber wie gesagt, was sich für den Fall als wichtig erweist, kann sich durchaus erst später herausstellen. Wir werden dem jedenfalls nachgehen."

„Okay. Dann ist ja gut, dass ich angerufen habe. Ich melde mich, wenn mir noch etwas einfällt."

Beschwingt lief Irene zum Auto, setzte sich hinter das Steuer und sagte:

„Siehst du, als ob ich es geahnt hätte. Kannst du

mal bitte eine Therapeutin in der ehemaligen Villa Ambiente in der Stadtstraße googeln. Dafür braucht es freie Hände. Mit einem Steuer in der Hand wäre das einfach nicht gegangen."

„Meine so vorausschauende Chefin. Ich bewundere sie einfach."

Jan grinste Irene an. Dann beugte er sich über sein Handy.

„Der weltbeste Googler bin allerdings ich. Nicht nur weltbester, auch weltschnellster. Hier tatsächlich. In der Villa Ambiente gibt es nur eine Therapeutin. Sie heißt Ariane Lukas."

„Schreibe den Namen und die Adresse an unser Flipchart. Vielleicht brauchen wir die Info noch."

„Wir fahren nicht gleich hin?"

„Wozu? Wir wollen ja von Lisa mehr über Martha Marthaler erfahren. Dazu brauchen wir ihre Therapeutin nicht. Aber irgendetwas stimmt nicht. Die jüngste Marthaler hat von einer merkwürdigen Reaktion von Lisa Pawlak erzählt. Es beschäftigt mich etwas die ganze Zeit, aber ich kann es noch nicht recht fassen. Also die Info ans Brett. Falls wir sie brauchen, haben wir alles griffbereit."

„Hast du immer noch nicht verstanden, was ich für dich getan habe?"

„Doch Lisa. Ich finde es unglaublich, wie gut du zuhören kannst und wie gut du die Dinge auf den Punkt bringst. Das tut mir wirklich gut."

„Sag mal, Martha, glaubst du, dass es Taten gibt, die zwei Menschen ganz unauflöslich verbinden? Dass dadurch eine Bindung entstehen kann, die stärker ist als zum Beispiel eine Mutter-Kind-Beziehung?"

„Was meinst du damit? Ich verstehe nicht so recht, was du dir da vorstellst?"

„Na ja, wenn jemand so viel für den anderen tut, dass es eine ganz tiefe Verbindung gibt. Unauflöslich sozusagen."

„Kann ich mir gar nicht vorstellen. Was sollte das für eine Tat sein?"

„Meine Güte, Martha, heute stehst du aber auf dem Schlauch."

Martha schaute überrascht auf. So ungeduldig hatte sie Lisa noch nie erlebt. Aber es war nicht nur das. Auch diese harte, fast abwertende Stimme kannte sie nicht von ihr.

„Es gibt doch Situationen im Leben, in denen sich der eine nicht traut, etwas zu tun, was er sich aus tiefster Seele wünscht."

Lisas Stimme klang wieder normal. Sie hatte

wieder etwas Fürsorgliches wie die einer Mutter, die ihrem Kind einen komplexen Sachverhalt geduldig erklärt. Martha entspannte sich ein wenig. Aber diese merkwürdige Fragerei! Irgendetwas war anders als sonst.

„Und der Freund kennt diesen tiefsten Wunsch. Weil der andere sich nicht traut, seinen Wunsch umzusetzen, tut es der Freund für ihn. Du verstehst?"

„Deine Gedankengänge sind heute etwas kompliziert, liebe Lisa."

„Verstehst du es immer noch nicht?", schrie Lisa. Auf einen Schlag herrschte eine angespannte Stille im Raum. Lisas Stimme war so wütend und hart, dass Martha eine Gänsehaut bekam. Was war nur mit ihr los? Vielleicht hatte sie etwas Frustrierendes erlebt und ließ es nun an ihr aus. Aber sie würde sicher gleich wieder die Alte sein.

„Martha", sagte Lisa und schwieg anschließend. Da war sie wieder, die vertraute mitfühlende Stimme. Dass die Stimmung bei einem Menschen so schnell wechseln konnte, das hatte Martha noch nie erlebt. Aber gut, sie hatte es ja gewusst. Lisa war eine Laus über die Leber gekrochen und sie hatte es kurz an ihr abreagiert. Wenn jetzt wieder alles ins Lot kam, dann Schwamm drüber. Kann mal passieren. Das war wieder die Lisa, die sie kannte. Die Vertraute, die mit einer unglaublichen Geduld alle Geschichten wieder und wieder angehört hatte, als es nötig war.

„Ja."

„Martha!"

Martha schaute auf. Sah Lisa direkt in die Augen. Lisa beobachtete sie genau. Sie hatte etwas Lauerndes an sich. Während sie ihren Blick noch tiefer in Marthas Augen senkte und gleichzeitig darauf achtete, dass Martha ihre Augen nicht von ihr abwand, sagte sie:

„Du zum Beispiel, du hast dir in der Tiefe deiner Seele den Tod deines Bruders gewünscht."

„Lisa!"

Martha schrie fast.

„Wie kommst du denn darauf?"

„Du hast dich oft bei mir ausgeweint wegen deines Bruders."

„Ja. Ich hatte eine Sauwut auf ihn."

„Sag ich doch."

„Aber tot, Lisa. Ich wollte nie seinen Tod."

„Martha, mir gegenüber kannst du ganz offen sein. Du musst mich nicht belügen. Ich bin nicht entsetzt über so einen Wunsch. Ich verstehe dich doch."

Lisas Stimme war nun fast zärtlich, umschmeichelnd. Martha verstand immer weniger, was da los war. Wieso klang Lisas Stimme so verführerisch zärtlich, während sie von Todeswünschen sprach? Was wollte sie von ihr?

„Martha, ich weiß, dass du deinem Bruder den Tod gewünscht hast. Aber du hast dich nicht getraut."

Martha erschrak zutiefst. Irgendetwas war hier ganz und gar nicht in Ordnung. Sie spürte eine Bedrohung, die nach ihrem Körper griff. Sie war so diffus, dass sie sie nicht greifen konnte. Wie wabernder Nebel, in dem ihre Gedanken orientierungslos herumirrten. Was hatte Lisa zu ihr gesagt? Unauflöslich, hatte sie nicht dieses Wort benutzt? Martha dachte für einen Moment an eine Nabelschnur, über die sie mit Lisa verbunden wäre. Aber das war wenig hilfreich. Mutter-Tochter-Beziehung, hatte sie nicht auch dieses Wort benutzt? Stärker als eine Mutter-Tochter-Beziehung. Ihre Freundin wollte sich mit ihr verbünden, unauflöslich. Aber sie, Martha, hatte noch nicht begriffen, worin sich Lisa mit ihr verbinden wollte. Sie schaute Lisa an. Lisa saß auf dem Sofa. Sie wirkte, als habe sie Martha keine Sekunde aus den Augen gelassen. Sie starrte sie unverwandt an. Wie eine Raubkatze, die auf den richtigen Moment lauert, um die Beute zu reißen. Ihre grünen, undurchdringlichen Augen wirkten vollkommen konzentriert. Martha spürte deutlich: Es kam auf etwas an. Die nächsten Sekunden oder Minuten würden entscheiden, wie es hier weiterginge. Würde eine kalte, gnadenlose Lisa oder die vertraute Freundin die Oberhand gewinnen? Wenn sie, Martha, doch nur wüsste, auf was es ankam! Da fühlte sie sie: Eine intensive Erwartung stand plötzlich greifbar im Raum. Mit einer solchen Wucht ersehnte Lisa etwas von ihr, dass es Martha angst und bange wurde, wenn sie ihre Ansprüche nicht erfüllen konnte. Aber es ging weiter. Sie hatte keine Zeit, sich mit ihren neuen Erkenntnissen zu beschäftigen. Während sie Lisa ansah, beschlich sie hinterrücks das Gefühl, jedes falsche Wort könne zu einer Explosion Lisas führen. Diese zu einer Rasenden machen. Jedes richtige Wort würde sie beruhigen. Sie könnte wieder in das vertraute Gesicht der Freundin schauen. Aber was waren die falschen Worte? Welches die richtigen? Martha schüttelte sich. Schluss jetzt, dachte sie. Wie konnte sie sich nur so von Lisa beeindrucken lassen? Lisa hatte sie in eine Stimmung gezogen, die sie so gar nicht kannte.

„Lass uns das Thema wechseln. Ist denn etwas Besonderes passiert, dass du dich in dieser Stimmung befindest? Erzähl mir alles."

Lisa betrachtete sie unverwandt. Wieder hatte sie etwas Lauerndes an sich. Sie war so hochkonzentriert, dass ihre Augen leer wirkten. Sie bewegte sich im Zeitlupentempo. Sie starrte Martha an, als wolle sie in den tiefsten Grund ihrer Seele blicken. Als müsse sie dort etwas erkennen. Erst dann könne sie entscheiden. Angst! Es war Angst, die Martha in den Körper schoss. Sie konnte nichts dagegen tun. Während Lisa ihren Kopf keinen Millimeter bewegte, ihre Augen nicht nachließen in ihrer Konzentration, sah Martha, wie sie ihre Hand aus dem Schoß hob. Wie in Zeitlupe, so langsam bewegte sie sie nach rechts. Sie senkte die Hand. Martha erkannte erst spät die Jackentasche. Die Hand verschwand darin. Offenbar berührte Lisa etwas darin. Dann kam die Hand wieder zum Vorschein. Erst das Handgelenk, dann der Handrücken. Schließlich erschienen auch die Finger am Rand der Tasche. Wann genau sie die Pistole wahrgenommen hatte, wusste Martha später nicht mehr. Sie erinnerte sich aber noch, wie sie völlig emotionslos alles wahrgenommen hatte. Als sei sie in einen Film mit Slow Motions geraten. Lisa zog die Pistole aus der Tasche und richtete sie auf sie.

„Ich hatte gehofft, dass ich die nicht brauchen würde." Lisa deutete auf ihre Waffe.

„Lisa, was soll das? Leg die Waffe weg."

Lisa stand auf, tigerte durch den Raum. Dann richtete sie die Waffe erneut auf Martha.

„Hast du immer noch nicht verstanden, was ich für dich getan habe?"

Als Martha Lisas verächtliche Stimme hörte, stürzte die Panik erneut in ihren Körper. Was wollte Lisa von ihr? Sie durchforstete ihr Gehirn. Wovon hatte Lisa nochmal gesprochen? Von einem Freund, der etwas für den anderen tut, was der sich nicht traut. Martha kämpfte. Das Unbehagen vernebelte ihr Gehirn. Sie versuchte, die Sätze zu begreifen, die ihr durch das Hirn schossen. Aber diese aberwitzige Spannung, diese zum Zerreißen angespannt Stille und die Raubtieraugen, die jeder ihrer Bewegungen emotionslos folgten, sorgten dafür, dass sie nicht mehr logisch denken konnte.

„Du kannst mir ruhig anvertrauen, dass du deinem Bruder den Tod gewünscht hast. Wir haben uns doch immer alles gesagt. Das macht doch unsere Freundschaft aus."

In diesem Moment begriff Martha.

Das war es, was wie ein monolithischer Fels im Raum stand. Lisa wollte sich mit ihr in dem Wunsch verbinden, Oliver tot zu sehen. Martha begriff, sie musste mitspielen. Das war ihre einzige Chance. Sie musste Lisa davon überzeugen, dass sie sich den Tod Olivers von Herzen gewünscht hatte. Diesen Teil des Spiels hatte sie verstanden.

„Ja", sagte Martha mit gepresster Stimme. „Ja, heimlich habe ich mir seinen Tod gewünscht."

„Na, also. Jetzt bist du endlich ehrlich."

Für einen Moment lehnte sich Lisa zurück. Dann schnellte sie wieder nach vorne.

„Wieso klingt deine Stimme so gepresst, wenn du über deinen Wunsch sprichst?"

Die gleiche zum Zerreißen gespannte Stille war sofort wieder da. Lisas Misstrauen konnte Martha fast körperlich spüren. Sie musste irgendetwas ganz und gar falsch gemacht haben. Wieso sonst schlug ihr Lisas Misstrauen so heftig entgegen?

Was sollte sie jetzt sagen? Was würde Lisa wütend machen? Was beruhigen? Sie musste es einfach versuchen. Schlimmer konnte es nicht mehr kommen.

„Ich habe keine Ahnung, warum meine Stimme so gepresst klingt. Vielleicht, weil es nicht so leicht ist, verbotene Wünsche auszusprechen. Jedenfalls habe ich mir den Tod von Oliver gewünscht."

„Du hast dich aber nicht getraut, zur Tat zu schreiten?"

„Nein."

„Aber ich habe mich getraut. Für dich."

Martha stöhnte auf. Lisa war es gewesen! Lisa hatte ihr den Bruder genommen! Aber warum nur? Die plötzliche Erkenntnis traf sie mit einer solchen Wucht, dass ihr das Stöhnen aus dem Mund geschlüpft war, bevor sie es zurückhalten konnte. Sie ahnte, dass das nichts Gutes für sie hieß.

„Ich dachte, du freust dich", sagte Lisa. „Das hier sollte eines der Highlights meines Lebens werden und du machst es einfach kaputt."

Eine Welle der Enttäuschung lief durch den Raum. Lisa saß eine Weile wie erstarrt. Dann sprang sie hektisch auf und sagte:

„Ich muss etwas mit dir klären. Los, nimm deine Autoschlüssel. Wir fahren weg."

„Lisa, das kannst du doch nicht ernst meinen? Leg die Waffe hin. Schau, hier auf meinen Wohnzimmertisch, und dann beruhige dich erstmal und sag mir, was los ist. Man kann über alles reden."

„Martha, du nimmst jetzt den Autoschlüssel und gehst mit mir zu deinem Auto!"

Als Martha erneut diese eiskalte, emotionslose Stimme hörte, gefror ihr fast das Blut in den Adern. Sie spürte den Lauf der Pistole in ihrem Rücken. Sie hatte keine Wahl.

Kapitel 35   Freiburg

„Frau Katz, ich habe eine Nachricht für Sie!" Irene drehte sich erstaunt um. Sie war flotten Schrittes in Richtung ihres Büros unterwegs, als sie von hinten angesprochen wurde. Ein Kollege stand vor ihr, der dafür bekannt war, dass er oft als letzter das Haus verließ. Er hatte keine Familie und auch sonst wartete auf ihn nichts zu Hause. Kein Haustier. Nichts.

„Was gibt es denn?"

„Gestern Abend, als Sie schon weg waren, hat eine Frau Rita Maria Marthaler angerufen. Sie wollte unbedingt mit Ihnen reden. Sie sagte, ihre Mutter sei verschwunden. Sie könne sie nicht erreichen und zu Hause sei sie auch nicht. Sie klang total besorgt. Sie sagte, sie telefoniere täglich mit ihrer Mutter. Es sähe ihr gar nicht ähnlich, sich so gar nicht zu melden."

Bei Irene schrillten alle Alarmglocken.

„Haben Sie schon etwas unternommen?"

„Nein. Sie wissen ja, wir warten erst 48 Stunden. Aber Frau Marthaler hat mich so verzweifelt darum gebeten, Ihnen Bescheid zu sagen, dass ich das gleich heute Morgen in Angriff genommen habe."

„Gut gemacht, Kollege. Ich kümmere mich sofort." Irene sprintete in ihr Büro. Sie griff zum Telefon und wählte die Nummer der jungen Frau Marthaler.

„Hier ist Irene Katz."

„Gott sei Dank, dass Sie anrufen. Meine Mutter ist verschwunden. Sie ist auch heute Nacht nicht nach Hause gekommen. Es muss etwas Schlimmes passiert sein. Sie müssen unbedingt etwas unternehmen. Es ist etwas Schreckliches passiert."

„Beruhigen Sie sich erstmal ein wenig. Ihre Mutter ist eine erwachsene Frau. Sie kann durchaus spontan beschlossen haben, auswärts zu übernachten."

„Da kennen Sie meine Mutter schlecht. Sie schläft nur im Bett von Papa. Also im gemeinsamen Ehebett. Was anderes kommt für sie nicht in Frage. Deshalb fährt sie ja mit uns nicht weg. Und wir telefonieren täglich. Spätestens am Abend. Es ist etwas Schreckliches passiert. Bitte suchen Sie sie!"

„Jetzt der Reihe nach. Wann haben Sie das letzte Mal von Ihrer Mutter gehört oder sie gesehen?"

„Das war vorgestern Abend. Wir hatten den Tag über nicht telefoniert, aber dann, wie gewohnt am Abend."

„Hat Ihnen Ihre Mutter erzählt, was sie am nächsten Tag vorhat?"

„Nein, wir haben über familiäre Dinge gesprochen. Ich wollte demnächst mal mit meinem ältesten Neffen ins Kino gehen. Wir redeten über die Familie und meine Arbeit."

„Und gestern haben Sie den ganzen Tag nichts

von ihr gehört?"

„Nein. Nichts."

„Gut. Ich gehe der Sache nach."

„Bitte finden Sie meine Mutter! Kann ich etwas tun?"

„Wir geben unser Bestes. Im Moment können Sie nichts tun. Aber halten Sie möglichst Ihre Leitung frei. Falls wir Rückfragen haben."

„Mache ich. Bitte finden Sie meine Mutter!"

„Ich tue mein Möglichstes. Auf Wiedersehen, Frau Marthaler."

„Jan, gut, dass du kommst. Es gibt Arbeit. Wir müssen los."

Irene schnappte sich die Adresse von Lisas Therapeutin vom Flipchart.

„Wie gut, dass wir alles vorbereitet haben, für alle Fälle. Das spart uns jetzt Zeit."

Irene und Jan eilten zum Auto. Unterwegs brachte Irene ihren Kollegen auf den neuesten Stand.

„Ach du Schreck, da liegt wohl wirklich was im Argen", kommentierte Jan Irenes Schilderungen.

„Schau, da vorne liegt schon die Villa Ambiente!"

„Und wieder kein Parkplatz!"

„Das ewige Problem in Freiburg! Fahr mal im Karré. Da findet sich meistens etwas."

Als Irene endlich einen Parkplatz entdeckte, parkte sie flott ein. Jan und sie schritten zügig auf das Haus zu, in dem früher eine Wellness-Oase untergebracht war. Weder Jan noch Irene hatten den Nerv, das wunderbare Ambiente der Villa zu genießen. Sie eilten das Treppenhaus hinauf. Im ersten Stock erwartete sie bereits Frau Lukas, die Irene kurz vorher telefonisch auf den Besuch der Kripo vorbereitet hatte.

Nach einer kurzen Begrüßung und Klärung, mit welchen Anliegen die Polizei im Haus war, ging Irene, wie üblich, direkt in medias res.

„Wie kam es, dass Frau Lisa Pawlak zu Ihnen in die Therapie kam?"

„Ihr Mann hat immer wieder versucht, sie zu einer Therapie zu überreden. Es hat wohl eine Weile gedauert, bis sie sich darauf eingelassen hat."

„Hat die Arbeit zwischen Ihnen und Frau Pawlak von Anfang an geklappt?"

„Ja, ich habe ihr von Anfang an das Gefühl gegeben, dass sie viel selbst bestimmen kann. Frau Pawlak neigt dazu, eine Beziehung abzubrechen, wenn ihr etwas gegen den Strich geht. Sie verfügt über keinerlei Konfliktlösungsstrategien. Im Leben draußen war das dann eine endgültige Entscheidung. Ich begriff schnell, wie wichtig es für ihre Heilung war, dass sie eine abgebrochene Beziehung wieder aufnehmen konnte. Deshalb hatten wir vereinbart, sie durfte eine Therapiesitzung abbrechen und gehen, wenn es ihr unerträglich wurde. Sie durfte sich dabei sicher sein, dass sie nächstes Mal wieder willkommen ist. Ich habe also mit ihr sozusagen ein besonders großzügiges Setting vereinbart. Es fällt ihr schwer, Vertrauen aufzubauen. Sie hat Schlimmes erlebt."

„Hat sie oft Beziehungen abgebrochen?"

„Immer wieder. Sie hat sich schwer auf Beziehungen einlassen können. Aber wenn, dann kam es immer wieder zu dem Punkt, an dem sie von einem Tag auf den nächsten einen Bruch herbeiführte. Der andere Mensch war dann für sie gestorben. Endgültig."

„Sie hat nie wieder mit diesem Menschen gesprochen?"

„Nein. Und was ein bisschen problematisch war, nach einem Bruch, der mit einer großen Enttäuschung einherging, war da eine intensive Wut auf die Betroffene in ihr."

„Wie hat sich das ausgewirkt?"

„In die Tat hat sie nichts umgesetzt. Aber ihre Phantasien, was sie alles mit der Person anstellen werde, schossen nach einem Abbruch ins Kraut."

„Wie war es eigentlich mit ihrem Mann?"

„Er war in ihren Augen die große Ausnahme. Sie war schon lange mit ihm zusammen, als sie zu mir kam. Wie gesagt, er muss lange mit Engelszungen auf sie eingeredet haben, bis sie sich entschließen konnte, eine Therapie zu beginnen."

„Sie sagten, Lisa Pawlak habe Schlimmes erlebt. Können Sie das genauer erläutern?"

„Sie ist von ihrem Vater sehr unterdrück und beschämt worden. Scham war ein starkes Thema."

„Und ihre Mutter?"

„Sie hat Frau Pawlak nicht geholfen."

„Wie sollen wir uns das vorstellen?"

„Sie wissen, dass ich der Schweigepflicht unterliege."

„Wissen Sie, ob Lisa Pawlak neben ihrer Wohnung noch einen anderen Ort hatte, an den sie sich zurückziehen konnte?"

„Ja. Sie hat ab und an von einer kleinen Hütte im Elsass gesprochen. Dort ist sie öfter mit ihrem Mann gewesen. Auch in Zeiten der Trauer hat sie sich oft dahin zurückgezogen."

„Wissen Sie, wo im Elsass diese Hütte liegt?"

„Nein. Es gab für uns keinen Grund, die Hütte zu lokalisieren. Wir sprachen ja eher über die Bedeutung des Ortes für Frau Pawlak. Egal, was im Leben passierte, der Ort war eine Zuflucht. Sie liebte den Ort wie keinen zweiten. Wenn es in der Stadt zu stressig wurde, fuhren sie raus. Ich weiß nur, dass die Hütte außerhalb jeder Ortschaft liegt. Hinter ihr ist Wald. Vor ihr eine große Wiese, die zu einem Bach hin abfällt. Nach Regentagen hörte sie das Rauschen des Wassers bis zur Hütte. Diese Sicht und den murmelnden Bach hat sie mir oft beschrieben."

„Fällt Ihnen noch etwas zu der Hütte ein? Denken Sie gründlich nach."

„Nein. Warten Sie. Doch. Frau Pawlak erzählte einmal, dass sie ungefähr eineinhalb Stunden Fahrtzeit braucht, um zur Hütte zu kommen. Vielleicht hilft Ihnen das."

„Gab es sonst noch Orte, die ihr etwas

bedeuteten?"

„Meines Wissens nicht. Sie hat sonst von keinen weiteren Plätzen gesprochen, die für sie so mit Bedeutung aufgeladen sind. Aber vielleicht hat sie auch mir etwas verheimlicht. Es würde zu ihr passen. Sich nicht in alle Karten schauen zu lassen."

„Hat Frau Pawlak mal jemanden anderes als ihren Mann auf die Hütte mitgenommen?"

„Es war mal die Rede davon. Aber bevor es soweit war, hat sie die Beziehung abgebrochen. Endgültig, soweit ich weiß."

„Meinen Sie zufällig die Nachbarin von Frau Pawlak? Eine Frau Bleibtreu?"

„Ja, genau. Die Nachbarin. Mit ihr war Lisa eine Weile befreundet. Hat ihr gut getan. Dann ist sie plötzlich in Ungnade gefallen. Ich weiß auch nicht mehr so genau, warum."

„Frau Lukas, Sie haben uns sehr geholfen. Vielen Dank."

Während Jan und Irene zum Auto eilten, wirbelten in Irenes Kopf einzelne Puzzleteilchen durcheinander, fielen zu einem Bild zusammen, in dem noch viele Teile fehlten, das aber dennoch einen Zusammenhang erkennen ließ.

„Ich muss wohl nicht fragen, wohin wir fahren?"

„Nein, Jan. Ist ja wohl klar."

Kapitel 36 Freiburg

„Frau Bleibtreu, wir müssen Sie unbedingt nochmals befragen. Wir haben gehört, dass Frau Pawlak Sie mit auf ihre Hütte nehmen wollte. Wissen Sie, wo sich die Hütte von Frau Pawlak befindet?"

„Nein. Am Anfang war die Rede davon. Gemeinsam auf die Hütte! Es schien ihr wirklich wichtig zu sein. Dann kam dieser plötzliche Bruch. Da war dann alles obsolet."

„Denken Sie nach, ob Frau Pawlak nicht doch etwas erwähnt hat!"

„Mir fällt nur ein: Die Hütte muss außerhalb jeder Ortschaft liegen. In Alleinlage. Das erwähnte sie am Anfang mal."

„Gut. Wann war der Bruch zwischen Ihnen?"

„Das muss jetzt so ungefähr ein Jahr her sein."

„Schildern Sie uns bitte so genau wie möglich, was da passiert ist."

„Ich habe keine Ahnung. Bis heute weiß ich nicht, warum sie nicht mehr mit mir spricht. Es ist wirklich komisch, wenn man sich im Treppenhaus begegnet und von der ehemaligen Freundin einfach ignoriert wird."

„Erzählen Sie von Anfang an. Jedes Detail kann wichtig sein."

„Lisa war am Anfang eine tolle Zuhörerin. Sie hatte so eine Art, mich aufzumuntern. Ich war oft nach einem Besuch von Lisa besser gelaunt als zuvor. Ich fand es richtig toll, Lisa zur Freundin zu haben. Da war so eine Solidarität zwischen uns, wie ich sie in dieser Form unter Frauen bis dahin nicht gekannt hatte. So ein nahes und unterstützendes System. War so wohltuend."

„Aber so ist es nicht geblieben?"

„Nein, leider. Es begann schleichend. Irgendwann fing Lisa an, sich in meine Beziehung einzumischen. Sie fand, mein Mann sei übergriffig und ich würde mich nicht genügend zur Wehr setzen. Sie wollte mich darin unterstützen, dass ich mich gegen ihn durchsetze. Am Anfang fand ich das gut. Mich hat noch nie jemand so unterstützt wie Lisa. Das war schon toll. Aber mit der Zeit wurde sie so verbissen. So ungeduldig, wenn ich einmal mehr ihre Vorschläge nicht umgesetzt hatte. Sie fragte immer nach, ob ich denn meinem Mann deutlicher Grenzen gesetzt habe. Sie war so unzufrieden, wenn ich ihn einfach gewähren ließ. Das Schlimmste war, sie wurde dann so seltsam. Ihre Stimme kippte um. Klang eiskalt. Ohne jedes Mitgefühl. Das war krass. Sie war dann eine ganz andere als die, die ich bis dahin gekannt hatte. Sie wirkte manchmal fast bedrohlich auf mich."

„Was hat sie denn getan, dass Sie sich bedroht fühlten?"

„Ich weiß nicht. Gar nichts. Aber wie sie mich anstarrte, wie sie emotionslos sprach. Es fühlte sich plötzlich so an, als säßen wir auf einem Pulverfass und jeden Moment könne alles in die Luft fliegen. Es war so subtil, dass ich es nicht beschreiben kann."

„Wie ging es weiter?"

„Ehrlich gesagt, ich weiß nicht, was passiert ist. Von einem Tag auf den nächsten kam sie nicht mehr vorbei. Wenn wir uns im Treppenhaus trafen, ignorierte sie mich. Wenn ich sie anrief, ging sie nicht dran."

„Haben Sie eine Ahnung, warum?"

„Nein. Ich weiß nicht, was passiert ist. Aber es hat sich so angefühlt, als hätte ich sie zutiefst enttäuscht."

„Denken Sie noch einmal nach. Was könnte Lisa so sehr enttäuscht haben?"

„Das einzige, was mir einfällt, sie wirkte jedes Mal unwillig, wenn ich mit meinem Mann nicht Tacheles geredet hatte."

„War das ein schwieriger Punkt zwischen Ihnen?"

„Ja. Das war der einzige Konflikt zwischen uns. Wir hatten völlig unterschiedliche Ansichten zum Thema Männer. Zum Beispiel habe ich immer viel mehr im Haushalt gemacht als mein Mann. Das fand Lisa eine schreiende Ungerechtigkeit. Aber am meisten fuchste es sie, wenn ich den Tisch deckte und Reinhold gemütlich auf dem Sofa saß und Zeitung las. An manchen Tagen war ihr das schier unerträglich. Sie machte dann ein paar spitze Bemerkungen meinem Mann gegenüber. Aber wenn das nicht fruchtete - und Lisas Kommentare gingen meinem Mann sonstwo vorbei - stand sie wutentbrannt auf, stiefelte aus dem Zimmer und schlug die Wohnungstür so heftig zu, dass es laut schepperte."

„Befremdlich. Und Sie, wie sehen Sie das mit Ihrem Mann?"

„Er holt die Getränke, kümmert sich ums Auto, plant unsere Reisen und wenn es in der Wohnung was zu bohren gibt, dann steht er stets parat. Da kann ich doch mal den Tisch alleine decken und abdecken, ohne dass mir ein Zacken aus der Krone fällt. Aber für Lisa war das ein rotes Tuch. Sie hat nie mit uns gegessen, wenn Reinhold da war. Sie ist immer noch vor dem Essen verschwunden."

„Aber zu zweit haben Sie schon zusammen gegessen?"

„Ja, das war immer sehr gemütlich."

„Als Lisa Pawlak die Beziehung zu Ihnen abgebrochen hat, lebte da Frau Pawlaks Mann noch?"

„Ja. Es ist ja schon eine Weile her. Er lebte noch und war kerngesund. Von Krankheit keine Spur."

„Was für ein Verhältnis hatte Lisa Pawlak zu ihrem eigenen Mann?"

„Oh, er war die große Ausnahme unter den Männern. Er war eines der seltenen Exemplare für sie, die nichts von den Übergriffen verkörperten, die sie fünfundneunzig Prozent der Männer zuschrieb. Ich glaube, dass sie diesen Mann gefunden hatte, versöhnte sie mit vielem."

„Was hielt sie von Ihrem Mann?"

„Mein Mann war ein Chauvi für sie. Und Chauvis hasste sie."

„Fällt Ihnen noch etwas ein?"

„Jetzt im Nachhinein betrachtet fällt mir schon auf, wie sehr sie die Tatsache, dass mein Mann vor und nach dem Essen die Zeitung las und niemals beim Tischdecken, Abräumen und Spülen half, wütend machte. Manchmal fühlte es sich so an, als würde sie vor Wut gleich explodieren. Aber wie gesagt, wenn es soweit war, stand sie einfach auf und ging. Wir hörten noch das Knallen der Tür. Das war schon etwas strange. Aber damals habe ich mir keine Gedanken darüber gemacht."

„Und seit damals haben Sie nie wieder miteinander gesprochen?"

„Nein. Lisa war mit mir durch. Sie hat das Band vollständig durchschnitten. Als ob sie ein unrevidierbares Urteil über mich gefällt hätte."

„Finden Sie das schade?"

„Es ist wirklich teils teils. Klar, ich vermisse die gute Freundin, die zuhören und unterstützen konnte wie keine andere. Aber später verspürte ich deutliches Unbehagen. Ich bin froh, dass ich diesen Teil, diese diffuse, ungreifbare Bedrohung nicht mehr in meinem Leben habe."

„Vielen Dank. Sie haben uns sehr geholfen."

Im Treppenhaus versuchte Jan, seine Gedanken zu sortieren.

„Merkwürdig, wie unwirsch Frau Pawlak geworden ist, wenn Frau Bleibtreu sich zu viel von ihrem Mann gefallen ließ."

„Ja, das finde ich auch befremdlich."

„Was Martha Marthaler mit ihrem Bruder widerfahren ist, war doch viel existentieller, viel heftiger!"

„Willst du darauf hinaus, dass sie den Kontakt zu Frau Marthaler abgebrochen hat?"

„Das könnte natürlich sein. Was aber, wenn sie sich radikalisiert hat? Ihre Therapeutin und auch Frau Bleibtreu haben ja gerade erzählt, dass ihr Mann vieles aufgefangen hat. Jetzt lebt er nicht mehr. Vielleicht steht sie jetzt an dem Punkt, an dem es ihr nicht mehr reicht, ihre Wut nur in der Phantasie an der Betroffenen auszulassen. Vielleicht ist sie gerade dabei, ihre Phantasien in die Tat umzusetzen."

„Du meinst, sie könnte Martha Marthaler entführt haben?"

„Denkbar ist es."

„Seit ich von diesem gnadenlosen Bruch gehört habe, schrillen in meinem Hinterkopf alle Alarmglocken. Aber jetzt erst passen die

Puzzleteile zusammen."

„Ja, je länger ich darüber nachdenke, desto wahrscheinlicher finde ich es."

„Falls sie entführt wurde, müssen wir sie schnell finden. Sonst ist es zu spät."

„Und wenn es schon zu spät ist?"

„So dürfen wir nicht denken. Erst wenn wir eine Leiche haben, sind wir definitiv zu spät gekommen. Also pass auf, du suchst den Hausmeister und durchsuchst Frau Pawlaks Wohnung nach Hinweisen auf die Hütte. Wenn du etwas findest, rufst du mich sofort an."

„Und du?"

„Ich fahre ins Büro und durchforste die französischen Grundbuchämter. Außerdem kläre ich, ob wir über die jüngste Marthaler-Tochter doch noch Näheres über die Hütte herausfinden können."

Kapitel 37 Nahe Selestat

„Raus aus dem Wagen, los!"
Martha spürte den Lauf der Pistole in ihrer Taille.
„Komm schon. Ich habe etwas mit dir zu klären."
Lisa griff nach Marthas Arm und zerrte sie aus dem
Wagen. Sie schob sie vor sich her. Jetzt spürte
Martha den Lauf der Waffe in ihrem Rücken. Sie
versuchte trotz ihrer Angst die Umgebung
wahrzunehmen. Eine riesige Wiese lag vor ihnen,
weiter hinten Wald. Sie bewegten sich auf eine
Hütte am Waldrand zu. Lisa war wieder hektisch.
Ihre Nerven lagen blank. Martha hoffte, dass sie
nicht aus reiner Nervosität einfach abdrückte. Sie
grundlos erschoss. An der Hütte angekommen,
verstärkte sich Lisas Hektik noch. Sie musste die
Hütte aufschließen und dabei Martha im Auge
behalten. Endlich war die Tür offen. Lisa schubste
Martha über die Schwelle. Schloss die Tür hinter
sich ab.
„Setz dich! Dorthin!"
Lisa deutete auf einen Sessel. Martha sank
erschöpft in den Sessel. Lisa nahm Paketband,
das bereits auf dem Tisch in der Hütte lag und
fesselte Martha an Füßen und Händen. Sie musste
das Ganze vorbereitet haben, schoss es Martha
durch den Kopf. Als Martha fest verschnürt war,
richtete Lisa sich auf. Ihr Blick fiel auf ein Foto an
der Wand. Ihre gesamte Haltung veränderte sich.

Sie atmete tief durch. Ihren ganzen Körper durchflutete eine Entspannung und gleichzeitig richtete sich der Körper zu seiner ganzen Länge auf, als hätte sie bisher geduckt gelebt. Etwas fiel von ihr ab. Martha folgte Lisas Blick. Sie schaute auf ein Foto von einem Mann.

„Wer ist das?"

„Mein Mann. Der einzige Mensch auf der Welt, der immer mein Bestes wollte."

„So sieht dein Mann aus. Du hast mir nie ein Foto gezeigt. Aber das hat uns immer verbunden: die Beziehung zu unseren Männern, die so besonders war. Nicht viele können von sich behaupten, eine so erfüllende Beziehung erlebt zu haben."

Martha Marthaler wusste instinktiv, dass sie Lisa an die vertrauensvolle Seite ihrer Freundschaft erinnern musste. Würde sie es schaffen, Lisas Vertrauen zurückzugewinnen?

„Mein Mann war das Beste, was mir im Leben passieren konnte."

Lisas Stimme klang weich. Staunend, dass ihr dieser Mann begegnet war.

„Für mich fing das Leben erst richtig an, als ich meinen Mann kennenlernte."

„Es waren die schönsten Jahre meines Lebens, die mit Jörg. Wir waren so glücklich. Am Anfang war es nicht ganz leicht. Jörg hat einiges mit mir mitgemacht! Aber von seiner Seite kam immer viel Verständnis und unendliche Geduld!"

Lisas Körpersprache war viel ruhiger geworden, hatte das Hektische, Unkontrollierte verloren. Lisa betrachtete noch immer das Foto ihres Mannes. Es war, als sei sie für den Moment ganz und gar in die Zeit zurückgefallen, in der ihr Mann noch lebte. Martha überlegte fieberhaft, wie sie diese Stimmung aufrechterhalten könnte.

„Du hast wirklich ausgesprochen Glück gehabt. Dein Mann war nicht nur etwas ganz Besonderes, er sah auch noch gut aus! Warst du oft mit ihm hier?"

„Ja. Wir fuhren immer hierher, wenn der Stress in der Stadt zu groß wurde und wir begannen uns anzupampen. Hier draußen – und nur wir zwei – fanden wir uns sofort wieder. Den vertrauten, freundlichen Umgang. Das Verständnis füreinander. Und Geheimnisse – Jörg konnte sie wahrnehmen und stehen lassen. Er drang nicht in mich ein. Vielleicht dachte er ja, eines Tages wird sie reden. Wir haben alle Zeit der Welt. Wie gesagt, Geduld und Verständnis."

Es war fast, als würden sie beide in Marthas Wohnzimmer sitzen, auf den Garten schauen und ihre vertraulichen Gespräche führen. Sie saßen aber in Lisas Hütte, schauten auf das Foto ihres verstorbenen Mannes, und Lisa schien ganz und gar vergessen zu haben, dass Martha an Händen und Füßen gefesselt war. Die Pistole, die in ihrem Schoß ruhte, schien sie auch nicht mehr wahrzunehmen. Martha wendete den Kopf ein wenig. Da entdeckte sie ein zweites Foto. Neben dem Foto von Jörg. Sie konnte nicht gleich erkennen, wer darauf abgebildet war. Sie versuchte, den Kopf weiter zu recken. Sie dehnte ihren Oberkörper und tatsächlich, so konnte sie das Foto sehen. Sie selbst, Martha, war darauf abgebildet. Ein tiefer Schreck durchflutete sie. Was hatte das zu bedeuten? dachte sie. War das ein gutes oder ein schlechtes Zeichen? Was wollte Lisa von ihr? Sie musste wachsamer sein! Sie hatte erlebt, wie schnell Lisas Stimmung kippen konnte.

„Im Sommer pflückten wir Heidelbeeren. Ganze Körbchen voll. Warst du mit Christoph mal auf der Route des Cretes? Kennst du die Hornveilchen im Frühling, die neben den kalkigen Felsen in ganzen Polstern blühen? Warst du schwimmen im Lac de vert oder im Lac de forlet? Hast du am Ufer gegrillt und bis zur Abenddämmerung das sich verändernde Licht genossen? Als wir diese Hütte noch nicht hatten, haben wir in einfachen Schutzhütten übernachtet. Im Spätsommer hat Jörg uns ein Bett aus Heu gemacht. Wir haben im Heu gefrühstückt und sind wieder aufgebrochen." Lisa schleuderte sich mit dieser immer schnelleren Aufzählung, mit dieser immer schrilleren Stimme in eine Verzweiflung hinein, die bodenlos schien.

„Weißt du eigentlich, dass du neben Jörg der einzige Mensch bist, der diese Hütte je betreten hat?"

Da war sie wieder, diese harte, gnadenlose
Stimme.

Nein, Martha hatte bisher nicht gewusst, dass sie
neben Jörg der einzige Mensch war, der diese
Hütte je betreten hatte. Es erschreckte sie maßlos.
Jörg hatte Maßstäbe gesetzt. So hohe, dass sie
sie kaum würde einholen können. Die Hütte
betreten hatte sie unter Androhung von Gewalt. Ob
sie sie je wieder verlassen würde, das stand
absolut in den Sternen.

Kapitel 38 Freiburg

Als Irene in ihr Büro kam, griff sie zum Telefon und rief als erstes Rita Maria Marthaler an. Nachdem sie ihren Namen genannt hatte, fragte Rita Maria ganz aufgeregt:

„Haben Sie meine Mutter gefunden?"

„Nein, das tut mir leid. Wir suchen auf Hochtouren. Sie können uns vielleicht helfen. Hat Ihre Mutter jemals eine Hütte im Elsass erwähnt?"

„Ja, meine Mutter hat mal erwähnt, dass Lisa mit ihr ins Elsass fahren möchte. In einer Hütte sollten sie übernachten, so hat es Lisa vorgeschlagen. Aber meine Mutter war damals noch nicht soweit."

„Denken Sie, dass diese Hütte Frau Pawlak gehören könnte?"

„Wenn ich das alles so überdenke, meine Mutter sagte damals, die Unterkunft sei für sie kostenlos, deshalb dachte ich automatisch, dass die erwähnte Hütte Lisa gehört. Aber sicher bin ich mir nicht."

„Hat Ihre Mutter darüber gesprochen, wo die Hütte liegt?"

„Da muss ich erstmal drüber nachdenken."

„Ja, denken Sie gründlich nach. Jeder kleine Hinweis könnte uns helfen."

„Lisa hat meiner Mutter einmal einen Elsassführer mitgebracht."

„Oh."

„Mir fällt wirklich im Moment kein Ort ein, den

meine Mutter genannt hat. Lisa hatte meine Mutter aber bereits dazu gebracht, sich ernsthaft zu überlegen, mit ihr wegzufahren. Mir kommt da eine Idee. Ich fahre raus zu meiner Mutter und schaue mir den Elsassführer genauer an. Vielleicht ist ja etwas markiert. Oder es liegt ein Lesezeichen an einer bestimmten Stelle."

„Haben Sie einen Schlüssel?"

„Ja, schon immer. Lassen Sie uns das Telefonat beenden. Ich muss rausfahren und nachsehen. Das ist doch eine echte Chance. Ich durchforste den Elsassführer. Ich finde bestimmt etwas."

„Gut. Sie sagen mir Bescheid, wenn es Neues gibt?"

„Ja, natürlich. Vielleicht hören Sie ja gleich wieder von mir!"

„Das wäre schön. Danke für Ihre Hilfe."

Irene beugte sich über eine Deutschland-Elsasskarte und zog mit dem Zirkel einen Kreis über alle Orte, die eineinhalb Stunden von Freiburg entfernt lagen. Sie betrachtete die Lage. Also, wenn sie jetzt nur das Elsass wählte, lagen da immer noch viele Orte auf der Kreislinie. Es fühlte sich immer noch so an, als müsse sie die Nadel im Heuhaufen finden. Aber sie war geduldige Polizeiarbeit gewohnt. Natürlich würde sie gleich alle in Frage kommenden Grundbuchämter anrufen. Aber wenn sie an alles dachte, was sie heute von Lisa Pawlak erfahren hatte, wurde ihr ganz anders. Wie gefährlich diese Frau werden konnte, hatte sie erst nach dem Gespräch mit Frau Bleibtreu so richtig begriffen. Durch ihre tiefe Enttäuschung war sie wahrscheinlich zu einer tickenden Zeitbombe geworden. Sie mussten sie finden! Beherzt griff Irene zum Telefonhörer, doch bevor sie ihn in der Hand hatte, klingelte es und sie hatte Rita Maria Marthaler in der Leitung.

„Meine Mutter hat sogar zwei Elsassführer!" sprudelte diese in den Hörer. In dem von Wolfgang Abel liegt ein Lesezeichen beim Kapitel „Einkaufen und Einkehren in Selestat". Dort sind der Dienstagsmarkt und das Gasthaus „Au Bon Pichet" markiert. Sicher haben die beiden ihre gemeinsame Zeit dort geplant. Hilft Ihnen das? Bitte finden Sie meine Mutter."

„Wir tun, was wir können. Der Tipp ist sehr gut. Eine Frage noch: Haben Sie vielleicht auch eine Karte gefunden von Selestat und Umgebung? Vielleicht ist die Hütte da ja eingekreist?"

„Nein, habe ich nicht. Aber ich mache mich gleich auf die Suche. Melde mich, wenn ich etwas finde." Irene Katz bedankte sich und legte auf. Jetzt, dachte sie, jetzt muss ich mich sputen. Mit diesen Angaben lohnt es sich endlich, das französische Grundbuchamt in Selestat anzurufen. Ich will ein Ergebnis präsent haben, wenn Jan kommt.

Da klingelte das Telefon erneut.

„Hallo Jan, was gibt es Neues?"

„Wir haben eine Reihe von Fotos von der Hütte gefunden. Aber keinen einzigen Hinweis auf die Adresse."

„Gut. Dann kommt so schnell wie möglich zurück ins Büro. Ihr könnt die Fotos hier auswerten."

„Aber weißt du, was wir bei ihr gefunden haben? In ihren Schränken hatte sie ein Dutzend Packungen Pistazienkerne gebunkert und auf dem Tisch stand ein Teller voller Schalen."

„Du meine Güte. Ein Volltreffer. Gute Arbeit, Jan."

„Und du?"

„Ich bin gerade dabei, das Grundbuchamt in Selestat anzurufen."

„Du hast neue Hinweise?"

„Ja, wir müssen uns sputen. Lisa Pawlak ist eine tickende Zeitbombe. Ich erzähle dir alles später."

Als Jan das Büro betrat, hatte Irene Katz die Adresse gerade herausgefunden.

„Ich habe die Adresse."

Triumphierend hielt Irene Katz ein weißes Zettelchen in die Luft. Sie vibrierte vor Tatendrang.

„Wir müssen los. Nimm die Fotos mit. Vielleicht entdeckst du etwas Wichtiges auf der Fahrt. Los jetzt!"

Irene Katz und Jan Sparschuh sprinteten los. Kaum saßen sie im Auto, wies Irene Jan an, Verstärkung zu rufen.

„Möglicherweise eskaliert die Situation. Wir brauchen Verstärkung."

Jan benachrichtigte die Zentrale, dass sie Verstärkung brauchten und gab die Adresse durch. "Ruf auch die französischen Kollegen an. Die sind vor Ort. Sie schaffen es schneller als wir."

Jan erklärte den französsichen Kollegen die Situation.

„Wie bist du an die Adresse gekommen?" fragte er, nachdem er den Auftrag ausgeführt hatte. Irene berichtete, wie Rita Maria die Anhaltspunkte für die Lage der Hütte entdeckt hatte.

Dann drängte sie auf das nächste Thema.

„Gibt es Fotos vom Inneren der Hütte?"

„Ja. Auf vielen ist Lisa Pawlak mit ihrem Mann zu sehen. Es sind Selfies."

„Wie wirkt sie auf den Bildern?"

„Entspannt. Ich würde sogar sagen glücklich. Sie sieht glücklich aus."

„Fällt dir noch etwas auf?"

„Ja. Die Selfies hängen an der Seitenwand. An einer hinteren Wand hängen nur zwei Fotos."

„Kannst du erkennen, was drauf ist?"

„Warte, ich versuche sie mal näher ranzuzoomen. Mal sehen, ob sie scharf genug sind."

„Auf dem einen Foto ist, glaube ich, ihr Mann zu sehen. Ja, doch, es ist ein Bild von ihrem Mann. Aber da hängt noch ein Foto daneben. Da erkenne ich nichts. Wenn ich es ranzoome, wird es so undeutlich, dass ich nichts erkenne. Warte, ich durchforste mal die Bilder, vielleicht ist es irgendwo deutlicher abgebildet."

Während Jan die Bilder inspizierte, um weitere Anhaltspunkte dafür zu finden, wie Lisa tickte, ließ sich Irene Katz den Fund der Pistazien durch den Kopf gehen. Hatten sie die Mörderin gefunden? Hatte sich Lisa Pawlak hinreißen lassen, Oliver Doberstein zu töten? Hatte sie nicht nur die Entführung zu verantworten? Dieses lange Quälen des Opfers passte zu der langen Qual in ihrer Kindheit. Das Opfer sollte nicht schnell sterben. Das wäre zu einfach gewesen. Das Opfer sollte etwas von der unentrinnbaren Qual spüren, die ihre Kindheit überschattet hatte. Das Unausweichliche, das sein Schicksal besiegelte – glasklar sollte es ihm vor Augen stehen. Wie hatte es der Arzt noch formuliert? Der Vergiftete ist sich die ganze Zeit bewusst, dass die Lähmung fortschreitet. Irene Katz begriff, dass es von Lisa ganz und gar so gewollt war. Im Grunde wollte sie ihren Vater bestrafen. Oliver Doberstein war nur ein Vertreter für ihren eigenen Vater. Vertreter für alle grausamen Männer. Vielleicht hatte es Lisa Pawlak ja einen Rausch beschert: das langsame und unaufhaltsame Sterben des Oliver Doberstein. Aber ein Rausch hielt nicht ewig an. Was, wenn er längst vorbei war und Ernüchterung Platz gemacht hatte. Was, wenn Lisa Pawlak klar geworden war, dass es sie nicht erlösen würde. Sie hatte, de facto, nicht ihren Vater getötet. Und ob sie diese Tat tatsächlich erlöst hätte, wagte Irene Katz zu bezweifeln. Der Vater würde weiter in ihr sitzen. Sie weiter quälen. In Ihren Gedanken. Vielleicht sogar in ihren Träumen. Irene Katz hatte noch nie gehört, dass die Ermordung eines Täters sein Opfer auf Dauer befreit hätte. Warum sollte es bei Lisa Pawlak anders sein?

„Ich habe es!"

Jans Stimme klang triumphierend.

„Ich habe tatsächlich ein Bild gefunden, auf dem man zwar mit großer Mühe, aber doch das Foto an der Wand erkennen kann."

„Und wer ist drauf?"

„Du wirst es nicht glauben."

„Jan, sag schon."

„Es wird dich erstaunen."

Irene Katz stöhnte. Sie hatte gerade gar keinen Nerv, sich auf Jans Spielchen einzulassen. Ihr Geduldsfaden riss und sie brachte mit harter, zorniger Stimme nur eine einzige Silbe hervor:

„Jan!"

Die Härte und Kälte in ihrer Stimme forderte uneingeschränkte zügige Professionalität von ihrem Partner ein.

Jan reagierte zuverlässig. Er hatte diese Grenze noch nie überschritten.

„Martha Marthaler. Auf dem Foto neben ihrem Mann ist Martha Marthaler abgebildet."

„Oh Gott!"

Irene Katz durchflutete ein tiefes Erschrecken. Martha Marthaler! Sie waren auf der richtigen Spur. Ihre Intuition hatte sie nicht getäuscht. Aber würden sie schnell genug sein? Bis Selestat war es noch weit. Sie versuchte erneut, sich in Lisa Pawlak hineinzuversetzen. Hatte die Ernüchterung, die sie nach einem kurzen Rausch nach dem Tod Oliver Dobersteins bei ihr befürchtete, dazu geführt, dass jetzt ihre Mutter in ihren Fokus geriet. Die Frau, die das Martyrium ganz schnell hätte beenden können. Die sich ohne Weiteres auf die Seite ihrer Tochter hätte schlagen können. Wie anders wäre wohl ihr Leben verlaufen. Hatte sich Frau Pawlak jetzt auch einen Stellvertreter für ihre Mutter besorgt? Die Frau, die doch eigentlich die gleiche Strafe verdient hätte wie ihr Vater. Oder hatte sie gehofft, endlich, endlich eine Frau zu finden, die sich auf ihre Seite schlug. Irene Katz begann zu ahnen, welcher Kampf in Lisa Pawlak tobte. Und dass ein einziger Funke das Fass zum Explodieren bringen könnte. Sie drückte erneut aufs Gaspedal. Sie mussten rechtzeitig kommen. Sie mussten es einfach schaffen!

Kapitel 39 Hütte im Elsaß

„Er hätte dein Leben zerstört. Ich musste ihn stoppen! Für dich und für mich. Stell dir vor, du hättest dein Haus verloren. Den Ort, den du mit Christoph geteilt und gestaltet hast. Und nur, weil wieder einmal ein Mann glaubt, er hat das Recht, dich zu zerstören. Das Recht, so lange in dein Leben einzugreifen, bis es in Scherben vor dir auf dem Boden liegt."

Lisas verzweifelte Wut war zum Greifen, so dicht erfüllte sie den Raum.

„Was musst du erlebt haben, Lisa? Du musst doch irgendetwas Schlimmes erlebt haben, dass du jetzt so verzweifelt reagierst."

Sofort wurden Lisas Augen misstrauisch.

„Du willst dich nur rausreden", sagte sie hart. „Ich dachte, du wärst meine Freundin."

„Ich bin deine Freundin. Erzähle mir, was passiert ist."

„Ich dachte, du bist ein Mensch, der es schätzt, was ich für dich auf mich genommen habe."

„Das tue ich doch."

„Verarsch mich nicht."

„Ich verstehe, dass du mir helfen wolltest."

„Dein Stöhnen hat dich verraten. Du trauerst um deinen Bruder. Um dieses Stück Scheiße. Statt mit mir zu triumphieren, weil ein Schwein weniger auf der Welt herumläuft. Ich hatte mich so sehr auf dein Erkennen, deine Freude und den Stolz in deinen Augen gefreut. Gib dem Kerl keine Gelegenheit für weitere Schweinereien. Ich dachte, dass sei unser Credo."

Martha dachte verzweifelt darüber nach, wie sie an Lisa herankommen, ihr Vertrauen zurückgewinnen könne. Verflixt, hätte sie sich nicht beherrschen können? Für einen Moment alle eigenen Gefühle beiseiteschieben? Sie hatte die Gefahr gespürt, die von Lisa ausging. Sie hatte gewusst, dass alles von ihrer Reaktion abhängen würde. Aber als Lisa ihr so unverblümt auf den Kopf zusagte, dass sie ihren Bruder ermordet hatte, da war ihr die Ungeheuerlichkeit so in den Körper gefahren, dass sie unwillkürlich aufstöhnte. Lisa! Lisa hatte ihren Bruder ermordet! Warum nur? Dazu auf so grausame Weise. Martha schauderte es bei dem Gedanken, zu was Lisa fähig und willens war. Ihr war das Schlimmste zuzutrauen. Ob sie, Martha, je wieder aus dieser prekären Lage herausfinden würde? Schluss jetzt, sagte sich Martha. Du musst dich auf die nächsten Schritte konzentrieren. Du musst herausfinden, was Lisa von dir hören will. Du musst ihr sagen, was sie hören will. Sie zudem davon überzeugen, dass du es wirklich so meinst. Das würde schwierig werden. Sie, Martha, hatte bereits einen schwerwiegenden Fehler gemacht. Es würde ihr höchste Konzentration abfordern, diesen Fauxpas wieder wettzumachen. Weitere Fehler durfte sie sich auf keinen Fall erlauben.

Lisas Misstrauen wog schwer. Sie wusste erst seit wenigen Minuten, wozu Lisa fähig war. Das durfte sie nicht mehr aus den Augen verlieren. Sie versuchte, sich auf Lisas Wünsche zu konzentrieren. Wenn sie alles Revue passieren ließ, dann wollte Lisa Anerkennung von ihr.

„Lisa, es ist ja gut, dass du nicht nur über Missstände sprichst, sondern auch zur Tat schreitest."

„Du willst doch nur deine eigene Haut retten. Martha, mir machst du nichts vor!"

„Lisa, ich glaube wirklich, du musst etwas Schlimmes erlebt haben. Erzähle mir alles. Es wird dich erleichtern."

„Martha, ich dachte, du seist die Freundin, die ich nie hatte."

„Lisa, ich bin deine Freundin."

„Ich dachte, du erkennst mich und verstehst meine Mission."

„Lisa, vielleicht war ich nicht die Freundin, die du dir gewünscht hast. Aber das können wir ändern. Man kann doch miteinander reden. Wir können alles teilen."

„Ich wollte den Tod deines Bruders mit dir teilen. Du siehst ja, was dabei herausgekommen ist."

Höhnisch schaute Lisa Martha an. „Du trauerst um das Schwein."

„Er war mein Bruder."

„Ja, genau", schrie Lisa aufgebracht. „Und weil er

dein Bruder war, darf er dich zerstören. In dein Leben eindringen, bis es in Scherben vor dir liegt. Blutsbande. Pah!"

„Du hast mich vorhin nach einer Beziehung gefragt, die stärker ist als alle Blutsbande."

„Gib dir keine Mühe, Martha, es ist zu spät."

„Du wünschst dir eine Schicksalsgemeinschaft mit mir. Ist es das?"

„Hast du das endlich kapiert. Gratuliere. Aber es ist zu spät."

„Wir sind eine Schicksalsgemeinschaft, Lisa. Allein schon wegen unserer Männer. Es war kein Zufall, dass wir uns begegnet sind. Unsere Männer waren etwas ganz Besonderes. Nicht viele Frauen haben das Glück, so besondere Männer an der Seite zu haben. Kein Funke von einem Platzhirsch. Sensibel, verständnisvoll und trotzdem beschützend. Außerdem hast du mich immer besser verstanden als alle anderen. Du hast mich sogar besser verstanden als meine Kinder! Das will was heißen! Du hast mir gut getan."

„Ja, das glaube ich gerne. Ich habe dir gut getan, so hast du in unterschiedlichen Momenten gesagt. Schön für dich. Aber mich hast du im Stich gelassen."

„Das tut mir leid, Lisa. Ich habe da etwas nicht gesehen."

„Tut mir leid, tut mir leid. Solche Sätze sind schnell gesprochen und dann soll wieder alles gut sein. Stellst du dir das so vor?"

„Lisa, lass uns reden. Irgendetwas ist mit dir passiert. Ich habe dich damit alleine gelassen, weil ich es nicht wahrgenommen habe. Aber jetzt spüre ich, dass da etwas ganz Verzweifeltes in dir ist. Lass es uns teilen, wie es gute Freundinnen tun."

Martha spürte, dass Lisa sich hin- und hergerissen fühlte. Einerseits war da diese tiefe Enttäuschung über ihre Freundin, der Verrat, den sie begangen hatte. Andererseits wägte sie offensichtlich ab, ob sie der Freundin eine Chance geben sollte. Eine letzte glimmende Hoffnung war da, sie könne mit Martha doch noch eine echte Freundschaft schmieden, in der man alles, wirklich alles restlos teilen und gemeinsam tragen konnte. Lisa spürte die Verlockung, eine zu schwere Bürde endlich abzulegen. Sie in andere Hände zu legen. Kurz auszuruhen. Sie war so nah dran gewesen. So nah. Und dann: Wie immer hatte sich die vermeintliche Freundschaft als trügerisch erwiesen. Einmal mehr hatte ein Mensch, dem sie sich öffnete, nicht begriffen, wie wertvoll das war, was sie da zu bieten hatte. Ihren Wesenskern und ihre wichtige und mühevolle Mission völlig übersehen. Martha war keinen Deut besser als die anderen. So gesehen war sie zu einer Komplizin von Oliver Doberstein geworden. Statt sich ihrer Vision anzuschließen, hatte sie um das Schwein getrauert. Damit hatte sie weiteren Ungerechtigkeiten auf der Welt Tür und Tor geöffnet. Wie entsetzlich enttäuschend.

Aber da keimte noch eine winzige Hoffnung. Klar, Martha hatte sie verraten. Das stand unverbrüchlich fest. Das war mit nichts aus der Welt zu schaffen. Aber vielleicht war sie ja wirklich nur blind gewesen. Vielleicht konnte man ihr die Augen öffnen. Vielleicht verstand sie es, wenn sie es ihr nur richtig erklärte. Sie konnte etwas Großartiges erleben, endlich, endlich …! Oder sich vollends zum Narren machen!

Auch Martha war hin- und hergerissen. Das ging ja gar nicht, was Lisa sich da leistete. Da war sie an einen Unmenschen geraten, an ein Monster. Sie wollte das überleben. Deshalb musste sie klug agieren. Lisas Wut und Enttäuschung nicht provozieren. Wenn es darauf ankam, schamlos lügen. Aber seit sie dieses verzweifelte, überwältigte Kind in Lisa wahrgenommen hatte, wollte sie ihr wirklich helfen. Es war ihr ernst damit, Lisa ihre Geschichte zu entlocken. Sie war überzeugt davon, dass es Lisa erleichtern würde. Sie musste wirklich etwas ganz Fürchterliches erlebt haben, dass sie zu so fragwürdigen Aktionen greifen musste, um ihre Pein auszuhalten. Der angedachte Weg setzte allerdings Lisas Vertrauen voraus. Und das, das wusste Martha, war eine fragwürdige Sache. Lisa war äußerst wankelmütig. Martha musste höllisch aufpassen, dass das fragile Gleichgewicht nicht gänzlich ins Misstrauische kippte. Dann wäre ihr Leben keinen Pfifferling mehr wert. Sie wusste nicht genau, wie Lisa reagieren würde, sobald sie Martha vollständig abgeschrieben hätte. Aber sie wusste, sie war in ihrer mörderischen Wut zu allem fähig. Und das hieß ganz und gar nichts Gutes für sie!

„Martha!"

„Ja, Lisa?"

„Schau mich an."

Martha schaute Lisa in die Augen und versuchte mit aller Kraft, ihren Glauben an das Gute im Menschen aufrechtzuerhalten.

Lisa schaute sie lange an.

„Möchtest du es wirklich hören?"

„Was genau, Lisa?"

„Möchtest du wirklich wissen, was mir passiert ist? Auch wenn es schlimm war."

„Dazu sind Freundinnen doch da. Eine Freundin will alles wissen und alles teilen."

„Sicher?"

„Ja, ich habe doch immer gesagt, man kann über alles reden. Es gibt immer eine Lösung."

Für einen Moment traten Lisa Tränen in die Augen. Sie wirkte ansonsten müde und traurig. Als hätte sie einen harten Kampf schon viel zu lange gekämpft und wäre jetzt am Rande der Erschöpfung. Martha behielt sie genau im Auge. Sie wusste, sie musste auf jeden Stimmungsumschwung sofort reagieren. Sie sah, wie plötzlich ein Ruck durch Lisas Körper lief.

„Ich gebe dir eine letzte Chance. Verspiel sie nicht", sagte Lisa. Sie schien in eine innere Welt zu versinken.

„Weißt du, es war schrecklich. Jeden Donnerstag." Sie starrte vor sich hin, als habe sie vergessen, wo sie war und dass Martha gefesselt neben ihr saß.

„Was ist dir jeden Donnerstag widerfahren?"

„Pass auf. Ich fange woanders an. Damit du es auch richtig verstehst. Du musst es verstehen. Du musst es einfach verstehen!"

„Der Seele größter Schmerz ist es, von anderen nicht gesehen zu werden", dieses Zitat huschte Martha durch den Kopf. Sie hatte es einmal gehört, es hatte ihr gefallen und es schien genau auf diesen Moment zu passen. Sie musste zuhören, so lange bis sie Lisa wirklich sehen konnte, bis sie exakt sehen konnte, was ihr passiert war. Vielleicht, wenn sie Lisa sehen könnte, würde ihr Leidensdruck sinken.

„Er ist immer so dagesessen und hat Zeitung gelesen. Meine Mutter und ich deckten den Tisch. Mein Vater setzte sich an den gedeckten Tisch. Die Zeitung ließ er aufgeschlagen im Wohnzimmer, weil er sofort nach dem Essen darin weiterlas. Bei uns waren Esszimmer und Wohnzimmer nur durch eine Schiebetür getrennt, die aber meistens offen stand. Er saß dann wieder hinter seiner Zeitung, während wir den Tisch abdeckten, seine unsäglichen Kommentare anhören mussten und die Küche putzten. Mutter ging am

Donnerstagabend in die Gymnastik. Ich machte dann die Küche alleine sauber. Während ich die Küche aufräumte, beobachtete er mich die ganze Zeit hinter seiner Zeitung. Er sagte dann:

„Jetzt kommt noch der Nachtisch. Gott, freue ich mich auf den Nachtisch."

Dabei ließ er die Zeitung sinken und schaute mich mit einem Ausdruck an, bei dem es mir heute noch schlecht wird, wenn ich daran denke.

„Kommst du?" fragte er.

Ich schwieg und rührte mich nicht von der Stelle.

„Du, ich kann dir Sahne machen. Du magst doch Sahne."

Ich stand immer noch wie erstarrt.

„Die kannst du dann schlecken!"

Ich bewegte nur noch meine Augäpfel hin und her. Alles andere war wie eingefroren.

„Muss ich dich holen?"

Mein Vater stand gemächlich auf. Er ging auf mich zu. Ich stand noch immer reglos in der blitzeblanken Küche. Der Vater nahm meine Hand. Widerwillig überließ ich sie ihm. Er zog mich hinter sich her. Mein Hirn raste. Ich dachte immerzu, wie ich dem nur entkommen könnte. Aber es gab kein Entrinnen. Widerwillig ließ ich mich die Treppe hoch hinter ihm herziehen. Aber auch wie ein Lamm, das zur Schlachtbank geführt wird und weiß, es gibt kein Entkommen. Die Mutter nicht da! Niemand war da! Niemand! Außer diesem grässlichen Mann, der beim Wort Nachtisch bereits zu sabbern begann.

Jeden Donnerstag. Das gleiche Vorgehen. Jeden einzelnen Donnerstag. Nur wenn die Gymnastik meiner Mutter ausfiel, hatte ich meine Ruhe. Aber das passierte selten. Die Gymnastiklehrerin muss eine sehr gesunde und gewissenhafte Frau gewesen sein.

Meine Mutter wollte von der Sache nichts wissen. Sie sagte, du spinnst ja. Er ist dein Vater. Er macht so was nicht. Wenn du weiterhin lügst, muss ich dich bestrafen.

Und dann kam der nächste Donnerstag.

Und dann der nächste…

Und dann…"

Lisa schaute Martha mit schreckgeweiteten Augen an. Sie atmete heftig.

Martha war zutiefst erschüttert. Sie sah das einsame Kind vor sich, das Woche für Woche mehr zerstört, dessen Würde in den Dreck getreten wurde. Für einen Moment vergaß sie sogar ihre eigene Situation, so tief hatte sie das Leid Lisas getroffen.

„Hast du je mit jemandem darüber gesprochen?"

„Nein, nicht mal meine Therapeutin weiß Bescheid. Sie weiß nur, dass mein Vater mich total unterdrückt hat. Ein Chauvi, wie er im Buch steht."

Martha atmete für einen Moment durch. Wenn Lisa ihr etwas anvertraute, was sie noch niemandem erzählt hatte, hatte sie wohl einen Teil ihres Vertrauens zurückgewonnen. Sie durfte es nur nicht verspielen.

„Lisa, es tut mir so leid. Es ist ja schrecklich, was dein Vater dir angetan hat."

„Ich brauche dein Mitleid nicht."

Lisas Gesicht verschloss sich wieder.

„Was brauchst du denn?"

„Ich dachte, du hättest etwas verstanden!"

„Ja, klar", beeilte sich Martha nachzutragen. Du willst, dass ich stolz auf dich bin. Lisa, ich sehe, was man dir angetan hat. Furchtbar, was dein Vater da getan hat."

„Und keiner hat ihn gestoppt!"

„Nein. Da war leider keiner, der eingriff. Dir wäre viel erspart geblieben."

„Ja. Mein Leben wäre ganz anders verlaufen."

„Ja, so viel besser!"

„Und keiner hat ihn gestoppt."

„Leider nicht."

„Verstehst du es jetzt?"

Martha schaute Lisa an. Sie spürte, dass es wieder heikel wurde. Sie antwortete lieber nicht, bevor sie etwas Falsches sagte. Sie schaute Lisa nur tief und ruhig in die Augen. Auch wenn es sie ihre ganze Willenskraft kostete, sie wandte den Blick nicht ab.

„Man muss sie stoppen."

„Ja."

„Man muss die Männer einfach stoppen!"

„Ja, Lisa."

„Man muss verhindern, dass sie es wieder tun."

„Du hast recht."

„Sie dürfen Frauen nicht zerstören."

„Nein, dürfen sie nicht."

„Sie dürfen Frauen nicht nehmen, was ihnen lieb und teuer ist."

„Nein, dürfen sie nicht."

„Nein."

„Auch nicht aus einem Paradies vertreiben."

Martha atmete schwer. Bisher war sie Lisa gefolgt. Hatte geantwortet, was Lisa hören wollte. Aber wenn sie an ihren Bruder dachte, der jetzt immer deutlicher von Lisa ins Spiel gebracht wurde, so dass sie es nicht mehr ignorieren konnte, fiel es ihr schwer, Lisa ihr eindeutiges Einverständnis zu signalisieren. Sie musste aufpassen. Lisa bemerkte alles. Eine Veränderung des Atems, des Tonus der Muskeln, des Ausdrucks ihrer Augen. Reiß dich zusammen! Denke an das hilflose Kind, das vom Vater missbraucht wurde. Woche für Woche. Ihr Atem wurde heftiger. Aber jetzt war es Wut, die in ihr aufstieg. Eine maßlose Wut gegen diesen Mann, der die Kindheit von Lisa zerstört hatte. Das musste aufhören! Das musste aufhören, dass Männer, die ihre Kinder beschützen und behüten sollten, sie beschädigten.

„Bist du jetzt stolz auf mich?" fragte Lisa in ihre Gedanken hinein.

Als sie den Blick hob, sah sie, wie lauernd Lisas

Blick auf sie gerichtet war. Wieder saß sie da wie eine große Katze, raubtierartig, die Beute im Blick. Alles an ihr war gespannt. Ein Raubtier vor dem Sprung. Martha schluckte. Was sollte sie sagen? „Ja, Lisa". Klar, das war der richtige Satz. Aber wie sollte sie ihn sagen, dass Lisa ihn ihr auch abnahm. Wie ein Tier lauerte sie auf jede Regung Marthas. Instinktiv nahm sie jede körperliche Veränderung wahr. Ihre Körpersprache würde schwerer wiegen als ihr Satz. Fieberhaft überlegte Martha, wie sie ihren Körper davon überzeugen sollte, stolz auf Lisa auszudrücken. Sie musste sich fokussieren. Sie musste sich auf diesen grässlichen Vater fokussieren. Ihn, ja, ihn musste man stoppen. Ihn musste man stoppen. Und wenn Lisa ihren Vater gestoppt hätte, ja, dann könnte sie, Martha, stolz auf Lisa sein. Sie öffnete gerade den Mund, um den Satz in der richtigen Art zu sagen, da sprang Lisa auf, rief: „Ich muss hier raus, ich muss jetzt sofort hier raus!" und rannte aus der Hütte.

Kapitel 40   Hütte im Elsass

„Ich glaube, das da vorne ist sie!" Irene drehte sich zu Jan.

„Ist jedenfalls totale Alleinlage."

„Ja, und ein Bach ist auch da und eine Wiese."

„Läuft da nicht einer vor der Hütte rum?"

„Ja, da tigert jemand auf und ab. Hoffentlich kommen wir nicht zu spät! Wir stellen das Auto besser hier ab und schleichen uns an, um die Lage zu sondieren."

„Abgemacht, du von links, ich von rechts?"

„Alles klar."

Irene behielt die Person im Auge. Ein paar Schritte in die eine Richtung, eine steile Kehrtwende, ein paar Schritte in die andere Richtung. In der einen Hand hatte sie eine Pistole, die schlaff herunterhing. Mit der anderen Hand griff sie hektisch in ihre Jackentasche, holte etwas heraus, hantierte mit den Fingern daran herum, ließ etwas fallen und steckte etwas in den Mund. Pistazien, dachte Irene Katz. Oh Gott, das wird Lisa Pawlak sein. Aber wo ist Frau Marthaler? Als sie näher kam, erkannte sie, dass sie mit ihrer Vermutung recht hatte. Es war Lisa Pawlak. Sie schien etwas auszuhecken. Hoffentlich liegt Frau Marthaler nicht tot in der Hütte und Frau Pawlak zermartert sich das Gehirn, wie sie die Leiche entsorgen soll, dachte Irene Katz. Sie verscheuchte den

Gedanken. Sie sah, dass Jan jetzt auf der rechten Seite des Hauses angekommen war. Er war hinter der Hütte entlanggelaufen und beobachtete Frau Pawlak jetzt von der Ecke der Hütte aus. Auch sie hatte es geschafft, sich der Verdächtigen zu nähern, ohne dass diese es bemerkte. Sie schien sich hier sicher zu fühlen. Sie griff wieder und wieder in ihre Jackentasche, holte Pistazienkerne daraus hervor, schälte sie, steckte die Frucht in den Mund und ließ die Schale achtlos fallen. Es lagen schon eine Menge Schalen auf dem Boden. Sie musste sich schon länger vor der Hütte aufgehalten haben. Plötzlich ging ein Ruck durch ihren Körper. Sie spuckte die letzte in den Mund gesteckte Pistazie verächtlich aus, drehte sich um und stürmte entschlossen in die Hütte.

Jan eilte von rechts auf den Eingang der Hütte zu. Irene kam von links. Sie hatten ihren Revolver im Anschlag, näherten sich vorsichtig dem Eingang. Noch sahen sie nicht in das Innere des Raumes. Aber sie hörten, wie Lisa Pawlak mit schriller Stimme sagte:

„Du bist nicht auf meiner Seite!"

„Lisa, ich wollte gerade sagen, dass ich stolz auf dich bin, aber da bist du aufgesprungen und rausgestürmt. Du hast mir keine Gelegenheit gegeben. Aber jetzt, jetzt kann ich es dir sagen."

„Ich glaube dir nicht!"

„Lisa, du weißt, wie ich denke. Du weißt, wie sehr

wir unsere Männer geliebt haben, weil sie uns
beschützt haben und sehr fürsorglich waren. Ich
kann es deinem Vater nicht verzeihen, was er dir
angetan hat."
„Du hast gezögert!"
„Was?"
„Als ich dich gefragt habe, du hast mit der Antwort
gezögert."
„Schau mich an. Ich liege hier wie ein verschnürtes
Paket, du stellst mir Fragen, so plötzlich, dass sie
mich überraschen. Ich muss kurz nachdenken.
Und daraus willst du mir einen Strick drehen?"
„Wenn du wirklich stolz auf mich wärst, hättest du
sofort aus tiefstem Herzen geantwortet. Du hättest
keine Sekunde gezögert."
„Lisa!"
In diesem Moment traten Irene und Jan in den
Raum. Irene sah in Frau Marthalers weit
aufgerissene Augen. Sie mussten sofort handeln.
„Waffe runter", schrie sie.
„Waffe runter", schrie auch Jan.
Lisa drehte sich verblüfft um. Sie richtete ihre
Waffe auf Irene Katz. Für Bruchteile von Sekunden
dachte Irene Katz daran zu schießen, aber Lisa
bewegte sich weiter. Sie bewegte die Waffe auf
Jan zu. Sie starrte ihn an. Jan hatte noch nie so
einen lodernden Hass in den Augen eines
Menschen gesehen. Lisa wollte ihn vernichten.
„Waffe runter oder wir schießen", schrie Irene laut

und aggressiv. Noch bevor sie den Satz zu Ende gesagt hatte, nahm sie eine winzige Bewegung am Abzug wahr. Sie schoss sofort. Lisa sah sie erstaunt an. Sie wankte. Sie schaute an ihrem Körper herunter. Blut. Da lief Blut an ihr herunter. Sie wankte ein paar Schritte weiter in die Hütte hinein. Dann fiel sie und blieb reglos liegen. Irene Katz ging zu ihr hin, entfernte die Pistole.

„Alles okay mit dir?" fragte sie Jan.

„Ja, alles klar." Sein Gesicht strafte seine Aussage Lüge. Er stand noch ganz unter Schock.

„Ruf die Rettung", wies Irene ihn an. Dann wandte sie sich an Frau Marthaler.

„Ich werde Ihnen jetzt die Fesseln lösen. Es ist vorbei. Sie brauchen sich keine Sorgen mehr zu machen. Es ist zum Glück vorbei."

„Wie man sich nur so in einem Menschen täuschen kann", murmelte Martha Marthaler. Sie rieb sich ihre Handgelenke und nachdem Irene Katz auch ihre Fußfesseln gelöst hatte, auch ihre Knöchel. Sie war steif und unbeweglich geworden und musste ihr Blut wieder zum Fließen bringen.

„Wie man sich so in einem Menschen täuschen kann", wiederholte sie leise. „Aber was Menschen auch einander antun. Das ist ja gar nicht zu fassen. Was Lisa mir da erzählt hat, es ist so grauenhaft, man müsste ihren Vater wirklich verhaften."

„Später kümmern wir uns darum. Jetzt kommt

erstmal die Rettung und versorgt Sie und Frau
Pawlak. Sie müssen erstmal zur Ruhe kommen."
„Irene, du hast bei Lisa Pawlak gar nicht den Puls
gefühlt", mischte sich Jan ein, der sich langsam
von dem Schock zu erholen schien. „Das ist dann
mal meine Aufgabe."
Jan beugte sich über Lisa Pawlak und fühlte den
Puls.
„Ganz schwach nur. Hoffentlich kommt die Rettung
schnell."

„Ich habe in ihren Augen den Willen, mich zu vernichten gesehen. Das kann ich nicht vergessen. Sie kam mit der Absicht, mich zu töten. Es steckt mir noch in allen Knochen. Ich bin Ihnen so dankbar, dass Sie zu mir herausgefahren sind und ich nicht auf das Kommissariat kommen musste. Ich bin noch total schockiert von dem, was passiert ist." Martha schaute dankbar zu Irene Katz und Jan Sparschuh.

„Das war kein Problem. Das ist zwar eine Ausnahme, aber wir konnten uns gut in Sie hineinversetzen."

„Dass ich mich so in Lisa täuschen konnte! Das will mir einfach nicht in den Kopf. Dass ich sie so falsch eingeschätzt habe. Ich habe normalerweise eine gute Menschenkenntnis. Kann mich einfach darauf verlassen. Aber bei Lisa bin ich vollkommen in die Irre gegangen."

„Das konnte man aber auch schwer erkennen."

„Es gab schon einzelne irritierende Momente, aber die habe ich einfach verdrängt."

„Sie hat sogar ihre Therapeutin getäuscht. Sie hat die Karten nicht auf den Tisch gelegt."

„Stimmt. Die Therapeutin hat geahnt, dass Frau Pawlak etwas zurückhält. Aber dass es so etwas Schlimmes, so etwas Existentielles ist, das wäre ihr nicht im Traum eingefallen."

„Trotzdem!"

„Grämen Sie sich nicht. Frau Pawlak konnte sich sehr gut an die Bedürfnisse von anderen Leuten anpassen und sie befriedigen. Das hat sie wohl in ihrer Kindheit gelernt. Da erkennt man nicht sofort ihre anderen Facetten. Die hat sie gut versteckt."

„Sie hat mir sehr geholfen, als ich total in den Seilen hing. Aber jetzt muss ich erstmal verkraften, was da passiert ist. Sie hat meinen Bruder umgebracht. Auf extrem grausame Art. Sie wollte mich töten. Also sehen will ich sie die nächste Zeit nicht."

„Ihr ist Schlimmes widerfahren!"

„Ja, das ist wirklich grässlich. Aber es entschuldigt ihr Verhalten nicht. Ich wollte ihr noch helfen, als ich von dem Missbrauch erfuhr. Aber als ich den Vernichtungswillen in ihren Augen gesehen habe…"

„Ja, das ist schlimm!"

„Sie wäre bis zum Letzten gegangen. Das schockiert mich immer noch. Sie hätte es getan. Sie hätte es wirklich getan. Sie war fest entschlossen, als sie in die Hütte zurückkam. Ich habe Ihnen mein Leben zu verdanken. Es hätte auch anders ausgehen können."

„Das ist unsere Aufgabe. Ich bin heilfroh, dass wir rechtzeitig gekommen sind. "

„In letzter Minute! Ich dachte schon, letzte Chance verspielt. Mein Gott, war Lisa kaltblütig."

„Würden Sie denn als Zeugin gegen den Vater auftreten?"

Martha Marthaler überlegte eine Weile. Sie wiegte den Kopf hin und her. Dann schaute sie Irene entschlossen an

„Ja", sagte sie. „Das würde ich tun. Es ist zu schlimm, was ihr widerfahren ist. Der Vater muss hinter Gitter. Es ist eine Frage der Gerechtigkeit. Er soll mit seinem Verhalten nicht ungestraft davonkommen. Aber ansonsten will ich mit Lisa nichts mehr zu tun haben."

„Sie wiederholt nur, was man ihr angetan hat."

„Das mag sein. Vielleicht kann man es so sehen. Aber mich hat ihr ungebremster Vernichtungswille wirklich schockiert. Ich habe ihren Blick noch in den Knochen, im Körper: es sitzt tief. Da ist eine Grenze, die ich nicht übertreten kann und will. Vernichtung, nein, das will ich nicht in meinem Leben haben. Ich werde im Prozess gegen ihren Vater aussagen. Ja, in diesem Punkt will ich fest an ihrer Seite stehen. Ich will mich nicht in die Gruppe derjenigen einreihen, die einfach wegsehen. Meinen, es ginge sie nichts an. Das Kind in Lisa, das werde ich verteidigen, mit all meiner Kraft. Aber die erwachsene Lisa will ich nicht sehen."

„Vielleicht können Sie ja später noch einmal Lisa besuchen."

„Das glaube ich kaum. Ich brauche lange, bis ich

mich von einem Menschen lossage. Aber wenn, dann ist es eine endgültige Entscheidung."

„Lisa wird enttäuscht sein. Sie glaubt immer noch, sie habe den Mord ganz alleine für Sie begangen."

„Das geht mich nichts mehr an. Damit bin ich fertig. Wie gesagt, ich werde im Prozess alles schildern, was sie mir erzählt hat. Das, was ich Ihnen vorhin aufs Band gesprochen habe. Das werde ich vor Gericht aussagen. Das bin ich ihr schuldig. Darüber hinaus schulde ich ihr nichts mehr. Das hat sie verwirkt, als sie wieder in die Hütte kam und fest entschlossen war, mich eiskalt abzuknallen. Sie hatte die Wahl. Sie hätte sich helfen lassen können. Sie hat sich dagegen entschieden. Es war ihre Entscheidung."

„Sie sind sehr konsequent."

„Das war ich schon immer."

Kapitel 42 Heidelberg

„Bente, ich habe mir wirklich lange Gedanken über uns gemacht und ich möchte gerne in Ruhe mit dir reden."

„Sollen wir das in einem Restaurant tun? Da ist ein schönes Ambiente."

„Nein, Bente. Ich möchte einfach mit dir an unserem Küchentisch sitzen. Ich möchte keinen Babysitter organisieren, keine fremden Leute um mich haben, wenn wir über unsere Probleme reden. Ich möchte mich einfach mit meiner Frau mitten im Alltag hinsetzen und reden."

Bente schaute Lars an. Eine so ruhige Bestimmtheit hatte er schon lange nicht mehr an den Tag gelegt.

„Ich mache uns schnell einen Tee", sagte sie. „Das ist gemütlicher."

„Nein, nein, wenn du Tee möchtest, dann koche ich einen für uns."

Wieder war Bente erstaunt. Sie betrachtete ihren Mann beim Zubereiten des Tees. Seine Bewegungen hatten etwas Gelassenes an sich. Jetzt erst fiel ihr auf, wie vorsichtig er sich schon seit langem bewegt hatte. Während des Prozesses, wenn sie daran dachte, dann fiel ihr das Wort verhuscht ein. Als er aus Freiburg zurückgekommen war, hatte sie ihn als fahrig erlebt. Sie war jedoch zu sehr mit ihren eigenen Problemen beschäftigt gewesen. Jetzt ruhte ihr

Blick auf ihm, seinem Rücken, seinen Beinen, seiner ganzen Gestalt. Er war noch immer attraktiv. Wie lange hatte sie das nicht mehr wahrgenommen. Erst jetzt, da er sich wieder mit dieser Lässigkeit bewegte, die ihr von Anfang an gefallen hatte – diesem Mann kannst du dich anvertrauen, hatte sie damals gedacht – spürte sie tief in sich etwas aufgehen wie eine Blume, die sich nach dem Frost zu entfalten beginnt.

„Bitte", sagte Lars und stellte ihr einen heißen Ingwer-Kurkuma-Tee auf den Tisch. Und einen an seinen Platz. Er setzte sich, trank einen Schluck und schaute Bente über die Tasse hinweg an. Ruhig. Forschend.

„Bente, ich habe lange über uns nachgedacht", sagte er, während er sie weiter durch den leicht aufsteigenden Dunst des Tees betrachtete.

„So."

„Ja, Wir sollten unsere Situation einmal ganz nüchtern betrachten. Es muss einfach alles auf den Tisch. Sonst können wir keine Lösungen entwickeln."

„Vielleicht gibt es keine Lösungen."

„Doch Bente. Und wenn es die Trennung wäre!" Erschrocken schaute Bente auf.

„Trennung", stammelte sie. Aus seinem Mund klang es so anders, als wenn sie selbst daran dachte. Es klang so endgültig, so abgrundtief schockierend. Ihr großer Traum war zerplatzt und

Lars…

„Glaubst du, ich habe es nicht bemerkt, dass du nicht weißt, ob du mir noch vertrauen kannst?"

„Lars!"

Bente schaute Lars mit einer Mischung aus Hilflosigkeit und Abwehr an.

„Ich möchte es dir in Ruhe erklären, aber dann musst du dich entscheiden."

„Lars."

Bente hatte das Gefühl, ihr Mann riss ihr den Boden unter den Füßen weg. Lars fuhrt fort:

„Ich wollte so gerne eine Lösung für uns. Ich wusste ja, wie viel du dazu beigetragen hast, unseren Traum zu leben. Ich wollte so gerne einen wichtigen Beitrag für uns leisten, wieder gut machen, was ich verbockt hatte. Als deine Mutter anrief, da war die Gelegenheit gekommen. Deine Mutter war dann auch noch so verzweifelt…"

„… da musstest du ihr einfach helfen." fiel Bente ihm ins Wort. „Oh, das kann ich mir schon vorstellen, dass du meine Mutter nicht hängen lassen konntest."

„Ja, ich wollte sie nicht im Stich lassen. Aber stärker war diese tolle Vorstellung, ich kümmere mich um den Hauskauf und überreiche dir die Schlüssel. Ich habe es schon dauernd vor mir gesehen, wie ich dir den Schlüssel überreiche und du dich endlich wieder voll und ganz auf deine Arbeit konzentrieren kannst."

„Das hast du gedacht?"

„Ja, Bente. Das war mein innerer Antrieb. Es sollte eine Überraschung sein. Ich wollte dich ja nicht schon wieder enttäuschen. Also, wenn es nicht geklappt hätte, wäre es einfach dabei geblieben, ich war bei deiner Mutter, um Schränke aufzuhängen. Du wärst nicht enttäuscht gewesen. Das hätte ich dir erspart. Aber wenn es geklappt hätte und ich wäre mit dem Schlüssel zurückgekommen! Ich wollte so gerne deine Augen leuchten sehen."

Bente wusste nicht so genau, was sie fühlen sollte. Am liebsten hätte sie geweint. Aber sie riss sich zusammen.

„Ich weiß", fuhr Lars fort „wie wichtig dir unsere Ideale sind, Bente. Ich weiß, wie wichtig für uns beide immer Ehrlichkeit war. Wir haben uns nie belogen. Ich habe dich ein einziges Mal belogen, weil ich es gut mit dir gemeint habe. Ich weiß auch, wie wichtig dir die Loyalität deiner Liebsten ist. Aber Bente, auch deine Mutter hat nur dir zuliebe so gehandelt. Sie wollte, dass dein Mann einer ist, der anpackt und dich entlastet, wenn es darauf ankommt."

„Das bist du nicht."

„Nein, Bente. Das bin ich nicht. Es ist nicht meine Art, zu jemanden wie Oliver zu gehen, der fest entschlossen ist. Olivers Welt ist mir fremd. Ich missioniere nicht. Ich kann mich gut in meiner Welt bewegen. Ich habe auf der Arbeit viel für uns herausschlagen können. Das gelingt mir einerseits durch meine Leistung, andererseits durch diplomatisches oder strategisches Vorgehen. Das ist das Spiel, das ich beherrsche. Die Frage ist, ob du mir verzeihen kannst?"

„Was verzeihen?"

„Alles. Dass ich hinter deinem Rücken einen Plan mit deiner Mutter ausgeheckt habe. Dass der Plan nicht gelungen ist. Und dass ich nicht der bin, den du dir im Moment wünschst."

Erschrocken schaute Bente Lars an.

„Bente, die Frage ist, ob du mir verzeihen kannst?"

„Deine Schwächen?"

„Ja, die auch."

Bente atmete tief durch. Lars hatte viel mehr von ihren Gefühlen und Fragen mitbekommen als sie gedacht hatte. Er sah sie einfach. Auch wenn sie auf Abstand ging.

„Lars, unsere Träume!"

„Ja, ich weiß, Bente."

„Wir können unseren Traum nicht leben."

„Ich weiß. Ich weiß, wie schwer dir das fällt. Ich sehe da nur eine Lösung. Du musst etwas loslassen. Die Frage ist doch, kannst du unseren Traum loslassen oder willst du dich so daran klammern, dass du mich loslassen musst?"

„Wir sind gescheitert."

„Nein, das sind wir nicht. Bente, das ist ein ganz

natürlicher Vorgang. Wir hatten hehre Ideale. Wie es sich in der Jugend gehört. Aber die Wirklichkeit gibt das nicht her. Wir müssen uns anpassen."

„Unsere Träume begraben!"

Bente konnte es nicht mehr hören. Blies Lars jetzt auch in das gleiche Horn wie ihre ehemaligen Heidelberger Freundinnen. Es konnte doch einfach nicht sein. War sie umzingelt von Durchschnittsmenschen?

„Nein, Bente. Wir müssen einfach neue Wege finden, hier und dort Abstriche machen. Lass uns doch gemeinsam überlegen, was wir aus dieser Situation Sinnvolles machen können. Was ist realistisch. Spielen wir es doch mal durch. Also: Wir finden ein Haus in Au oder Umgebung. Dann kannst du weiterhin Karriere machen. Ich stecke beruflich ein wenig zurück. Deine Mutter unterstützt uns tatkräftig. Das würde heißen, wir müssen uns neue Jobs suchen. Aber so gut wie wir sind, sollte das problemlos gelingen."

„Das würdest du tun. Du würdest beruflich kürzer treten?"

„Bente, ich liebe meine Arbeit. Ich bin aber nicht total scharf darauf, ganz an der Spitze zu stehen. Im Gegenteil. In der zweiten Reihe fühle ich mich durchaus wohl. Das lässt mir mehr Spielraum."

Bente dachte an ihr Gespräch mit Silke. Im Gegensatz zu ihr hatte Silke ihren Mann richtig eingeschätzt. Silke hatte es Lars zugetraut, ihr den

Vortritt zu lassen. Sie war noch immer hin- und hergerissen. Ein Teil von ihr war ganz weich geworden. Sie war richtig gerührt, was sich Lars für Gedanken gemacht hatte und welche Ideen er beisteuerte. Der andere Teil dachte noch unentwegt an die Schwächen ihres Mannes, den zerplatzen Traum und mahnte zur Vorsicht. Wo würde sie landen, wenn sie sich ihm anvertraute? Sie gab sich einen Ruck.

„Und wenn ich zurückstecke? Dann könnten wir uns den Umzug sparen."

„Das darfst du nicht machen, Bente. Nein."

„Warum nicht? Du tust es doch auch."

„Aber du wirst nicht glücklich, wenn du nicht die Karriereleiter hochkletterst. Ich brauche das nicht."

Bente schaute ihren Mann an. Sie spürte ihn wieder, diesen Strom der Liebe, der von ihm ausging. Er liebte sie immer noch. Er wollte sie immer noch glücklich sehen. Da gab etwas in ihr nach.

Sie griff nach seiner Hand. Lars schaute sie erstaunt an. Das Funkeln, jene überschäumende Freude, die sie letztens beim Italiener entdeckt hatte, lag wieder in seinem Blick.

„Lars", sagte sie „halt mich fest."

Lars nahm sie in die Arme.

„Ganz, ganz fest", sagte sie.

„Verzeihst du mir?" Sie spürte seinen heißen Atem an ihrem Ohr.

Sie umschlangen sich noch enger. Bente drückte sich näher und näher an ihn. Eine Freude stieg aus ihrem Inneren empor, wie sie sie als Kind gekannt hatte. Eine Freude, die anderes wegsprengte. In ihr begann etwas zu jubilieren.

„Was ist schon ein Ideal", flüsterte sie Lars ins Ohr. Voller Staunen drückte Lars seinen Körper näher und näher an ihren, bis kein Blatt mehr dazwischen ging. Noch wollte er nicht an das glauben, was sich da anbahnte.

„Bist du da?" flüsterte Bente in Lars' Ohr. Mit einer Hand hielt sie sich an seinem Hemd fest. Die andere Hand hatte sie unter das Hemd geschoben, lag auf seiner nackten Haut.

„Ja, ich bin da", flüsterte Lars an ihrem Ohr. "Spürst du mich?"

„Ja", seufzte Bente.

„Spürst du mich auch hier und dort und da?"

Lars griff nach verschiedenen Körperpartien.

Bente lachte wohlig auf.

„Ja", sagte sie. „Mach weiter."

Endlich konnte sie sich ganz und gar fallen lassen.

Kapitel 43 Freiburg

„Guten Morgen, Frau Marthaler, was machen Sie denn hier?" Irene Katz schaute Rita Maria Marthaler überrascht an.

„Ich wollte mich bei Ihnen nochmal persönlich für die Rettung meiner Mutter bedanken."

„Ja, meine Güte, wir sind wirklich im allerletzten Moment gekommen."

„Ja, Sie haben meiner Mutter das Leben gerettet. Ich bin Ihnen sehr dankbar. Ich kann mir ein Leben ohne meine Mutter überhaupt nicht vorstellen."

„Sie haben aber auch viel dazu beigetragen, dass wir Ihre Mutter rechtzeitig gefunden haben. Ohne Ihre Tipps wäre uns das nicht gelungen."

„Das schon. Aber dass Sie mich gleich ernstgenommen haben, das war entscheidend. Ich habe es noch im Ohr, wie der Polizist abends am Telefon zu mir sagte: Die ersten achtundvierzig Stunden passiert da gar nichts. Hätten Sie das so gemacht, dann wäre meine Mutter jetzt tot. Gar nicht auszudenken!"

„Wie geht es Ihrer Mutter in der Zwischenzeit?"

„Sie hat sich ein bisschen erholt. Aber sie ist noch immer entsetzt, dass sie Lisa so falsch eingeschätzt hat. Meine Mutter hat sonst wirklich gute Menschenkenntnisse."

„Ja, daran wird sie wohl noch ein bisschen zu knabbern haben. Das ist bei den meisten Opfern so, denen eine Fehleinschätzung zum Schicksal wurde. Oft schämen sie sich auch hinterher. Wie geht es denn nun mit dem Haus weiter?"

„Meine Mutter möchte das Haus behalten. Das ist wirklich etwas Beruhigendes für sie. Sie wird ihr kleines Christoph-Paradies bewahren. Meine große Schwester hat lange auf sie eingeredet. Das Haus sei doch viel zu groß für sie alleine und auch so alt, dass nun ständig mit Reparaturen zu rechnen sei. Also viel zu teuer. Aber für meine Mutter ist es glasklar, sie will den Lebensort, den sie mit ihrem Mann geteilt hat, nicht aufgeben. Das macht sie ruhig."

„Und Familie Wellington?"

„Ach, Lars und Bente sind froh, dass meine Mutter das Haus behalten kann. Sie wissen ja, was es für sie bedeutet. Es wäre ja für die beiden eine ideale Situation gewesen. Aber auf Kosten von Martha wollten sie ihr Glück nicht aufbauen. Jetzt bleibt der marthalersche Geist erhalten. Sie freuen sich jedenfalls mit ihr. Und die zweitbeste Lösung ist auch gut. Ich glaube, sie haben bereits etwas ins Auge gefasst. In Merzhausen. Meine Schwester Silke freut sich tierisch, wenn Lars und Bente wieder hierher ziehen. Dann gibt es wieder Mädelsabende oder wir gehen wieder zu viert auf die Piste. Den Müttern sei Dank!"

„Dann hat Lisa in gewisser Weise doch noch ihr Ziel erreicht."

„Hören Sie mir auf mit Lisa. Als sich Mama so langsam von dem Schock der Entführung zu erholen begann, hat sie die Trauer um ihren Bruder so was von heftig eingeholt. Sie trauert so sehr um ihren kleinen Bruder, dem sie immer die Kohlen aus dem Feuer geholt hat."

„Aber gerade er hatte sich doch wirklich gemein benommen."

„Blut ist dicker als Wasser. Eine Familie hält zusammen. In einer Familie kann man alles gemeinsam regeln. Das gilt bei uns auch über den Tod hinaus. Und Mama denkt, vielleicht hätte Oliver das mit dem Haus doch nicht durchgezogen. Dieser Gedanke überwiegt jetzt."

„Und Sie? Was denken Sie?"

„Ich bin mir da nicht so sicher. Vielleicht. Vielleicht nicht. Was nützt es jetzt?"

„Na ja, da haben Sie auch wieder recht."

„Aber ein Gutes hat das Ganze doch gehabt. Mama hat uns letzte Woche versprochen, nächstes Jahr im Frühling gemeinsam mit uns nach Edinburgh zu fahren."

„Ja, wie kommt das jetzt so plötzlich? Sie wollte doch so lange nicht weg vom Haus."

„Sie hat wohl nachgedacht. Plötzlich kam es ihr merkwürdig vor, dass sie geplant hatte, mit Lisa ins Elsass zu fahren und ihren Kindern immerzu eine Absage erteilte. Die Erfahrung mit Lisa hat etwas in ihr verstärkt, was vorher schon in Ansätzen da war. Wirklich vertrauen kannst du nur deiner eigenen Familie. Also genau weiß ich nicht, was in ihr vorgegangen ist, aber wir drei Schwestern freuen uns tierisch. Endlich ist die Familie Marthaler mal wieder gemeinsam unterwegs."

„Wissen Sie, ob sich Ihre Mutter bezüglich der Aussage vor Gericht gegen Frau Pawlaks Vater umentschieden hat?"

„Ja, das weiß ich. Nein, sie hat sich nicht anders entschieden. Es bleibt dabei. Was meine Mutter einmal verspricht, das hält sie auch. Sie sagt, Lisa habe ihr in der schlimmsten Zeit ihres Lebens geholfen. Sie zum ersten Mal wieder zum Lachen gebracht. Sie zu Tagesausflügen verführt. Was dazu führte, dass meine Mutter auch uns die neuen Orte und Läden zeigte. Lisa ist mit ihr durch ihr geliebtes Markgräflerland gefahren und hat diese alte Liebe zur Landschaft neu entfacht. Sie hat ihr wohl ein bisschen Leben eingehaucht, das ganz und gar aus dem Haus geflohen war."

„Das freut mich, dass wir jetzt etwas gegen den Vater in der Hand haben. Das wird hoffentlich für eine Verurteilung reichen."

„Meine Mutter ist sehr für Gerechtigkeit. Da handelt sie nach ihrem Gewissen."

„Es ist wirklich merkwürdig, dass Lisa jetzt doch erreicht hat, was sie ursprünglich plante. Oliver Doberstein hat ihrer Mutter das Haus nicht weggenommen. Konnte er nicht mehr. Was ich sagen will, wie merkwürdig, dass aus einer verabscheuungswürdigen Tat etwas Gutes für die anderen entstehen kann."

„Ja. So habe ich das noch nie gesehen. Ich bin hauptsächlich froh, dass meine Mutter überlebt hat."

„Na, ja. Vielleicht sprechen sich Frau Pawlak und Ihre Mutter eines Tages aus."

„Da kennen Sie meine Mutter aber schlecht."

„Und Sie? Was machen Sie jetzt?"

„Ich werde meine Zelte in München endgültig abbrechen. Ich war lange hin- und hergerissen, ob ich in München weiter arbeiten soll oder nach Freiburg zurückkehren. Das ist jetzt entschieden. Durch diese Entführung ist mir so bewusst geworden, wie kostbar die Zeit mit meiner Mutter ist. Ich will diese Zeit nutzen und mit ihr genießen. Außerdem will ich meine Neffen aus der Nähe aufwachsen sehen. Ich bin mir jetzt ganz sicher. Ich bin auch schon im Gespräch mit der Caritas. Die scheinen langfristig etwas für mich zu haben. Mal sehen. Und so lange kann ich jobben."

„Dann wünsche ich Ihnen und Ihrer Familie alles Gute."

„Danke. Und ich sage Ihnen nochmal ganz herzlichen Dank für Ihr schnelles und beherztes Eingreifen. Sie haben meine Mutter vor dem sicheren Tod gerettet."

„Wir haben nur unsere Arbeit gemacht."

„Mag sein. Aber sie haben Ihre Arbeit ausgezeichnet gemacht. Danke."

Als Irene der kleinen Marthaler hinterherschaute, wie sie den Flur hinunterlief, fühlte sie in sich eine tiefe Befriedigung. Sie waren nicht zu spät gekommen. Dieses eine Mal nicht. Sie hatten ein Menschenleben retten können. Dafür war sie mal angetreten. Manchmal, wenn sie wieder einmal zu spät angekommen waren und nur noch die Leichen einsammeln konnten, da fragte sie sich schon, war es wirklich das, was sie wollte. Sie schob die Frage zuverlässig weg. Sie trat immer wieder an. Sie raffte sich immer auf. Aber das nächste Mal würde sie in so einem Moment einfach an diesen Fall denken. War es nicht ein ganzes Berufsleben wert, wenn sie nur einen einzigen Menschen hatte retten können? Ja, das war es. Aber Irene war sich sicher, in ihrer Laufbahn würde es noch mehr Gelegenheiten geben, Menschenleben zu retten. Ein warmes Gefühl durchströmte sie. Ja, das war alles wert. Auch wenn sie manchmal befürchtete, nicht genügend Zeit für die Kinder zu haben, auch wenn manchmal der Stress über ihr zusammenbrach, sie sich morgens mühsam aufraffen musste, ihre Laufrunde zu drehen, diese tiefe Befriedigung, die sie jetzt nach dem gelungenen Einsatz empfand, entschädigte sie für alles. Sie war auf ihrem Weg. Es gab nichts Besseres im Leben.

Danksagung

Ich danke Bianca Krämer für ihre zuverlässige und inspirierende Begleitung. Gabi Kaiser und Barbara Thoma für das Lektorat. Jasmin Nüchtern für ihre Coverentwürfe und das Autorenfoto. Carl Ullrich, der mich so geduldig und ausdauernd durch alle Unwägbarkeiten von Scribus geführt hat. Meiner Ohana-Familie, die mir unermüdlich Feedback gab und mich so durch die eine oder andere Durststrecke getragen hat. Bernd Storz für seine dramaturgische Beratung. Dank euch ist das Werk, was es ist!
Ganz besonders möchte ich mich bei meinen Leserinnen und Lesern bedanken. Ich bin sehr neugierig, wer bis zu dieser Seite vorgedrungen ist. Gespannt, wie Ihnen das Buch gefallen hat. Was fanden Sie gut? Was kritisieren Sie? Schreiben Sie mir gerne unter:
info.elviranuechtern@gmail.com

„Alles wirklich Böse beginnt in Unschuld"
Ernest Hemingway

In Kürze:

Elvira Nüchtern

Ein Markgräflerland-Krimi

Ein Mord in einer italienischen Familie in Freiburg gibt Irene Katz Rätsel auf. Es stellt sich heraus, dass das Opfer nur zu Besuch bei Verwandten war. Sein Lebensmittelpunkt war Palermo. Die zuständige Behörde in Palermo wird eingeschaltet. Lange findet sich keine Spur vom Täter. Erst als Irene Katz auf ein Familiengeheimnis stößt, kann sie Schritt für Schritt die Fäden entwirren…
Sie stößt auf unglaubliche Zusammenhänge…